Endymion Kyrian

Swallow Knights Tales2

Altair Ensis

Karon Shapentooth

Swallow Knights Tales2

kirke millers

Swallow Knights Tales2

SKT·II

Swallow Knights Tales II

①

김철곤 글 · 김성규 그림

판타지 장편소설
FANTASY STORY

dream
books
드림북스

SKT II (Swallow Kinghts Tales II)
재회

초판 1쇄 발행 / 2010년 1월 21일
초판 5쇄 발행 / 2016년 1월 21일

글 / 김철곤
그림 / 김성규

발행인 / 오영배
책임편집 / 편집부
펴낸 곳 / (주)삼양출판사 · 드림북스

주소 / 서울특별시 강북구 도봉로 173
대표 전화 / 02-980-2112 팩스 / 02-983-0660
편집부 전화 / 02-980-2116 팩스 / 02-983-8201
블로그 / blog.naver.com/dreambookss

등록번호 / 제9-00046호
등록일자 / 1999년 3월 11일

ⓒ 김철곤 · 김성규, 2010

값 11,000원

ISBN 978-89-542-3570-9 (04810) / 978-89-542-3569-3 (세트)

* 지은이와 협의하에 인지는 생략합니다.
* 잘못된 책은 구입한 곳에서 바꾸어 드립니다.

SK·II

Swallow Knights Tales II

김철곤·글 · 김성규 그림

판타지 장편소설

FANTASY STORY

1

재회

dream
books
드림북스

SKT·II

Swallow Knights Tales II

Contents

인물소개

1. 엔디미온 키리안

스왈로우 나이츠 단원. 부모의 손에 이끌려 일찌감치 호스트 영재 교육을 받은 저주 받은 인생. 그 저주는 기사가 되어서도 지긋지긋하게 따라다녀 '인생 뜻대로 안 된다.'는 진리를 증명하는 훌륭한 표본이 되었다. 게다가 지멋 틈틈이 불 타 오르는 정의감 덕분에 한 달에 한 번 꼴로 대위기에 처하는 기염을 토하지만 지옥에 떨어져도 어떻게든 살아남는 끈질긴 생명력을 보여준다.

세상에 둘도 없을 것 같은 보라색 눈동자와 엉덩이까지 오는 긴 금발의 소유자로 본의 아니게 뭇 남성들의 가슴을 두근거리게 만드는 죄 많은 남자. 키스 세자르를 인생의 도전으로 여기며 살아가고 있다. 별명은 미온 혹은 미오니아.

2. 키스 세자르

스왈로우 나이츠 단장. 깨어 있는 시간과 잠들어 있는 시간이 동일한 고양이의 환생 같은 남자. 허송세월을 사랑해서 인생을 전력으로 낭비하고 있는 중이지만 나름대로 세심하게 엔디미온이나 카론을 도와줄 때도 있다. 그러나 대부분의 경우는 안 그래도 힘겨운 그들의 인생을 악화시키는 데 일조한다. 하루 종일 헤실헤실 웃는 얼굴이 일품이지만 사실 그의 심장은 너무도 차가워서 진심으로 기뻐하거나 화를 내는 경우는 거의 없다.

갈색의 곱슬머리에 여우같은 붉은 눈동자. 키가 훤칠하고 몸이 탄탄해서 하드웨어 적으로는 완벽에 가깝지만 소프트 쪽은 어쩐지 하자가 많다.

3. 카론 샤펜투스

헬스트 나이츠 부기사단장. 친구 잘못 둬서 고생하는 대표적인 케이스. 처세술 제로라고 부를 정도로 엄청나게 완고하고 무뚝뚝하지만 실력 하나로 평민에서 부기사단장의 자리까지 올랐다. 당근을 먹이려고 하면 활화산처럼 짜증을 내는 무서운 일면도 있다. 검술과 머리회전, 외모 모두 놀라울 정도로 빼어난 문무겸비의 인재로 전 세계적으로 질투와 유혹을 동시에 받는 죄 많은 유부남. 유일한 단점이라면 사람 잡는 요리 실력을 가지고 있다는 것 정도다.

길고 검은 머리칼에 하얀 피부, 흑청색의 눈동자. 키스와 함께 발칙한 동안으로 소문난 인물이다.

4. 아이히만 그나이제나우

베르스 재무대신. 사람들은 이자가 강대국의 귀족으로 태어났다면 세계의 패권이 바뀌었을 거라 말할 정도로 정치수완이 뛰어나다. 하지만 그런 그에게도 베르스는 벅찬 나라였다. 언제나 무지한 놈들의 이마에 구멍을 뚫어줄 권총을 휴대하고 다닌다.

입은 험하지만 모양새만큼은 신사의 표본으로 항

상 완벽한 슈트 차림에 백발을 말끔히 넘긴 나이스 그레이다. 마키시온의 황제 마라넬로와는 친구이자 숙적이다.

5. 오르넬라 무티

교황청의 성녀. 사치, 음주, 흡연, 음란을 온몸으로 실천하는 무신론자 성녀님. 보는 이를 타락시켜 버릴 정도로 육감적인 몸매를 가졌지만 그것에 홀려 몰려드는 불나방들을 신앙봉으로 두드려 줄 정도로 터프하기도 하다. 적현무 키르케와 함께 여왕님이 가야 할 바를 명확하게 제시하고 있다. 그녀는 성녀이기 때문에 평생 결혼할 수 없지만 그리 슬퍼하는 것 같지는 않다.

성직자이면서 정치적으로 수완이 뛰어나기 때문에 아이히만 공작과 함께 베르스를 지탱하는 두 기둥이라 불린다.

6. 지스킬 윈터차일드

스왈로우 나이츠 단원. 지금까지 먹은 약값이면 성도 살 수 있다는 소문이 있다. 그토록 병약하지만 때로는 그 병약함을 무기로 내세워 귀찮은 일을 모조리 엔디미온에게 떠미는 교활한 일면도 지니고 있는 무시무시한 소년이다.

퉁명스럽고 경계심이 많지만 어쩐지 그런 쪽도 매력인지 지명이 참 많다.

별명은 지스.

7. 쇼넨베르트

스왈로우 나이츠 단원. 훤칠한 키와 구릿빛 피부, 건방져 보이는 외모가 부자일 것 같지만 실은 찢어지는 가난뱅이라서 지나가다 강물에 동전이 떨어지면 곧바로 다이빙하는 슬픈 반사 신경을 가졌다. 여름 한 정이라 겨울에는 일이 없어 리더구트에 칩거한다. 별명은 쇼탄.

8. 크리스티앙

스왈로우 나이츠 단원. 가난으로 따지면 이쪽도 상당한 수준이다. 신기에 가까운 종이접기 실력을 가지고 있지만 베르스에서는 전혀 돈이 안 돼서 울적해 하고 있다. 세상 물정을 모르는데다가 도가 지나치게 착한 성격 때문에 가끔 주변 사람들을 당혹케 한다. 한편 불시에 폭언을 날리는 살벌한 기술을 가지고 있다. 오르넬라 성녀를 추종하는 성직자 지망생이다. 별명은 크리스.

9. 조슈아 랑시

스왈로우 나이츠 단원. 외모는 어디를 봐도 깜찍한 소녀지만 성격은 어떻게 봐줘도 쾌활한 소년이다. 하지만 아직까지도 랑시가 목욕탕에 들어오면 다들 슬슬 자리를 피하고는 한다. 그럴 때마다 자신은 남자라고 소리치면서도 치마를 고집하는 부조리한 소년. 형 무라사 랑시를 다룰 수 있는 거의 유일한 조련사이기도 하다.

10. 루이블랑

　스왈로우 나이츠 단원. 왕으로 태어났으면 1년 안에 국고를 날려먹었을 화려막심한 인간. 저축이라는 단어를 망각한 비렁뱅이라서 쇼탄과 함께 만성 적자에 쪼들리고 있지만 조금도 반성하지 않는 기백도 품고 있다. 사자갈기 같은 엄청나게 튀는 금발 머리에 각종 반지와 밍크코트를 입고 다녀 가끔 포주로 오해 받아 체포되기도 한다. 별명은 루이.

11. 루시온

　스왈로우 나이츠 단원. 지명 순위 넘버1. 여성들이 가장 파티에 데려가고 싶어 하는 혈통 좋아 보이는 남자상을 하고 있으며 실제로도 백작가문의 후계자이다. 외모나 가문, 재력, 매너 모든 면에서 빈틈이 없는 상류층이라서 스왈로우 나이츠 소시민들의 시샘을 받고 있지만 나머지를 다 합쳐도 루시온 혼자의 스펙이 더 뛰어나다는 슬픈 현실이 존재한다.

12. 레녹

　스왈로우 나이츠 단원. 루시온이 타고 난 상류층이라면 레녹은 열심히 노력하는 엘리트다. 덕분에 무척이나 태도가 뻣뻣해서 동료들과 충돌이 잦다. 벌어들인 돈을 고아원이나 양로원에 기부하지만 정작 자신은 쑥스러워서 찾아가지 못한다든가, 로맨스 잡지를 좋아하지만 사람들이 볼 때는 법률서적만 읽는다든가, 하는 소심한 일면도 있다. 동료들로부터

공무원이라는 별명을 얻었는데 그 자신도 별로 싫어
하는 것 같지는 않다. 카론을 존경하고 있다.

13. 페르난데스 라스팔마스

베르스의 왕자. 모성본능을 일으키는 곱슬머리의 미소년으로 어린 나이에
도 놀라운 왕의 재능을 보이고 있다. 온화하고 지적이며 외모와 달리 심지가
굳은 성품을 가졌지만 불행하게도 육체적으로는 도통 재능이 없다. 아이히만
의 수제자이지만 성격은 정반대라 할 수 있다.

14. 제냐 라스팔마스

베르스의 공주로 페르난데스의 여동생이다. 귀여운 인형처럼 생겼지만 수
틀리면 주저 없이 로우킥을 날리는 화끈한 공주님이다. 그 덕분에 스왈로우
나이츠 멤버들에게는 공포의 대상이며 자신의 이상형이 오빠라는 위험천만
한 연애관을 가졌다.

15. 길레르모 라스팔마스

통칭 만두 국왕. 스왈로우 나이츠라는 치 떨리는 아
이디어를 구상한 장본인도 바로 이 사람이다. 만약 서
커스단 단장이었다면 엄청난 돈을 벌었을 것이다. 세
계 최약소국의 국왕으로 항상 다른 왕들에게 꿀리는 입
장이지만 야망이 전혀 없어 별로 치욕적이라 생각하

지 않는 것이 그의 드문 장점이다. 다만 똑같은 이웃 나라 니샤 왕국의 왕한테만은 지지 않으려고 기를 쓰지만 그래봐야 둘 다 꼴찌에서 1등과 2등인 것이다. 이미 아들이 자신의 능력을 넘어선 것을 보고 기쁘기도 하고 쓸쓸하기도 한 중년의 가장이기도 하다.

16. 이자벨 크리스탄센

이오타 방첩기관 인트라 무로스 국장. 그녀가 모르는 정보는 아무도 모르는 정보라는 말까지 나돌 정도로 전 세계의 비밀스러운 정보들을 거머쥐고 있다. 머리 하나로 세계 강대국들을 뒤에서 조종하는 그녀가 어쩌면 세계최강일지도 모른다. 하지만 사생활은 독신에 와인광에 생일도 혼자서 보내는 쓸쓸한 30대. 그런 그녀에게도 심장은 있어서 엔디미온을 좋아하는 것 같지만 위치가 위치인 만큼 직접 만나는 일은 거의 없다.

17. 알테어 엔시스

사대 아신 중 명주작(明朱雀). 검술로는 전 세계 누구도 당해낼 수 없으며 하늘을 날아다닐 수도 있는 신에 가까운 여자. 전쟁터에서는 불패의 여신으로 칭송 받지만 성격은 정반대로 지나치게 순진하고 세상물정을 몰라서 엔디미온의 심장을 덜컹덜컹 내려앉게 만드는 위험한 일들을 자기도 모르게 저지른다. 의외로 노출광이다.

18. 키르케 밀러스

사대 아신 중 적현무(寂玄武). 큰 키, 큰 가슴, 검은 가죽 제복, 무시무시한 채찍, 폭언이라는 여왕의 모든 조건을 갖추고 있다. 알테어와는 절친한 친구였지만 콘스탄트 내란 때 갈라져서 지금은 둘도 없는 원수지 간이 되었다. 아신이라서 결혼 못한다고 짜증내곤 하지만 아신이 아니라도 결혼과는 거리가 멀어 보이는 여왕님이다. 별명은 선혈의 마녀.

19. 쇼메 블룸버그

이오타의 제1왕자. 자타가 공인하는 비상한 머리와 자타가 치를 떠는 나쁜 성격의 소유자다. 홍차를 무척 좋아하지만 지금까지 단 한 번도 자기 손으로 차를 타본 적이 없다는 사실만 봐도 그의 성격이 어떠한지 알 수가 있다. 엔디미온은 쇼메를 자기 인생 최대의 악연 중 하나로 단정하고 있다. 아이히만의 수제자였지만 만나기만 하면 서로 못 잡아먹어서 난리다. 자신을 볼모로 잡았던 마라넬로 황제를 무한히 증오한다.

20. 무라사 랑시

사대 아신 중 견백호(堅白虎). 누구도 섬기지 않고 방랑을 하지만 방향감각이 나빠서 좀처럼 베르스를 빠져나가지 못한다. 격투술로는 세계 최강이지만 하필이면 라이오라를 자신의 라이벌로 점찍은 다음부터는 연전연패다. 이 사람 저 사람에게 자주 속고 있다.

21. 위고르

베르스 왕국의 법무대신. 젊은 나이에 높은 지위에 올랐을 정도로 단 한 번도 출셋길에서 밀려난 적이 없는 불세출의 야심가지만 한편으로는 아이히만의 밥이기도 하다. 아부에 관해서는 타의 추종을 불허하는 소질을 지녔으며 공처가 주제에 미녀에게 약하다.

22. 마라넬로 무르시엘라고

마키시온 제국의 황제. 역대 황제 중 가장 막강한 권력을 지녔지만 정신적으로 몹시 불안하다.

23. 라이오라 란다마이저

사대 아신 중 진청룡(震青龍). 480년 동안 단 한 번도 패배하지 않아 제국의 수호신이라는 별칭이 붙을 만큼 최강최악의 파괴력을 지녔지만 일이 없을 때는 저택에 쪼그려 앉아 땅콩이나 깐다며 집사의 구박을 받는다. 아무 이유도 없는 무라사의 기습이 시작된 다음부터 고난의 연속이다.

24. 이멜렌

카론의 아내. 작은 키에 인형 같은 외모를 지녀서 나이보다 훨씬 어려 보인다. 사교성 제로의 카론이 유일하게 웃음을 보이는 선택받은 여자.

25. 미레일

쇼메의 호위 기사. 유순한 성격과 강인한 용맹을 겸비한 완벽한 기사다. 베르스 출신이지만 이오타에서 기사가 되었다.

26. 리젤

인트라 무로스의 첩보원, 이자벨의 심복. 반짝거리는 금발에 인상이 좋아서 겉으로 보면 착하고 사근사근한 청년으로 보이지만 실제로는 테러와 암살, 증거인멸이 주업이다. 사람을 죽이는 것과 스테이크를 써는 것의 차이점을 못 느끼는 위험한 사이코 패스지만 어떤 이유인지 엔디미온에게는 무척이나 호의적이다.

27. 키릭스 세자르

마라넬로 황제의 숨겨진 아들. 황실을 도망쳐 나와 카론, 미레일과 함께 기사수업을 받은 그는 이자벨의 암살자로 활동하던 중 자신의 복제인 키스와 둘로 나눠지게 된다. 이후의 키릭스는 제어할 수 없는 증오로 치닫고 있다.

28. 베아트리체

엔디미온과 키스의 옛 애인. 세계 밖에서 온 여자로 막강한 텔레마코싱 능력을 지녔지만 결국 그 힘 때문에 정신적으로 붕괴되었다. 하지만 그녀의 진짜 비밀은 다른 것에 있다.

제1화
임금님의 우울

Swallow Knights Tales II

　　나는 돼지가 좋다. 개는 인간을 올려다보고 고양이는 인간
을 내려다보지만 돼지는 인간을 자신들과 똑같다고 생각하기
때문이다.

　　　　　　　　　　　　　　　　　　　　　　—윈스턴 처칠

1

나쁜 일은 꼭 일요일에 터진다.

"미온 경! 미온 경! 일어나세요오오! 내부지명이랍니다아!"

키스 경의 우악스러운 손길이 내 몸을 뒤흔들었다.

"갸아아아아! 그만 좀!"

난 발광을 하며 몸을 일으켰다. 지명 마치고 새벽에 돌아와 이제 겨우 세 시간 잤단 말이다!

"아니 왜 내부지명은 꼭 휴일에 생기는 거예요!"

우리 스왈로우 나이츠도 실은 월급쟁이와 다를 바가 없기 때문에 휴일은 엄청나게 소중하다. 평일에는 지명 다녀오랴 크고 작은 왕실 행사에 불려가서 꽃처럼 방실방실 웃어주랴 정신없이 바쁘기 때문에, 휴일이 되어서야 밀린 빨래도 하고 방청소도 하고 낮잠도 자고 시내에 나가서 쇼핑도 할 여유가 생기는 것이다.

그런데 이 오아시스 같은 '빨간 날' 엔 반드시라고 해도 좋을 만큼 고관대작이 꼭 내부지명을 한다.(보통은 자기 딸 재롱잔치 도우미 같은 엄청 시시한 일을 시킨다.) 덕분에 내 소중한 휴일은 성격 나쁜 귀족 딸내미 뒤치다꺼리하다 홀라당 날아가 버리는 것이다. 그렇다고 다음날 쉬게 해 주느냐 하면, 그런 복지후생 따윈 전혀 없기 때문에 몸도 마음도 완전히 너덜너덜해져 버리는 것이다. 어느 조직이나 말단은 서럽다.

나는 울상이 된 얼굴을 비비며 말했다.

"아 또 누가 날 찾는다는 거예요?"

게다가 어찌된 영문인지 나는 내부지명 단골이다.

"제가 지명한 것도 아닌데 왜 저한테 짜증입니까아? 왕실의 부름에 답하는 것이야말로 기사의 명예가 아니겠습니까!"

"꽃단장하고 홍차 타는 게 어떤 종류의 명예인데요? 그리고 삼백육십오일 소파 위에서 뭉그적거리는 사람 입에서 그런 말이 나

와요?"

나는 툴툴거리며 잠옷을 벗어던졌다. 부하의 고충 따위에는 콩알만큼도 관심이 없는 곱슬머리 단장님은 손가락을 까딱거리며 말했다.

"어서 준비하세요. 국무회의랍니다. 늦으면 사형당할 걸요?"

"엥? 국무회의?"

나는 어이없는 얼굴로 키스를 바라봤다. 국무회의라면 국왕 전하가 참석하고 아이히만 대공, 위고르 공, 오르넬라 성녀님을 비롯한 모든 관료가 다 모이는 왕실 최고 회의다. 그래, 그건 알겠는데 말이야. 난 갸우뚱하며 물었다.

"아니 왜 국무회의를 쉬는 날에 하고 난리래요?"

아무리 약소국이라도 그렇지 명색이 국무회의인데 예고도 없이 휴일 아침에 소집한단 말인가? 일하는 거 진짜 싫어하는 이 나라 관리들 특성상 이건 아주 이례적인 일이었다.

"그거야 긴급 국무회의니까 그렇겠지요오."

키스가 길게 하품을 하며 대답했다. 얼씨구. 남 일이라 이거냐?

"아 그러니까 뭔 긴급한 회의냐고요? 아니, 아니. 내가 맞춰볼게요."

생각해 보니까 긴급 국무회의는 국왕 전하만 소집할 수 있다. 그리고 지금까지의 경험으로 비춰볼 때……

"무투대회 또 연대요?"

"아닙니다아."

"으음, 그러면 금동상 하나 더 만든답니까?"

"땡!"

"그것도 아니면…… 왕족 별장을 하나 더 만들겠다?"

"틀렸어요."

"그것도 아니라면 뭐죠?"

창피한 이야기지만, 우리나라의 긴급 국무회의라는 것은 그 뻑적지근한 명칭과는 달리 심각함과는 거리가 멀다. 말하자면 임금님이 자신의 진땀나는 아이디어를 추진하고야 말겠다고 관리들 앞에서 생떼를 쓰는 자리인 것이다.

참고로 마지막 국무회의 안건은 '짐의 얼굴을 그린 티셔츠를 백성들에게 팔면 대히트를 칠 것이다.'였다. 물론 아이히만 대공은 '왜 멀쩡한 옷을 폐품으로 만드나? 그딴 건 걸레로도 쓸 수 없다.'는 폭언으로 맞섰고 위고르 공은 자기는 두 벌 사겠다며 아부를 떨었다.

결국 그 회의는 '임금을 쏴 죽이고 이 나라 간판 내리겠다'며 용처럼 포효하는 대공과 삐쳐서 왕관을 집어던진 임금님을 달래면서 막을 내렸다. 그리고 나는 울적한 얼굴로 찌그러진 왕관을 펴며 금쪽같은 휴일을 날려 버렸다. 그딴 게 무슨 긴급 국무회의야!

키스는 방긋 웃으며 아침 댓바람부터 긴급 국무회의를 소집하는 이유를 알려주었다.

"전쟁이래요."

"엥?"

키스는 아무렇지도 않게 말하고는 기지개를 펴며 밖으로 나가버렸다. 난 멍하니 키스가 나간 자리를 바라봤다. 그러고는 커다랗게 소리쳤다.

"에에에에에엥?"

아까도 말했듯, 나쁜 일은 꼭 일요일에 터진다.

2

왕실은 이미 발칵 뒤집힌 뒤였다. 국왕 전하께서 이웃나라 니샤 왕국에 전쟁을 선포한 것이다.

갑작스러운 선전포고에 왕국의 관리들과 각지의 영주들이 모두 비상 소집되었고 나 역시 잠이 확 달아나선 황급히 대회의장으로 뛰어갔다.

'어째서 전쟁을!'

이 나라의 몇 안 되는 장점 중 하나가 국제관계에서 폭력을 행사하지 않는다는 것이다. 물론 그 이유는 세계 최약소국이라서 시비 걸 나라가 없기 때문이다.

별 볼일 없기로 우리와 쌍벽을 이루는 니샤 왕국이라면 그나마

싸워도 승산이 있긴 하겠지만, 그렇다고 악투르도 아니고 니샤와 전쟁이라니!

"젠장. 이게 무슨 날벼락이야."

나는 황급히 입구로 들어온 위고르 공의 코트를 받아주었다. 어디서 뭐하다 오셨는지 채 매지도 못한 넥타이를 손에 들었고 코트에서는 여성의 향수냄새가 물씬 풍겼다. 수틀리면 쇠방망이를 휘두른다는 공포의 사모님을 상대로 이런 목숨을 건 쾌락을 즐길 수 있다니, 이분도 의외로 터프하다.

"저어. 위고르 공. 왜 전하께서 선전포고를 하신 거죠?"

"낸들 알아? 나도 아침에 신문 보고 알았어. 에이, 전쟁 날 줄 알았으면 부동산 다 팔아두는 건데."

애국심 어린 발언을 남긴 위고르 공은 빠르게 넥타이를 매며 안으로 뛰어 들어갔다.

이 나라 법무대신이 전쟁에 대해 모른다는 사실은, 전하가 혼자서 선전포고를 해버렸다는 의미리라.

그때 문 앞에서 전속력으로 달려오던 아이히만 대공의 마차가 급정거했다.

문이 부서질 듯 열리며 무시무시한 오라를 뿜는 대공이 악귀 같은 얼굴로 걸어 나왔다.

"이…… 이 빌어먹을 만두 임금."

역시 대공도 모르고 있었다. 형용할 수 없는 분노로 온몸을 떨고 있는 대공의 살기가 얼마나 삭막한지 나를 비롯한 주변에 있던 사람들 모두 창백하게 질려 일시에 시선을 돌렸다.

그는 단숨에 임금님의 모가지를 비틀어 버릴 기세로 성큼성큼 회의장 안으로 들어갔다. 나는 너무 무서워서 벽을 보고 서 있었다. 실로 등골이 오싹하다.

'어쩌면 오늘이 임금님 제삿날이 될지도.'

잠시 후 오르넬라 성녀님의 가마가 도착했다. 가마에서 내린 그녀는 숙취로 욱신거리는 머리를 하얀 장갑을 낀 손으로 질끈 눌렀고 붉은 입술엔 검게 옻칠을 한 긴 담뱃대를 물고 있었다.

"와아! 성녀님이시다!"

사람들은 성녀님을 보고 환호하며 이 전쟁에서 승리할 거라는 축복의 말씀을 내려주길 기대했다. 그러니까 애매한 신의 축복 같은 거 말고 막강한 교황청이 이 나라를 지켜줄 거라는 현실적인 은총 말이다. 신도들의 시선을 한 몸에 받은 오르넬라 님은 심기가 불편한 얼굴로 담배 연기를 뿜고는 참으로 은혜로운 말씀을 들려주셨다.

"엿 같네, 진짜."

……축복해 주셔서 감사합니다. 경악에 찬 사람들의 시선 따위 쥐뿔도 신경 안 쓰는 우리 여왕님은 '전쟁하는 놈들, 다 불지옥에 떨어져 버리라지.' 라는 저주를 퍼부으며 문으로 들어갔다.

확실히 오르넬라 님은 전쟁터에 나가는 군인들에게 신의 뜻을

위해 희생하라고 연설할 바엔, 전쟁을 일으킨 우두머리의 뒤통수를 신앙봉으로 후려갈길 과격한 박애주의자다.

긴급 소집된 왕실의 3대 실력자 모두 벼락이라도 떨어트릴 것 같은 저기압이었다. 나도 긴장된 얼굴로 회의장으로 들어갔다. 이번에도 나의 내부지명자는 아이히만 대공이다. 아아, 진짜 들어가기 싫어라.

3

"국왕 전하 납시옵니다!"

곧이어 회의장에 포동포동한 임금님이 모습을 드러내자 모두는 자리에서 일어났다. 그리고 곧바로 두 눈이 휘둥그레졌다. 전하의 오른쪽 눈두덩이 시퍼렇게 멍들어 있었던 것이다. 저건 누가 봐도 주먹을 후려갈긴 자국이었다. 뭐야, 저 과격한 육박전의 흔적은!

관리들은 어디서 싸우고 왔는지 엄청나게 궁금한 표정이었지만 전하의 눈치만 살필 뿐 감히 아무도 묻지 못했다. 전하는 분을 참지 못한 채 한참을 씩씩거리다가 입을 열었다.

"니샤 국왕. 나쁜 새끼."

"……"

회의장에 말 못할 정적이 내려앉았다. 이제 누구한테 맞았는지 알겠군. 전하는 두 주먹을 불끈 쥐고는 커다랗게 외쳤다.

"짐은 철천지원수인 니샤 국왕과 같은 하늘 밑에서 살 수가 없소! 전쟁을 선포하오!"

그러자 대공이 책상을 쾅 내리쳤다.

"잘하는 짓입니다! 국왕이나 되어갖고 옆 나라 임금이랑 주먹질이나 하고 앉았고! 전쟁이고 나발이고 간에 왜 얻어 터졌는지 얘기나 들어 봅시다!"

전하는 울상이 되어선 대답했다.

"니샤 국왕 그놈이 동부 국경에서 발견된 금광이 자기 거라고 하잖아! 그래서 웃기지 말라고 했더니 그놈이 다짜고짜 펀치를 날리는 거야! 그래서 나도 맞받아쳤어! 뭐 그딴 놈이 다 있어!"

보통…… 외교 그런 식으로 안 하지 않나. 당신들 무슨 바바리안이야? 어째서 협상 결렬과 동시에 크로스 카운터냐고! 고릴라들끼리 회의를 해도 그것보단 덜 와일드할 거다!

대공은 기가 차서 고개를 푹 숙인 채 '그러니까 바보들끼리 만나서 서로 금광 내놓으라고 머리끄덩이 잡고 싸웠다는 소리잖아. 생각들은 하고 사는 거냐.'라고 중얼거렸다.

그때 자리를 박차고 일어난 위구르 공이 울분을 토했다.

"아니 어떻게 이런 치욕이 있을 수 있습니까! 시골 촌장만도 못한 니샤 국왕 따위가 위대한 국왕 전하의 용안을 떡으로 만들다니요!"

"그렇지? 그 자식 진짜 나쁜 놈이지?"

임금님은 위고르 공의 격분에 크게 감동한 것 같았다. 어떤 심각한 상황에서도 아부의 포인트를 찾아내는 성실한 간신배 위고르 공은 눈물까지 글썽이며 더욱 더 목청을 높였다.

"게다가 엄연히 우리 왕국이 소유한 금광을 자기 것이라고 우기는 망발은 니샤가 이 베르스를 완전히 얕잡아 본다는 소리입니다! 무력을 동원해서라도 금광을 되찾고 왕국의 위엄을 보여줘야 할 것입니다! 안 그렇습니까, 아이히만 대공?"

위고르는 회심의 미소를 지으며 대공을 물끄러미 바라봤다.

"으으음."

대공도 이번만큼은 입을 열지 못했다. 그도 그럴 것이 왕국의 자산인 금광을 빼앗기고 왕이 두드려 맞는 봉변까지 당했는데 이 나라의 넘버2가 그냥 넘어가자는 소리는 할 수가 없는 것이다. 아무리 후줄근한 나라에도 자존심이라는 것이 있는 법이다. 나 역시 니샤 왕국의 이번 작태에는 화가 치밀었다.

드디어 대공을 밟았다는 희열에 들뜬 위고르 공은 흥분된 어조로 국왕 전하에게 물었다.

"그보다 전하, 드디어 이 나라에서 금광이 발견되었다는 소식이 더없이 기쁘옵니다. 부끄럽게도 소인은 전혀 모르고 있었사옵니다."

그렇다. 니샤에는 수십여 곳의 금광이 있지만 유독 우리 베르스에만 먹고 죽으려고 해도 금광이 없었다.

황금을 사랑하는 전하에게 그건 엄청난 콤플렉스였고 니샤 국왕은 항상 그걸 가지고 우리 임금님을 가난뱅이라며 놀려 먹었던 것이다.

그때 위고르 공을 빤히 바라보던 국왕 전하가 말했다.

"아니 그거 니샤 건데? 우리나라 금광 없어."

처음부터 니샤 꺼였냐아아아아! 그럼 우리가 나쁜 놈인 거잖아! 맞을 짓 한 거잖아! 뭘 잘했다고 선전포고를 해! 순간 창백해진 관리들이 '그게 무슨 개소리야.'라는 얼굴로 전하를 바라봤다. 남의 나라 금광을 자기 거라고 박박 우긴 호쾌한 국왕 전하는 손가락을 조물거리며 우물쭈물 대답했다.

"하지만 그게 우리 국경하고 아주 가까운 곳에 있으니까 세게 나가면 포기할 줄 알았거든. 그런데…… 그게 좀처럼 안 되더라고."

좀처럼 될 것 같았습니까? 애새끼도 아니고 우길 걸 우겨야지! 그런 뻔뻔한 협박은 세상이 벌벌 떠는 초강대국 마키시온 제국이나 할 수 있는 필살기란 말입니다!

대공은 끓어오르는 살의를 참기 위해 관자놀이를 꾹 누른 채 눈을 감고 있었다.

천재적인 두뇌를 가진 대공조차도 설마 한 나라의 왕이 이웃

나라에 가서 주먹을 휘두르며 되지도 않는 공갈을 칠 거라고는 차마 예측하지 못했던 것이다. 임금님은 도끼눈을 뜬 관리들을 향해 빨개진 얼굴로 변명했다.

"그, 그래도 그놈은 금광이 넘쳐나는데 하나쯤은 줄 수 있는 거잖아! 그런데 그놈은 아무리 팔라고 해도 죽어도 안 팔고 약만 올리는 좀생이 같은 놈이야!"

저 양반이 그래도 끝까지 잘했대요. 결국 이번 일은 꿈에서라도 금광을 갖고 싶었던 임금님의 무의식이 저지른 범죄였던 것이다.

"지금이라도 수습할 수 있습니다."

지금껏 잠자코 듣고만 있던 성녀님께서 정색을 하며 입을 열었다.

"즉시 선전포고를 취소하십시오. 그리고 사과의 편지와 성의를 담은 선물을 니샤 국왕에게 보내세요. 저 오르넬라가 세계의 평화를 바라는 교황 성하의 친서를 들고 직접 니샤 왕국에 가겠습니다. 그러면 니샤 국왕도 어쩔 수 없을 것입니다."

나는 감탄했다. 실로 묘안이었던 것이다. 성녀님은 이 난관을 지금이라도 수습하기 위해 스스로 중재역을 자청했다. 추기경 대우를 받는 성녀의 간청과 교황의 친필문서라면 니샤도 칼을 거둘 수밖에 없다.

왜 사람들이 오르넬라 님의 외교력이 일대군단에 필적한다고 말하는지 알 것 같았다. 어떻게든 전쟁을 막고자 하는 성녀님의 애끓는 자애로움에 전하가 조그마한 목소리로 회답했다.

"저어, 그런데 벌써 군무대신에게 군대를 보내라고 명령했는데. 에헤헤."

벌써 쳐들어간 거냐아아아! 순간 오르넬라 님이 들고 있던 담뱃대를 뚝 부러트렸다. 신의 가호도 이 저주받은 나라를 구원하기엔 무리였다. 그때 회의장에 뛰어 들어온 군무대신이 멸치 같은 육신을 자랑스럽게 펼치며 말했다.

"전하! 기뻐해 주시옵소서! 우리 자랑스런 베르스 군이 금광을 점령하고 니샤의 광부들을 모조리 인질로 잡았사옵니다! 하하하하!"

군무대신의 호방한 웃음소리를 들으며 관리들은 쓸쓸한 얼굴로 눈물을 흘렸다. 참담하다. 한 나라의 운명이 개박살이 나는데 이보다 빠른 전개가 또 있을까.

전하의 거침없는 통솔력이 사태를 빈틈없이 악화시키고 있었다.

아이히만 대공의 철두철미함도 오르넬라 님의 자애로움도 혼돈과 파멸의 주동자인 임금님을 막기엔 역부족이었던 것이다.

대공이 얼굴을 가린 채 손가락으로 나를 불렀다. 나는 침을 꿀꺽 삼키며 걸어갔다.

무슨 말을 할지 대충 예상이 된다. 그가 떨리는 숨소리와 함께 말했다.

"당장 가서 내 총 가져와."

"……저어. 심정은 이해가 가지만 그래도 국왕시해는 너무 호방한 선택 같은데요."

"저놈을 죽여야 해. 이 세계의 평화를 위해 내가 저 마귀를 죽여야만 해."

무섭다. 강철의 피가 흐르는 대공조차 이성을 잃어버리게 만드는 임금님이 무섭다! 결국 대폭발한 대공은 페르난데스 왕자님의 미래를 위해 국왕의 목을 따버리겠다며 광분하셨고 오르넬라 성녀님은 왕국 멸망의 그날까지 술이나 퍼 마시겠다며 가 버리셨고 위고르 공은 불륜을 눈치채고 달려온 사모님에게 질질 끌려가 길거리 한복판에서 찰떡이 되도록 두드려 맞았다.

어쩌면 위고르 공이 이번 전쟁의 첫 번째 전사자가 되는 게 아닐까. 그리고 나는 될 대로 되라는 심정으로 터덜터덜 리더구트로 돌아왔다.

'계속 말하지만…… 나쁜 일은 꼭 일요일에 터진다.'

4

다행히도 전쟁은 전면전으로 확대되지 않았다. 베르스도 니샤

도 군사력이라고는 별 볼일이 없는데다가 둘 다 새가슴이라서 먼저 칼을 뽑아들지 못한 채 서로 노려보기만 하며 일주일이 지나버린 것이다.

그리고 돌아온 일요일, 드디어 이 전쟁을 수습해 줄 중재자가 등장했다. 그는 바로 이오타의 제1왕자 쇼메 블룸버그였다.

"쯧. 쇼메 왕자라……."

키스가 없는 소파에 드러누워 그 소식을 전해들은 나는 인상을 찡그렸다.

몇 번이나 그 인간에게 당한 적이 있는 나는 그의 고약한 심보를 잘 알고 있다. 그리고 이익이 없으면 절대 나서지 않는다는 사실도 잘 알고 있다.

"엔디미온 님. 내부지명이 왔습니다."

시종이 다가와서 말했다. 나는 이번 일요일도 당연하다는 듯 내부지명을 받고 응접실로 향했다. 게다가 재수 없게도 지명을 원한 자는 쇼메 왕자였던 것이다. 키스가 없으니까 쇼메냐? 나 쉬는 꼴 못 보겠다 이거지? 난 진짜 국제적으로 들들 볶이는 운명인 것 같다.

5

옆에서 홍차 타면서 듣게 된 중재의 결과는 다음과 같다.

1) 베르스는 즉시 니샤 왕국의 금광에서 군대를 철수할 것.
2) 니샤는 이후 어떤 보복 조치도 하지 않을 것.
3) 베르스는 전쟁 도발에 대한 보상으로 니샤에 삼두마차 오백 대가 운반할 분량의 밀 포대를 1년에 걸쳐 지급할 것.
4) 니샤는 이오타에게 중재의 대가로 해당 금광에서 채굴되는 황금의 절반을 향후 10년간 지급할 것.
5) 이상의 협정이 지켜지지 않을 경우 이오타는 협정 불이행 국가에 무력 개입을 할 수 있음.

······내 이럴 줄 알았지. 이오타만 신났다. 고만고만한 약소국끼리 맛있는 금광을 놓고 투닥투닥 싸우니까 그걸 가만히 지켜보던 강대국 이오타가 싸움을 말려주겠답시고 끼어들어 날름 금광의 절반을 가져가 버린 것이다.

더럽고 치사해도 할 수 없다. 괜히 이오타 심기 건드렸다가 무역이라도 끊어버리면 우리나라도 니샤도 나라가 휘청거리게 되니까. 원래 지저분한 일일수록 거간꾼이 꼬이기 쉬운 법이다. 게다가 성질 더러운 야바위 왕자 쇼메가 끼어들었다면 더할 나위가 없다!

'솔직히 이젠 전하가 좀 불쌍하다.'

임금님의 자폭과 더불어 제자에게 희롱당한 사실이 분노의 시너지를 일으킨 아이히만 대공은 이루 말할 수 없을 정도로 격분했다.

그는 절대 국고는 못 내주니까 혼자 씨를 뿌리고 밭을 갈든지 도둑질을 하든지 알아서 밀가루를 구하라고 전하에게 호통을 쳤고 전하는 물에 젖은 만두마냥 기가 팍 죽어서 말도 못하고 울먹거리셨다.

뭐 어쨌든 죽고 죽이는 싸움을 피한 것은 다행이지만 그래도 명색이 이 나라의 왕인데 너무 구박하는 거 같아서 가슴이 아프다. 어쩐지 임금님의 용안이 그려진 티셔츠라도 사서 입어주고 싶은 기분이다.(물론 방에 혼자 있을 때만.)

'뭐 어쨌든 이걸로 이 난리도 끝났으면 좋겠군.'

시중을 마친 나는 차수레를 끌고 복도를 걷고 있었다. 그리고 문득 시선 끝자락에 기대어 있는 사내를 보고는 인상을 팍 찡그렸다. 바로 불량왕자 쇼메 블룸버그였던 것이다. 점점 다가갈수록 드러나는 그의 모습은 가관이었다.

아까도 봤지만 도저히 적응이 안 돼. 쇼메는 새하얀 염소의 털로 옷깃을 장식한 갈색 양가죽 코트에 긴 다리가 그대로 드러나는 검은 가죽 바지를 입고 있었다. 손가락에는 세드릭 장인이 세공했을 명품 은반지를 잔뜩 끼우고 엄청나게 비싸 보이는 선글라스까지 썼다. 그의 등 뒤에서 '나 외엔 모두 천민'이라는 거만한 코러스가 울려 퍼지는 것만 같다.

'……니가 연예인이냐.'

대체 언제 철들래! 세계 최초 왕족 아이돌 가수라도 되고 싶은 거야? 내가 호스트였을 때도 저 정도까지 화려하진 않았어! 저 상 태로 국왕이 되어 봐야 결국 바보왕자에서 바보왕으로 레벨 업 할 뿐이잖아.

헤어스타일 망가진다면서 왕관도 안 쓸 거잖아! 내가 저 인간 아 빠였다면 제발 나잇값 좀 하라고 식후 세 번씩 등짝을 후려쳤으리 라. 저 시건방진 모습을 보고 있노라면, 쇼메가 백 년에 한 번 나올 까 말까 하는 정치계의 기린아라고 불린다는 사실을 도무지 납득할 수가 없었다.

"야, 천민."

쇼메는 나를 보고는 특유의 숨 쉬듯 자연스러운 비웃음과 함께 선글라스를 금발 위로 올렸다. 나는 차수레를 끌고 가며 그런 그 를 향해 수줍게 미소 지었다. 그러고는.

"으악!"

수레바퀴로 그의 값비싼 수제 부츠를 살포시 지르밟으며 지나 가 버렸다. 나는 고통의 단말마를 터트린 그를 돌아보고는 삐딱 하게 이죽거렸다.

"어이쿠. 이것 참 죄송하게 됐네요. 소인이 워낙 천해서 눈이 잘 안 보입니다요."

"이, 이 자식이 뒈질래!"

어머나, 고귀하신 분께서 그런 상것들이나 쓰는 천한 소리를 하시다니요.

"야! 너 거기 가만히 있어!"

그는 얼마나 아픈지 체통도 잊은 채 주저앉아 발을 부여잡고 있었다. 나는 가지 말라는 그의 애통한 목소리를 뒤로 한 채 차수레를 끌며 멀어져갔다.

'음. 잡히면 죽겠지?'

나는 그의 치졸하고도 집요한 보복이 두려워 총총 걸음으로 잽싸게 도망쳐 버렸다. 물론 난 애국지사도 테러리스트도 아니지만, 왕실 모두가 설설 기는 얄미운 강대국 왕자에게 나처럼 잃을 것 없는 인간 하나 정도는 살짝궁 반항해 보고 싶었던 것이다.

6

다시 일요일이 돌아왔다. (사실 스왈로우 나이츠의 기사라면 모두가 같을 거라고 생각하지만) 3콤보로 일요일의 저주를 겪은 나는 어린아이처럼 이불 속에서 키스가 오지 않기만을 기도했다.

일요일 내부지명이라는 지옥형 편도티켓을 즐거워 죽겠다는 얼굴로 들고 찾아오는 키스는 그야말로 우리들에겐 저승사자나 다름없는 것이다. 하지만 아무리 조마조마하며 귀를 기울여도 복도를 걸어오는 공포의 발소리는 들리지 않았다.

'안 온다! 안 와!'

나는 활짝 웃으며 자리에서 일어났다. 온몸에 잔뜩 엉킨 머리카락 덕분에 침대에서 굴러 떨어지긴 했지만 그래도 좋아서 에헤헤헤 웃을 수 있었다.

행복해. 역시 사람은 범사에 감사해야 한다.

"와하하하! 안녕하세요! 즐거운 일요일입니다!"

나는 샤워를 하기 위해 한 손에 수건을 들고 발랄한 발걸음으로 1층으로 내려왔다. 그리고 1층의 광경을 보고는 수건을 툭 떨어트렸다.

1층 테라스에 스왈로우 나이츠의 기사들이 모두 모여 있었던 것이다. 그리고 서류를 손에 든 키스가 소파에 누워 있었다. 누가 봐도 본격 브리핑 분위기다.

이게 대체 어떻게 된 일이람? 이젠 휴일에 단체로 부려먹을 작정이냐! 난 뱀눈을 뜨며 물었다.

"설마 이번엔 이오타에 선전포고한 겁니까?"

키스가 하품을 하며 대답했다.

"긴급 브리핑이랍니다아. 왕실에서 공문이 내려왔어요. 우리들에게 협조를 부탁한데요."

공문? 나는 떨떠름한 얼굴로 자리에 앉았다. 다른 동료들도 의아하긴 마찬가지였다. 그도 그럴 것이 우리 같은 말단에게 협조

공문 같은 것은 내려올 일이 없다.

솔직히 무력도 권력도 없이 가진 건 반반한 얼굴뿐인 우리들한테 왕실이 부탁할 것이 뭐가 있겠는가.

헝클어진 곱슬머리에 헐렁한 분홍색 티셔츠 차림의 키스는 소파에서 일어나 쪼그려 앉았다.

"지금부터 드리는 말씀은 1급 기밀입니다. 절대 외부에 발설하시면 안 됩니다."

슬쩍 불안해진다. 설마 니샤가 이오타의 중재를 무시하고 침공이라도 했다는 거야? 아니 설령 그렇다고 해도 우리의 협조가 필요할 일은 없잖아.

키스는 우리를 슬쩍 돌아보고는 활짝 웃는 얼굴로 말했다.

"전하께서 가출하셨답니다아."

엥? 순간 모두가 눈을 가늘게 뜨며 키스를 바라봤다. 뜬금없이 뭔 소리냐는 표정들이다. 루시온 경이 심각한 표정으로 물었다.

"설마 전하께서 납치를 당하신 겁니까."

키스는 고개를 저으며 키득키득 웃었다.

"아니에요. 정확히 가.출.이랍니다. 국왕 전하께서 '모두 미워!'라는 쪽지를 남기고 연기처럼 사라지셨대요."

무어야 그게. 내가 지금 제대로 들은 거? 나는 떨떠름한 얼굴로 물었다.

"그러니까 정리하자면…… 전하가 삐쳐서 집 나갔다는 소리네요?"

"딩동댕. 아아, 국왕 전하께서도 귀여운 면이 있다니까요."

뭐야아아아아 그게에에에에에! 그게 귀엽다고 끝날 일이냐! 무슨 사춘기 소녀야? 임금이 우울하다고 막 가출하고 그러면 왕실이 무슨 필요가 있어! 이 무슨 막되어 먹은 경우냐고! 그런데 키스는 건국 이래 처음 벌어진 이 초유의 사태에 꽤나 관대한 것 같았다.

"전하도 인간이니까요. 솔직해서 좋잖아요?"

좋기도 하겠다. 그 솔직함 때문에 죽어나는 아랫것들은 전혀 안 좋거든? 눈앞이 캄캄하거든? 어처구니없는 얼굴로 키스를 바라보는 스왈로우 나이츠 기사들의 표정은 모두 '나잇살 먹고 왜 그런대!' 였다.

그래, 전하가 인간적인 모습 참 많이 보여주셨지. 그러니 이제 국왕다운 모습도 좀 보고 싶다고! 애까지 딸린 양반이 집은 왜 나가! 다 용서할 테니까 제발 돌아오라고 전국에 방이라도 붙이라는 거냐?

전하보다 천 배는 귀족의 품위가 느껴지는 루시온 경이 가벼운 현기증에 시달리는 얼굴로 말했다.

"알겠습니다. 그런데 오늘 벌어진 일입니까?"

"아니요. 삼 일 전에 가출하셨대요. 발견한 건 오늘이지만."

……진짜 존재감 없다. 가든가 말든가 관심도 없었다는 거냐. 이 나라의 왕권은 어디로 흘러가고 있는 걸까.

키스는 서류를 휙 집어던지며 산뜻하게 말했다.

"뭐, 이러거나 저러거나 우리하고는 상관없는 일이에요."

상관 엄청 있어! 그게 왕실 기사 입에서 나올 소리야?

"아무튼 우리들은 각 지역으로 지명을 가니까, 지명 중에 전하를 발견하거나 전하에 대한 소식을 듣게 되면 곧바로 헬스트 나이츠 본부에 알릴 것. 이상입니다아."

그러고는 픽 쓰러져 잠들어 버렸다. 일어나! 이 코알라 단장!

7

시내로 나가기 위해 왕궁을 걷던 중 우연히 아이히만 대공을 만났다. 언제나처럼 행정부 관리들을 전투적으로 이끌고 다니는 이분은 나를 보고는 시큰둥하게 물었다.

"애송이. 소식은 들었겠지?"

"아 예. 정말 큰일입니다."

그러자 그는 콧방귀를 뀌며 말했다.

"큰일은 무슨. 도리어 잘 되었어. 정신 차릴 때까지 고생 좀 하라지."

아이고. 이쪽도 단단히 화가 났다. 나는 쓴웃음을 지으며 말했다.

"주제넘은 말이지만, 최근 전하께서 되는 일이 없어서 너무 우울해 하신 것 같았습니다. 모두가 대공처럼 완벽한 것은 아니니까요. 고정하시고 대공께서도 조금은 전하의 기분을 맞춰 주시는 것이……."

그러자 대공이 시큰둥하게 대답했다.

"내가 그 지지리도 말 안 듣는 놈 심정 따위 알게 뭔가. 그놈이 우울해진다고 세계가 멸망하는 것도 아닌데 눈 씻고 봐도 귀여운 구석이라곤 없는 배나온 중년 유부남한테 내가 왜 비위를 맞춰?"

……왜냐하면 복부비만의 중년이라도 일단 국왕이니까요.

"흥. 쥐뿔도 문제될 거 없으이. 춥고 배고파지면 지가 알아서 기어들어오겠지. 오기만 해봐라. 각을 떠서 아작을 내주마."

이거 어째 내가 엄격한 아버지와 반항하는 아들 사이에 끼어버린 식모 꼴이 된 거 같은데. 그런데 다른 나라에서도 왕국의 국정이 이런 식으로 흘러가던가.

그때 멀리서 누군가가 헐레벌떡 달려오고 있었다. 근육질에 느끼한 쌍꺼풀이 무척이나 부담스러운 그는 바로 헬스트 나이츠 기사단장 블리히였다. 그는 숨을 헐떡이며 대공 앞에 섰다.

대공은 태연하게 물었다.

"뭔가? 전하 놈을 생포했나? 뭐 사살해도 별 상관은 없네만."

방금 대사에 심각한 문제가 있는 것 같습니다만. 하지만 블리히는 다급한 표정에도 불구하고 대공의 표정을 살피며 쉽게 말을 꺼내지 못했다. 저거 무슨 프로포즈를 앞둔 예비신랑 같은 표정이지 않은가. 대공이 재촉했다.

"말하게. 이젠 뭔 문제가 터져도 다 이해할 것 같으니까."

그러자 블리히가 조심스럽게 입을 뗐다.

"지금 발견한 사실이옵니다만……."

그는 죽음의 주문이라도 읊는 듯 눈을 꽉 감은 채 말을 이었다.

"저, 전하께서 옥새를 가지고 가셨습니다!"

헉! 순간 나는 반사적으로 대공의 곁에서 전속력으로 이탈했다. 대공의 곁에 있다간 곧 그가 뿜어낼 분노의 폭발에 휘말려 온몸이 녹아버릴 것이 분명했기 때문이다. 울화통이 임계점을 넘어간 대공의 온몸이 격하게 떨리기 시작했다. 그리고 왕실 대폭발을 예고하는 공포의 카운트다운이 시작되었다.

쓰리.

"그건…… 건국 이래 한 번도 왕실 밖으로 나간 적이 없는 옥새를 들고 튀었다는 의미냐?"

투.

"그 빌어먹을 찐만두가…… 감히 이 아이히만을 엿 먹여?"

원.

"그래, 도망쳐라. 내 손에 잡히지 않길 기도해야 할 거야. 잡히기만 하면 그 만두 같은 머리통을 쪼개서 앙꼬를 파버릴 테니까."

파이어!

순간 왕실 한복판에서 새하얀 섬광이 폭발했다.

"그 망할 애새끼를 당장 잡아와아아아아아아아아아!"

8

옥새(玉璽)란 무엇인가. 그것은 왕국의 상징. 옥새란 무엇인가. 그것은 권력의 정점. 국왕 전하의 결재가 필요한 왕국에서 가장 중요한 서류에는 예외 없이 옥새라는 도장이 찍힌다.

옥새가 찍힌 문서는 그야말로 어명이기 때문에 아무도 거부할 수 없는 절대적인 힘을 지니게 된다. 즉 옥새를 쥐는 자가 왕권을 쥐는 절대 반지, 아니 절대 도장인 것이다.

'그러니까 임금님이 그걸 가지고 튀었다 이거지…….'

분명히 너무 엄격한 대공에게 복수한 것이다. 덕분에 마라넬로 황제도 한수 접는다는 정치의 귀재 아이히만 대공이 정통으로 뒤통수를 맞아 버렸다.

하지만 이야아 전하도 참 제법이야, 라고 웃어넘길 문제가 아니다! 최악의 시나리오로 임금님이 옥새와 함께 우리의 적국인 악투르 왕국에 납치라도 되는 날엔! 나는 등골이 오싹했다.

국왕 가출에 옥새 도난, 위기는 둘째 치고 망신도 이런 개망신이 없다. 세계사에 천년만년 기록될 빅스케일 개망신인 것이다. 지금쯤 두 손에 얼굴을 파묻고 '다 때려치우고 싶다'라며 한숨을 내쉬고 있을 카론 경의 모습이 눈앞에 어른거렸다.

그렇다고는 해도…….

"불철주야 봉사하는 엔디미온 키리안, 지명해 주셔서 감사합니다. 앞으로도 많이 지명해 주세요. 비가 와도 폭풍이 몰아쳐도 당장 달려가겠습니다."

오늘도 작업 멘트와 함께 지명을 마친 나는 언제나 나를 애용해 주시는 단골 영주님에게 인사하며 애교 가득한 미소를 보였다.

옥새의 행방 같은 중대사는 왕실 먹이사슬의 말단에 위치한 나는 전혀 끼어들 틈이 없는 권력자들의 고민인 것이다.

"어머나, 귀여워라. 하룻밤만 더 있다 가. 응?"

어허. 알만한 귀부인께서 왜 이러십니까. 나는 10대 내내 갈고 닦아온 고난이도의 영업 기술로 50대 미망인의 농염한 유혹의 손길을 능숙하게 되돌려 놨다.(여기서 상대를 안타깝게 만드는 것이 영업 포인트다.) 그러니까 왕국의 위기고 뭐고 내가 할 일은 언제나 이것인 것이다. 나는 문득 생각이 나서 넌지시 물었다.

"영주님. 혹시 최근 왕실 소식 들으신 거 있나요?"

"으응? 아무것도 없는데?"

역시 그렇군. 귀족도 모르고 있다. 국왕 전하의 가출은 (여러 가지 의미에서) 절대 들통 나서는 안 되는 특급 기밀이기 때문에 '공개수배'는 금물. 대신 왕실 근위기사단 헬스트 나이츠가 극비리에 전하의 행방을 뒤쫓고 있는 것이다.

국왕 가출 사건은 어디까지나 물밑에서 조사해야 했다. 게다가 전하의 용안을 일반 국민들이 알아볼 리가 없으므로 사람들 속에

섞여 있는 전하는 그야말로 '보고 있으면 만두가 먹고 싶어지는 중년 남자' 외엔 아무것도 아니다. 사람들 사이에서 소문이 돌 리가 없다.

"미온 군. 조심해서 가. 이 지역은 특히 치안이 나쁘니까. 특히나 미온 군은 너무 귀여우니까 노리는 사람들이 많을 거야."

⋯⋯그게 이 지역 치안을 책임지는 영주님의 입에서 나올 말씀일지 모르겠습니다만, 어쨌든 이곳 일대는 베르스에서도 손꼽히는 악명 높은 환락가라서 자칫 한눈을 팔다가는 바로 호객꾼에 의해 위험해 보이는 술집으로 끌려가 지갑을 털리게 되는 곳이다.

물론 이보다 백만 배는 더 위험한 비밀 호스트바에서 전 세계 여성 권력자들을 상대하며 10대를 보낸 나한테는 도리어 고향에 온 것 같은 그리움마저 살짝 느껴질 정도지만 말이다.

9

역으로 가기 위해 불야성으로 빛나는 원색의 환락가를 걷던 나는 살짝 불안한 예감이 들었다.

설마 전하가 이런 곳을 방황하고 있는 것은 아닐까. 어쨌든 임금님은 보통 사람들의 구질구질한 세상살이 같은 건 전혀 겪어본 적이 없는 왕족이다.

말하자면 왕실 밖에서는 거의 생존능력이 없는 연약한 생명체나 다름없는 것이다. 그리고 마담이라고 불리는 이런 환락가의 프로들은 그런 '봉'을 한눈에 알아보고 뼛속까지 빨아먹는 무서운 재주를 지녔다.

이쪽 방면에 대해서는 왕실에서 내가 가장 정통하다고 자신할 수 있다.

고상한 향수냄새를 풍기며 돈자랑, 옷자랑, 가문자랑에 목숨 거는 귀족 화류계와는 차원이 다른 비정한 약육강식의 세계인 것이다.

그러니까 전하처럼 세상물정 모르는 분이 이런 향락가를 어슬렁거렸다간 눈 깜짝할 사이에 먹잇감을 노리는 승냥이들이 홀라당 '벗겨먹어' 버린다.

속옷 빼고 다 뜯긴 뒤에 자신이 국왕이라고 백날 외쳐봐야 미친 놈 취급 받아 흠씬 두드려 맞을 뿐일 테고 옥새도 '고가의 액세서리' 쯤이 되어 장물로 팔릴 것은 두말할 필요도 없다.

입을 헤에 벌린 채 환락가를 어슬렁거리는 임금님의 모습이 눈에 선했다. 안타까운 한숨이 나온다. 차라리 온몸에 꿀을 바르고 벌통을 걷어차는 쪽이 생존확률이 더 높을 것이다.

'생각해 보니까 진짜 위험한데 이거.'

아무리 카론 경이 뛰어난 수사관이라도 이런 '밤거리'에는 젬

병일 게 분명하다. 평민 출신이라고는 하지만, 어쨌거나 기사 수행을 거쳐서 곧바로 왕실 기사가 된 엘리트인데다가 갑갑할 정도로 금욕적인 사람이니 '이쪽 방면'에 대해서는 능숙할 리가 없는 것이다.

예전에 몸담았던 업소의 마담인 하르카스 누님에게 수소문이라도 부탁해야 하나. 이 바닥에서 그녀의 정보력은 인트라 무로스를 능가하니까. 하지만 특급 기밀이라서 내가 함부로 발설할 수도 없는 노릇이지 않은가.

"응?"

그렇게 생각에 잠겨 거리를 걷던 내 눈에 한 여성의 뒷모습이 들어왔다.

나보다도 키가 큰 편이었지만 다리가 길어 뒤태가 늘씬했다. 검은 머리카락에 검은 드레스는 좀 에러였지만 그래도 누구나 시선이 갈 정도로 몸매가 좋았다.

그런데 문제는 뒤뚱거리고 있다는 것이다. 처음에는 술 취한 줄 알았는데 유심히 보니까 높은 구두에 익숙하지 않은 듯했다.

하이힐을 처음 신어본 것이 분명하다. 이리저리 휘청거리는 모습이 보기 안타까울 정도였다. 쓴웃음이 절로 났다.

'시골에서 막 올라온 건가?'

열차가 도착할 때까지는 시간도 충분했다. 나는 '유경험자'로서 조금 도와주려는 마음에 그녀의 등 뒤로 다가갔다. 그러고는 뒷짐을 진 채 그녀의 얼굴 밑으로 고개를 쏙 내밀며 활짝 웃었다.

"헤헤. 처음부터 그렇게 높은 굽을 신으면 예쁜 발이 망가져요."

그렇게 그녀를 올려다본 나는 그 모습 그대로 굳어버렸다. 어디서 많이 본 사람이었다.

"……."

"……."

동상이 되어 서로를 바라보는 우리들 사이에 죽음과 같은 정적이 흘렀다. 나는 그녀를 올려다보며 중얼거렸다.

"……카론 경 여기서 뭐하고 계십니까."

"보, 보면 모르나."

"전혀 모르겠는데요. 부업 중이십니까?"

"기, 기밀 작전 중이야!"

카론느 양은 새빨갛게 된 얼굴로 고개를 돌리며 대답했다. 죽고 싶다는 표정이 바로 저런 것일까. 지옥에 떨어진 지금의 카론 경에게 유일한 위안이 있다면 내가 키스 경이 아니라는 사실 뿐이리라.

결국 카론 경은 하이힐에 휘청거리며 내 어깨를 손으로 잡았다. 그의 얼굴은 거의 울어버릴 것처럼 달아올라 있었다.

"오, 오해하지 마라! 이건 단지 전하를 찾기 위해서 어쩔 수 없이……."

순간 내 마음 속에 잠들어 있던 작은 악마 하나가 눈을 떴다.

나는 히죽 웃으며 대답했다.

"아니 누가 뭐랬나요. 열심히 사는 모습이 참 보기 좋습니다아."

"닥쳐!"

살기 어린 고함소리에 주변 사람들이 돌아봤다. 그는 입을 막으며 조그맣게 말했다.

"절대…… 절대로 키스 녀석에게 말하지 마라."

그가 짜낸 목소리는 거의 애원이었다. 세계의 범죄자들이 벌벌 떠는 이 긍지 높은 은의 기사가 이 정도까지 궁지에 몰린 적이 또 있었던가.

그런데 솔직히 여장 전문인 내가 봐도 질투할 만큼 엄청나게 예쁘다. 나야 그렇다 쳐도 저 얼굴이며 몸은 진짜 사기야. 30대 유부남들에게 사과해!

그때 우리들을 본 불량한 남자가 징그럽게 웃으며 다가왔다.

"어이 아가씨들. 처음 보는 얼굴들인데. 야심한 밤에 이런 위험한 곳을 방황하면 쓰나. 이 어르신께서 보호해줄 테니……."

순간 뒤도 안 돌아본 카론 경의 손등이 그의 안면을 강타했고 그 즉시 박 터지는 소리와 함께 눈알이 하얗게 돌아간 거한이 풀썩 쓰러졌다.

분명한 살의가 담긴 일격이다. 왕실 기사가 민간인을 때리다니! 카론 경은 당장이라도 결투를 신청할 것 같은 무서운 얼굴로 또박또박 말했다.

"다시 말해두지만 절.대.로. 키스에게만은 말하지 말도록."

내 양 어깨를 잡은 그의 두 손에 힘이 꽈아아아악 들어가 있었다. 나는 하얗게 질린 얼굴로 정신없이 고개를 끄덕였다. 여기서 '에헷. 그러면 이멜렌 님에게는 말해도 되나용?' 같은 애교 넘치는 조크를 던진다면 1초 후엔 저 쓰러진 불량배 위에 내 시체가 포개어져 있을 것이다.

"카론 경. 전하가 이곳에 계신가요?"

나는 주변을 훑어보며 소곤거렸다.

"확신할 수는 없다. 하지만 전하의 흔적을 추적해 본 결과 현재 이 부근에 계실 가능성이 높다. 일이 커지기 전에 무슨 수를 써서라도 찾아야 해."

이 작전의 절실함은 카론 경의 드레스만으로도 충분히 설명이 된다. 카론 경은 분명 세계 유수의 기사단에서 서로 모셔가려는 용맹한 기사의 귀감인데, 이런 임금이 통치하는 이런 나라에서 태어났다는 이유만으로 여장이나 해야 한다니. 너무도 가혹한 운명을 던져준 조물주에게 욕을 한 바가지 하고 싶을 것이다.

어쩌면 집에 돌아간 뒤 화장실에 틀어박혀 하이힐을 집어 던지며 펑펑 울지도 몰라. 하지만 이곳은 어디까지나 불법적인 장사도 왕왕 벌어지는 악명 높은 환락가. 싸늘한 냉기를 뿜는 엘리트 왕실 수사관 카론 샤펜투스 경이 나타났다는 소문만 들려도 곧바로 간판 내리고 문 걸어 잠글 것이다.

그러니까 이 지역에 잠입하기 위해선 도도한 얼음미녀 카론느라는 비밀병기가 필요한 것이다. 하지만 말이지…… 전문가의 입장에서 보기엔 이거야말로 최악의 방법. 카론 경은 자신이 여장을 했을 때 이 위험천만한 환락가에서 무슨 수난을 당할지 아직 모르는 것 같았다.

기사의 명예가 너덜너덜해질 정도로 험한 꼴을 당하게 될 겁니다, 카론느 양. 역시 이 바닥에선 세상 풍파에 닳고 닳은 꽃뱀 미오니아가 투입되는 것이 적격이다.(서글프지만)

나는 전하를 찾기 위해 '수단과 방법을 가리지 않고' 고군분투하는 카론 경에게 물었다.

"혼자서 작전 수행 중이신가요?"

"아니. 블리히 경과 함께 왔다."

……그냥 혼자 하는 편이 낫겠네요.

"그런데 그 양반은 어디 갔데요?"

카론 경 포주 노릇하면 딱 어울리겠구만.

"음. 잠복 수사 하겠다며 사라졌는데……."

그때 내가 근처를 손가락으로 가리켰다.

"혹시 저 인간 아닙니까."

저쪽에선 술에 떡이 된 블리히가 벽을 붙잡고 토하고 있었다.

"……어떤 식으로 잠복 수사를 하면 저 지경이 되나요."

블리히 경의 드문 장점 중 하나가 어떤 퇴폐향락 문화에도 자연스럽게 녹아들 수 있는 놀라운 친화력이리라. 블리히는 그 어떤 퇴폐업소와 탐관오리, 장물애비 같은 어둠의 자식들과도 형제가 될 수 있는 무서운 마력의 소유자인 것이다.

그러나 치명적 문제는 너무 잘 녹아서 자신도 헤어 나오질 못한다는 것이다. 술에 만취해 눈이 풀린 헬스트 나이츠 단장께서 바닥에 주저앉아 뭐라고 중얼거리기 시작했다.

"아 대체 어디 숨은 거냐고, 망할 임금. 우웨에엑."

야! 특급 기밀 말하지 마! 그리고 그만 토해! 더러워! 카론 경은 그저 쓸쓸한 눈으로 작전 수행 중 고주망태가 되어 폭포처럼 시원하게 내용물을 쏟아내는 명문가 기사 나리를 바라볼 뿐이었다. 곱게 드레스를 차려 입은 채 술에 취해 나뒹구는 상관을 바라보며 환락가 한복판에 우두커니 서 있는 카론 경의 표정은 '난 누군가. 또 여긴 어딘가.' 였다.

난 얼굴을 가리며 중얼거렸다.

"아아. 저 화상."

블리히는 비틀거리며 일어나 우리에게 좀비처럼 다가왔다. 그러고는 냅다 달려들어 카론 경의 허리를 휘어잡았다.

"이히히히. 이쁜 언니. 전하 어디 있는 줄 알아?"

……가지가지 한다. 아예 확성기로 '임금 나와!' 라며 동네방네 떠들고 다니지 그래. 카론 경은 자신의 매끈한 복부에 얼굴을 부비는 블리히에게 서리가 내린 목소리로 말했다.

"저도 모르겠습니다."

그때 술이 확 깬 블리히가 눈을 커다랗게 뜨며 고개를 번쩍 들었다. 부하 기사의 허리춤을 거침없이 휘감은 쾌남아 블리히는 빛의 빠르기로 포즈를 바꾸며 근엄하게 말했다.

"흐음. 그래? 후후. 생각보다 쉽지 않군."

쉽지 않은 건 니 인생이야!

"그럼 자네는 계속 남아 수사에 집중하게. 물론 나도 돕고 싶지만 보고를 위해 왕실로 돌아가야겠군. 그리고 전하를 찾으면 꼭 나한테 먼저 알려야 하네. 알겠지?"

열심히 사는 모습이 참 보기 좋습니다.

그때였다. 갑자기 땅이 울리기 시작했다. 작은 진동이 점점 커져 삽시간에 거리가 진동했다. 나는 당황하며 사방을 두리번거렸다.

"지, 지진?"

그때 사람들이 뛰어오며 외치기 시작했다.

"의적단이다! 의적들이 영주의 금고를 털었다!"

곧 진동의 정체가 밝혀졌다. 거리 끝에서부터 말을 탄 사내들이 몰려오고 있었던 것이다. 사람들이 썰물처럼 길 양 옆으로 물러섰고 수십여 명의 말 탄 도적들이 전속력으로 그 길을 지났다.

그 박진감 넘치는 광경은 뜨겁게 휘몰아치는 바람 같았다. 그런데 일부러 비켜준 것 같은 시민들은 어쩐 일인지 그들에게 환호하는 것이었다. 자칭 의적들은 도주하며 반짝거리는 것을 사방에 뿌리고 있었다.

바닥에 떨어진 그것을 보니 바로 금화였다. 거리는 폭동이라도 날 것 같은 열기로 끓어오르고 있었다. 나는 돈을 뿌리며 도망치는 그들을 멍하니 지켜봤다. 그리고 나는 그 의적들의 물결 끝자락에서 도저히 믿을 수 없는 장면을 보고야 말았다.

하지만 만두의 의인화라고밖에 말할 수 없는 저 토실토실한 체형을 어떻게 다른 사람으로 착각할 수 있을까. 벼락같은 속도로 우리 앞을 지나쳐서 점이 되어 사라지는 그의 뒷모습을 바라보며 나는 힘없이 중얼거렸다.

"……전하. 거기서 뭐하고 계십니까."

온몸에서 피가 쭉 빠지는 기분이다. 집 나간 지 삼 일 만에 강도가 된 거냐! 그리고 잠시 후 영주의 사병들이 말을 타고 나타나 고래고래 소리를 지르며 임금님의 뒤를 쫓았다.

"거기 서라! 저 왕국의 역적들!"

나는 손으로 얼굴을 가렸다. 그 역적이 바로 너희 국왕이란다. 사람들은 사병들에게 야유를 퍼부었다. 난리가 가라앉은 뒤 정신을 차린 나는 황급히 카론 경을 바라봤다.

"카, 카론 경! 이거 정말 큰일 났……."

이미 카론 경은 저 멀리 어깨를 축 늘어뜨린 채 쓸쓸히 어둠 속으로 사라지고 있었다. 벗어던진 하이힐이 거리를 굴러다녔다.

옆에서 누군가 구슬픈 색소폰이라도 불면 딱 어울릴 것 같은 가슴 아픈 풍경이었다.

역시 카론 경의 추리는 옳았다. 전하는 이 부근에 있었던 것이다.

다만 나와 카론 경이 실수한 점이 있다면 전하의 사회적응능력을 너무 얕봤다는 것이리라.

하지만 하고 많은 직업 중에 하필이면 도둑놈이란 말인가! 세계 최초로 국왕이 세금을 모으고 그걸 다시 터는 신개념 경제 순환 시스템이 완성되는 순간이었다.

나는 울상이 되어선 전하가 사라진 거리를 바라봤다.

"전하. 왜 자꾸 엉뚱한 곳에서 인생의 로드맵을 발견하시는 겁니까!"

장담하건데, 이 일을 대공에게 알리는 순간 왕실에선 세컨드 임팩트가 터질 것이다.

10

카론 경과 나의 보고를 접한 대공은 묵묵히 듣기만 했다. 충격이 너무 크면 아무런 반응도 못한다고 했다. 말끔히 백발을 넘긴 철혈대신은 '전하는 도둑놈'이라는 실로 깜찍한 보고를 듣고는 눈을 지그시 감은 채 조용히 입을 다물었다.

그는 자신의 정치인생 반세기를 반추하는 것 같았다. 인간은 왜 태어났을까, 사는 게 다 뭐란 말인가, 이런 감상 말이다. 이런 일을 겪으면 사람이 철학적이 될 수밖에 없을 것이다. 대공은 눈을 감고 고개를 주억거렸다.

"……그래, 의적이 되어 몸소 부의 재분배를 실천하고 계신단 말이지."

나는 언제 터질지 모르는 폭탄 앞에 서 있는 것처럼 쩌릿쩌릿했다.

하지만 대공은 폭발하지 않았다. 도리어 생각을 마치고 눈을 반짝 뜬 그의 얼굴은 어느 때보다 맑고 청명했다. 뭐야 이거, 번뇌하다 결국 득도라도 한 건가.

"좋아. 묘안이 떠올랐다. 이 문제를 한 방에 해결해주지."

아니 대체 어떤 방법으로……. 대공은 곧바로 종이 한 장과 깃펜을 들어 뭔가를 작성하기 시작했다. 난 불안한 표정으로 그 모습을 바라봤다.

주저 없이 멋들어진 문장을 휘갈기던 대공이 콧노래를 하며 말했다.

"우후후후. 군대에 도적 소굴을 토벌하라는 공문을 내려야지. 그곳을 쑥밭으로 만들어주겠어. 나한테 덤빈 대가가 뭔지 똑똑히 보여주마. 이거 아주 신나는구먼."

헐!

"자, 자, 자, 잠깐만요! 그 문서 스톱!"

지금 임금님과 도적들을 싸잡아 초토화시키겠다는 거? 국왕시해가 무슨 묘안입니까! 왕실이 무슨 틈만 나면 등에 칼을 꽂는 콩가루 집안인가요! 내가 황급히 가로막자 대공은 의아한 얼굴로 대답했다.

"왜 그러나? 왕실의 재산을 갉아 먹는 도적들을 박멸하는 것이야말로 보람찬 왕실의 의무 아닌가?"

"하지만 그랬다간 전하도 같이 박멸되어 버리거든요?"

이 무서운 할아범은 내 말에 입꼬리를 올리며 회답했다.

"그거 일석이조로군."

아니 왜 사자성어가 그런 식으로 활용된대? 죽이고 싶은 거죠! 자신을 엿 먹인 임금님을 가루로 만들어 버리고 싶은 거죠! 하지만 '복수는 나의 것'이라고 주장하는 대공은 끝까지 포기할 생각이 없는 것 같았다.

"몰랐다고 하면 돼. 전하가 설마 도둑놈들 중의 하나일 줄은 꿈에도 몰랐다고 대충 둘러대면 돼."

"……됩니까?"

이야아. 그거 완전범죄로군요, 라고 맞장구쳐 줄 수 있는 문제가 아니잖아요!

그때 카론 경이 처음으로 입을 열었다.

"대공. 제가 전하를 모시고 오겠습니다."

"호오?"

역시 카론 경. 나도 따라서 고개를 숙였다.

"저, 저도 돕겠습니다."

그러자 대공은 피식 웃으며 우리들을 바라봤다.

"자네들의 충성심이 그리 대단한지 몰랐구먼. 감격하겠어."

잠시 책상을 손가락으로 톡톡 두드리며 생각하던 대공은 곧 고개를 끄덕였다.

"허락하지. 왕의 안위를 지키는 것 또한 기사의 의무일 테니까."

"감사합니다."

"단!"

대공이 저승사자처럼 경고했다.

"딱 일주일일세. 그 이후에도 일이 해결되지 않는다면 내가 직접 그 도적소굴로 가서 피바람을 일으킬 거야. 한 번도 경험한 적이 없는 생지옥을 보여주겠어. 눈에 보이는 모든 것을 파멸시켜버릴 거야! 무자비가 어떤 의미인지 뼛속에 새겨놓겠어!"

이글거리는 눈동자로 그렇게 으르렁거리던 대공은 숨을 깊게 들이쉰 뒤에 방긋 웃었다.

"그럼 수고들 하시게."

나는 식은땀을 흘리며 고개를 숙였다.

"바, 반드시 전하를 모시고 오겠습니다."

어쩐지 일주일 안에 전하를 구하지 못하면 그 피바람 속에 우리도 말려들 것 같다는 불길함이 엄습했다.

11

리더구트로 돌아온 내가 키스 경에게 전하가 의적이 되었다는 사실을 말하자마자 키스는 자지러지게 웃는 것이었다. 얼마나 웃긴지 소파를 마구 두드리며 발을 동동 구를 정도였다.

"아하하하하!"

웃다가 소파에서 굴러 떨어진 뒤에도 바닥을 굴러다니며 배를 잡고 웃었다.

"이히히히히!"

"……"

좋아 죽겠단다. 왕국의 위기가 그렇게도 웃기더냐.

"꺄하하하하!"

"……으이구."

숨넘어갈 지경으로 웃던 키스는 겨우겨우 웃음을 가라앉혔다.

"역시 전하는 뭘 좀 안다니까요!"

알긴 뭘 알아! 한참을 웃은 키스는 글썽거리는 눈물을 닦아내며 손바닥을 휘휘 저었다.

"아아, 역시 전하는 존경할 수밖에 없는 분이에요. 시시껄렁한 땅따먹기에 인생을 낭비하는 황제 따위와는 비교도 안 되는 카리스마 지도자세요. 존경심이 무럭무럭 솟구쳐 오르네요."

그렇다. 4차원은 4차원끼리 통하는 것이다. 키스는 어지간히도 전하가 마음에 든 모양이었다. 하긴 나도 임금님은 도무지 미워할 수가 없다.

적어도 다른 대부분의 권력자들처럼 시커먼 야망에 사로잡혀 악의로 가득 찬 인생을 살지는 않으니까. 하지만 그건 그거고 위기는 위기인 것이다.

나는 조심스럽게 키스에게 다가갔다.

"저어, 키스 경. 그렇게 전하가 좋다면 좀 도와줘요."

사실 키스 경이 게을러 빠져서 그렇지 아군이 된다면 이보다 더 든든한 사람도 없다. 정신적으로는 하자가 있어도 어찌되었든 육체적으로는 아신을 제외하면 누구도 쓰러트릴 수 없을 것 같은 초인이니까.

도적 소굴에서 비밀리에 전하를 빼오는 것쯤은 일도 아닐 것이다. 키스는 어쩐 일인지 내 말에 주저 없이 고개를 끄덕였다.

"그럼요. 돕고말고요."

"얼레? 정말요?"

도리어 물어본 내가 다 놀랐다. 그리도 전하가 좋더냐?

"자 그럼 어서 빨리 카론 경과 함께……."

내가 환하게 웃으려는 찰나 키스는 고양이처럼 하품을 하고는
잠들어 버렸다.

"어이. 꿈속에서 도와준다는 거냐?"

진짜 일생에 도움이 안 되는구나.

12

어둑한 수풀 속에서 두 개의 머리가 삐죽 고개를 내밀었다.

"카론 경. 정말 전하가 이곳으로 올까요?"

머리 위를 풀잎으로 위장한 내가 숨소리를 죽이며 주변을 훑었
다. 인적 없는 숲길에 들리는 건 벌레소리뿐이었다. 하지만 카론
경은 확신했다. 정체를 드러내면 안 되는 그는 웃기는 조합이지
만 제복을 벗고 복면에 안경까지 쓰고 있었다.

"그럴 것이다. 전하께서는 전국 모든 영주로부터 세금이 들어
오는 루트를 모두 기억하고 계신다. 이곳은 대제후가 보내는 대
량의 세금이 이동하는 길목이면서도 특히나 야습이 쉬운 지형이
다. 전하는 이곳을 지나는 세금마차를 습격할 확률이 높다."

그 많은 세금을 다 암기한다고? 그런 디테일한 부분은 쇼메 왕
자도 기억 못할 거다. 역시 돈에 대해서는 쓸데없이 치밀한 분이
라니까.

게다가 전술가로서의 역량이 빛나는 이 대담한 야습작전은 또 뭐란 말인가. 예전에는 전하도 페르난데스 왕자님처럼 천재였다고 하던데…… 그 엄청난 천재성이 이상한 곳에서 발휘되고 있었다.

카론 경이 복면을 올리며 눈을 번뜩였다. 그의 예측대로 숲길에 불빛이 하나 둘씩 번지기 시작했다. 그러고는 덜그럭거리는 바퀴소리와 함께 왕실에 보낼 세금을 실은 마차가 모습을 드러냈다.

여기까지는 계획대로였다. 하지만 곧이어 나타난 병사들을 보자 내 입에서는 절로 신음소리가 흘러나왔다.

"워, 원래 저렇게 경호가 철저한가요."

마차를 보호하는 자들은 단순한 영주의 사병들이 아니었다. 푸른 제복을 입고 있는 그들은 모두 라이플로 무장하고 있었던 것이다. 영주가 부른 경찰 총사대였다.

아마도 최근 설치는 '만두의적단'을 유인해 궤멸시키기 위한 계획이리라. 카론 경은 눈썹을 찡그렸다.

아무리 제후라고 해도 왕실의 허락도 없이 총기를 운용하는 것은 위법이다. 이번 일이 끝나면 꼭 문책을 하겠다고 다짐하는 표정이었다.

"난리 났네."

나는 입술을 깨물었다. 기껏해야 민간인들로 구성된 의적들이 총으로 무장한 경찰과 부딪친다면 결과는 뻔하다. 도망칠 겨를도 없이 삽시간에 가루가 될 것이다. 그리고 전하와 옥새와 이 나라의 미래도 가루가 되어 버린다.

우리는 골치 아픈 딜레마에 직면해 있었다. 무슨 일이 있어도 전하의 신변은 지켜야 한다.

그러나 역시 왕실 기사의 신분으로 공무원인 경찰을 죽여서도 안 되는 것이다.

그렇다고 우리가 죽는 결말도 아주 곤란하다. 결국 고심 끝에 나온 작전은 다음과 같았다.

"살려주세요. 도적들이 몰려오고 있어요!"

숲에서 뛰쳐나온 미오니아는 경찰들에게 달려가며 애처로운 목소리로 소리쳤다.

최근에는 반드시라고 해도 좋을 정도로 꼭 쓰이게 되는 드레스를 항상 지참하고 다닌다. 필사의 연기를 위해 옷도 좀 찢고 어깨도 드러냈다.

"뭐? 도적놈들이 온다고! 전원 조준!"

그들은 내가 손짓으로 가리킨 방향을 향해 이열종대로 한쪽 무릎을 꿇으며 총구를 겨눴다.

역시 훈련 받은 자들이라서 일사불란하다. 그러나 그 순간 반대쪽에서 검은 바람이 몰아쳤다.

"뭐, 뭐야!"

카론 경은 단숨에 그들에게 뛰어들었다. 그는 먼저 마차의 등불

들을 검으로 잘라 주변을 일시에 어둠에 잠기게 했다. 라이플은 무
서운 무기지만 암흑 속에서 난전이 되어 버리면 쓸모가 없다. 아군
을 쏠 수도 있기 때문에 방아쇠를 당길 수가 없는 것이다.

"후미에서 기습!"

앞을 겨냥하던 그들은 당황하며 방향을 바꿨고 그 때문에 전열
이 무너졌다. 사방에서 터지는 고함소리와 비명이 아수라장을 만
들었다. 이미 어둠에 눈이 적응한 카론 경이 그들 속을 휘저으며
라이플을 잘라버렸고 연달아 불꽃이 터졌다.

그는 칼등으로 어깨나 발목을 쳐서 경찰들을 단 한 명도 죽이
지 않은 채 제압했다. 얼마 지나지 않아 마차 주변에 서 있는 사
람은 카론 경 혼자였다. 경찰들은 모조리 쓰러져 난데없는 악몽
에 몸을 떨 뿐이었다. 진짜 대단하다. 밥 먹듯이 실전을 경험한
검술사가 아니라면 흉내도 못 낼 일이었다.

"가자."

카론 경은 입을 쩍 벌리고 있는 내 팔을 잡아끌며 숲 속에 다시
숨었다. 나는 카론 경이 은의 도적이 아닌 은의 기사라는 사실에
감사했다. 만약 마음먹고 도적질을 했다면 전국의 영주들이 노이
로제에 걸렸을 것이다.

13

음지에서 도와주는 우리 덕분에 의적단은 손쉽게 세금을 갈취해서 자신들의 소굴로 돌아갈 수 있었다. 그리고 우리는 그 뒤를 은밀히 밟았다.

산중에 숨겨진 소굴은 예상보다 훨씬 엉성했다. 중무장한 요새는커녕 추레한 판자촌을 연상케 했다.

저들은 그동안 카론 경이 상대하던 악랄한 흉악범이 아니라 정말로 배가 고파서 도둑을 선택할 수밖에 없었던 자들이었다. 귀족들은 저들을 죽어 마땅한 쥐새끼들이라며 경멸한다. 허나 저들이 그렇게 되도록 만든 자들은 누구인가?

"카론 경. 저 사람들을 죽일 건가요."

"죽여서 해결할 생각이었다면 처음부터 군대를 보냈다."

바위에 등을 기댄 채 몸을 숨긴 카론 경이 자신의 칼을 점검하며 말했다.

카론 경도 가난의 의미를 알고 있는 평민 출신이다. 나는 그가 전하를 구해 오겠다고 자청한 이유를 알 것 같았다. 결국 작전은 아까와 같았다.

"토벌군이 몰려와요!"

아까보다도 과감하게 옷을 찢은 미오니아가 비명을 지르며 도적 소굴로 뛰어 들어갔다. 나는 위급한 표정을 가득 드러내며 눈

앞에 보이는 사람을 향해 달려갔다. 그런데 그가 의아스런 얼굴로 묻는 게 아닌가.

"오? 엔디메론 군? 여긴 웬일인가?"

목에 수건을 두르고 칫솔질을 하던 전하께서 반갑게 손을 흔들었다.

달려가던 나는 휘청거리며 바닥에 엎어졌다. 너무 민망해서 한동안 엎어져 있던 나는 머쓱한 얼굴로 일어나서는 드러난 어깨를 가리며 우물거렸다.

"아니 그게…… 뭐 그냥 잘 지내고 계신지 궁금해서요. 그리고 메론 아니거든요."

지지리 되는 일도 없지. 그때 고함소리가 터졌다.

"침입자다!"

복면을 두른 카론 경이 나타나 도적들을 물리치고 있었다. 사실 말이 도적이지 신분은 제대로 훈련도 못 받은 민간인이기 때문에 몇 십 명이 몰려와도 카론 경의 상대가 되질 않는다. 그는 덜덜 떨며 덤벼드는 상대의 어깨와 다리를 침착하게 후려쳐 넘어트리며 전진하고 있었다. 마치 밀집인형을 쓰러트리는 것처럼 일방적이다.

"얼레?"

순간 나는 눈을 의심했다. 뭔가 유령 같은 것이 카론 경의 등 뒤에 나타난 것 같았다. 그리고 퍽 소리와 함께 카론 경이 바닥에 풀썩 쓰러져 버린 것이다.

이, 이런 곳에 카론 경을 쓰러트릴 수 있는 괴물이 존재한다니! 난 떨리는 눈으로 그 괴물의 정체를 파악했다. 그건 바로 키스였다.

"내가 못살아아아아아!"

나는 바닥에 주저앉아 머리를 쥐어뜯었다. 도와주겠다던 양반이 여기서 왜 초를 치고 있는 거야! 키스는 자랑스럽게 부지깽이를 하늘로 쳐들며 외치는 것이었다.

"국왕 전하의 위대한 뜻을 돕는 것이야말로 기사가 가야 할 길이 아니겠습니까아!"

······야. 누가 그렇게 도와달래?

14

결국 나와 카론 경은 포박 당해 의적들 앞에 섰다. 카론 경의 눈빛에선 새파란 불길이 솟아오르고 있었다.

전하 앞만 아니었다면 당장 키스에게 달려들었을 것이다. 키스는 그런 카론 경의 턱을 손가락을 치켜들며 실로 비열한 미소를 지었다.

"우후후후. 이 왕실의 개."

"키스…… 가만두지…… 않겠다."

"어머나. 검도 빼앗기고 꽁꽁 묶인 꼬락서니로 자존심만 드높으시네요. 그 당당한 얼굴에서 눈물이 쏙 빠질 때까지 매운맛 당근을 먹여줄 테니까 각오하세요, 오호호호!"

저 인간은 진짜 틈만 나면 등에 칼을 꽂는구먼. 권력을 등에 업은 키스 경의 오만방자함이 하늘을 찔렀다. 이를 부득부득 가는 카론 경의 눈이 분노로 이글거렸다.

친구 잘못 사귀면 평생 고생한다는 부모님의 잔소리가 가슴 아프게 떠오른다. 에라이, 특급기밀이고 뭐고 이제 될 대로 되라지! 나는 전하를 향해 외쳤다.

"전하! 이제 그만하시고 왕실로 돌아가요!"

그러자 황당한 눈으로 나를 쳐다보던 사람들 사이에서 곧 커다란 웃음소리가 터졌다.

"와하하하! 이 녀석이 두목님 보고 국왕이라는데요?"

두목이었냐! 전하는 고개를 돌리며 중얼거렸다.

"그러게, 미친 녀석일세."

우와아아아! 너무해! 방금 전에 날 불렀잖아요! 메론이라고 했잖아요! 내 눈을 똑바로 보고 말했! 뭔 왕이 저러냐!

"두목, 저들을 어떻게 할지 처분을 내려주시오."

인질을 잡아본 적이 없는 것 같은 사람들은 우리를 어떻게 해야 할지 모르는 것 같았다. 말하자면 순진한 사람들이었다. 국왕

전하는 우리를 엄청나게 미안한 얼굴로 바라보다가 대답했다.

"풀어주게."

그러자 화들짝 놀란 키스가 전하에게 뛰어가 바짓가랑이를 잡아 당겼다.

"아니 됩니다. 저 잔인한 권력의 앞잡이들을 풀어주면 우리를 해칠 것이 분명하옵니다!"

우리가 아니라 네놈이겠지. 밧줄이 풀린 카론 경과 내가 냉기를 뿜어내며 살인 날 기세로 서서히 몸을 일으켰다. 사면초가에 몰린 키스는 두 뺨에 손가락을 가져다 대며 성큼성큼 다가오는 우리를 향해 꽃처럼 웃었다.

"설마 이렇게 귀여운 얼굴에 주먹질을 하실 생각은 아니겠죠오? 에헤헷."

그 즉시 우리의 주먹이 키스의 얼굴을 때렸다.

"크헉!"

우리는 바닥에 웅크린 채 자비를 부르짖는 권력의 똘마니를 무표정한 얼굴로 자근자근 밟아 주었다.

15

키스는 곤죽이 되어 널브러져 있었고, 의적들은 엄청난 성과에 들떠 있었다. 그도 그럴 것이 이번에 탈취한 대제후의 세금상자에는 도무지 상상도 못할 정도로 막대한 금화가 담겨져 있었던 것이다.

나도 깜짝 놀랄 정도의 액수였다. 아니 그런데 우리나라가 이렇게 세금을 많이 걷었던가?

"뇌물이로군."

전하가 가라앉은 얼굴로 중얼거렸다. 나는 이 돈의 상당 부분이 세금이 아니라 영주가 왕실 관료들에게 상납하는 뇌물임을 눈치챘다. 영주는 이 뇌물을 마련하기 위해 사람들에게 더욱 더 가혹하게 세금을 쥐어짰을 것이다.

그리고 관리들은 그 사실을 모른 척 묵인해 준다. 전국에서 그런 식으로 착취한 재산들이 모여든다. 그렇게 뜯어낸 혈세는 관리들의 주머니에 들어가 절대로 국가를 발전시키는 용도에는 사용되지 않는다.

그 악순환을 모르는 사람은 국왕뿐이었다. 누가 도적인가? 누가 나라를 좀먹는가?

"더러운 왕실 새끼들! 이럴 줄 알았어! 이래놓고 우리나라 백성들이 다른 나라 사람들보다 게을러서 가난할 뿐이라고 말하고!"

"두목! 이 돈을 사람들에게 돌려줍시다! 우리가 거짓말투성이 왕실보다 훨씬 정직하다는 것을 보여줍시다!"

왕실을 비난하는 사람들의 고함소리에도 전하는 입을 다물었다. 그는 빨개진 얼굴로 고개를 숙이고 있었다. 무어라 말할 수 있을까. 그때 너무 신이 난 의적 하나가 칼을 뽑아들며 소리쳤다.

"두목! 이참에 아예 왕실로 쳐들어갑시다! 가서 무능한 국왕의 목을 치고…… 으어억!"

전하가 날린 주먹질에 나가떨어진 그가 뺨을 부여잡으며 말했다.

"왜, 왜 때려요!"

그야 방금 당신이 두목의 목을 치겠다고 말했으니까. 주먹을 쥔 채 씩씩거리던 전하는 사람들의 표정을 보고는 천천히 등을 돌렸다. 그러고는 뒷짐을 진 채 근엄한 목소리로 말했다.

"자네들의 뜻을 모르는 것은 아니나, 우리는 어디까지나 가난한 백성들을 돕는 의적일 뿐. 왕실을 전복하려는 역적이 아니네. 그리고 나쁜 건 탐관오리들이지 국왕이 아니야. 그래, 모조리 그놈들 잘못이야!"

……뭔 소리래.

"그리고 자네들이 잘 몰라서 그러는 거 같은데, 국왕도 알고 보면 속은 참한 사람이거든? 진짜 괜찮은 사람이거든?"

전하, 알았으니까 그만하세요. 눈물이 나려고 합니다. 그런데 세금상자를 본 다음부터 카론 경의 표정이 심각했다. 나는 그의 안색을 살피며 물었다.

"왜 그래요? 뭔가 잘못된 거라도."

"큰일이다."

"예? 뭐가요?"

그의 눈빛은 싫은 옛 기억이 떠오른 듯 흐릿했다.

"영주가 천민들에게 저 정도나 되는 재산을 빼앗겼다. 이제부터 영주가 어떻게 나올 거라 생각하는가."

"……!"

나는 눈이 번쩍 뜨였다. 평민 출신인 카론 경은 체면을 구긴 귀족의 집요하고도 잔인한 보복이 어떤 것인지 너무도 잘 알고 있으리라.

그때 한 젊은이가 소굴로 뛰어 들어왔다. 그는 금방 울어버릴 것만 같은 목소리로 소리쳤다.

"도와주세요! 영주의 병사들이 마을에 몰려왔습니다!"

죽을 듯 헐떡이는 그는 요리사인지 앞치마를 두르고 있었고 온몸이 흙투성이였다. 마을에서 여기까지 한달음에 달려온 것이리라.

"도적들이 한 시간 안에 나타나지 않으면 마을 사람들을 차례대로 처형하겠다고 합니다!"

그 말을 들은 나는 얼굴이 파랗게 질렸다. 아무 죄도 없는 사람들을 인질로 잡아 죽이겠다고? 그거야말로 악당의 전매특허잖아! 그게 영주가 할 짓이란 말인가!

그 말을 들은 전하가 분연히 검을 뽑으며 외쳤다.

"출동 준비! 악의 무리로부터 마을을 구하러 간다!"

사람들 역시 기다렸다는 듯이 함성을 질렀다. 변변한 무장도 없는 이 사람들끼리 갔다가는 단번에 몰살당할 것이 뻔하다. 하지만 이들의 얼굴에 겁먹은 기색 따위는 조금도 없었다. 난 그 심정을 이해한다. 도적을 선택했을 때부터 더 이상 물러설 곳이 없다는 사실을 잘 알고 있는 것이다. 그들의 결연한 표정은 약자의 마지막 자존심이었다.

앞장서려는 전하를 막아선 자는 카론 경이었다.

"가시면 안 됩니다."

"응? 왜 안 되나?"

"상대는 대제후입니다. 제후는 자신의 영지에서 절대적인 권한을 가지고 있습니다. 영지 안에서 무슨 짓을 하더라도 그것이 왕권에 도전하는 행위가 아닌 이상 처단할 명분이 없습니다."

나는 권력자의 논리를 들며 전하를 막아서는 카론 경의 속마음을 알 수 있었다. 지금 제후가 하는 짓은 아무리 치가 떨려도 죄가 되지 않는다.

도리어 귀족들 사이에선 흉악한 도적 무리를 소탕하기 위한 단호한 결단이라면서 박수를 받을 것이다. 이런 일에 국왕이 도적의 편을 들어준다면 영주들의 반발은 이루 말할 수가 없을 것이다.

전하는 묵묵히 카론 경을 바라봤다. 그리고는 주머니 속에 손을 넣으며 입을 열었다.

"그 제후에게 권한을 내려준 자가 바로 짐일세."

주머니에서 꺼내든 것은 왕가의 상징인 옥새였다.

"그런 짐이 갑자기 기분이 나빠져서 권한을 회수하겠다고 하는데 그걸 감히 누가 말리겠다는 건가."

카론 경은 움찔하며 뒤로 물러섰다. 존재감이랄까, 순간 그 통통한 얼굴에 나라를 통치하는 자의 위엄이 드러났다. 의적들은 '서, 설마 진짜 국왕이야?'라는 당황한 얼굴로 어쩔 줄 모르고 있었다. 전하는 그런 사람들을 둘러보며 말을 이었다.

"내게 진실로 창피한 것은 귀족들의 손가락질이 아니라 보통사람들 속에 섞여 있던 요 며칠간 단 한 명에게서도 왕을 칭찬하는 말을 들어보지 못했다는 것일세. 그거야말로 국왕실격이지. 그 죄스러움을 조금이라도 만회할 기회를 주게나."

나는 키스가 말했던 전하의 솔직함이라는 것이 무엇인지 느낄 수 있었다. 하지만 전하의 신변을 보호해야 하는 카론 경은 계속 그를 막아섰다.

"하지만 전하. 너무 위험합니다. 병사들과 싸우다 변고라도 당하신다면……."

그러자 전하가 고개를 기울이며 말했다.

"응? 뭔 소린가? 내가 왜 싸워?"

"예?"

"난 뒤에 숨어 있을 건데? 싸우는 건 자네가 해야지. 나는 왕이 잖아? 내가 죽으면 다 끝장이잖아? 장기 안 둬봤나?"

감동의 찰나 찬물이 쏟아졌다. 내가 잠깐 임금님이라는 캐릭터를 잊고 있었군. 전하는 천진난만한 얼굴로 카론 경의 어깨를 두드렸다.

"자, 의적단의 돌격대장으로서 악의 무리들을 혼내주게나. 훈장 줄게."

재주는 곰이 넘고 돈은 왕서방이 챙긴다더니만. 하지만 카론 경은 주저 없이 한쪽 무릎을 꿇고 고개를 숙였다. 그의 청명한 목소리가 울렸다.

"칙령 받들겠습니다."

나는 적잖이 놀랐다. 불만스러워 할 줄 알았던 그의 표정에는 도리어 안도감이 묻어 있었다. 역시 나와는 그릇이 다르다고나 할까, 카론 경은 주군이 안전할 수만 있다면 자신이 아무리 위험해져도 감사히 받아들일 남자였다.

주군이 자신을 미워한다 하더라도, 설령 자신의 희생을 비웃더라도 그는 마지막 순간까지 목숨을 걸고 주군을 지킬 진짜 기사였다. 나는 아마 죽을 때까지도 저 완고한 남자의 신념을 따라갈 수는 없을 것이다.

"아아, 그럼 귀찮지만 소인도 간만에 나서 볼까요오?"

그리고 어쩐 일인지 두드려 맞고 구석에서 훌쩍거리던 키스 경도 기지개를 펴며 나른하게 말하는 것이었다.

"얼레? 키스 경이 웬일이에요?"

난 휘파람을 불었다. 역시 이러니저러니 해도 키스 경도 죄 없는 사람들을 지키는 일에는 기꺼이 나서는 건가. 그때 키스가 엄지손가락을 올리며 말했다.

"그야 카론 경 혼자 튀는 건 용납할 수 없으니까요!"

……알겠수.

16

제후가 몰고 온 사병들의 숫자는 어림잡아도 백여 명. 카론 경과 키스 경이라는 환상의 라인 업 덕분에 수적 열세야 어떻게든 극복하겠지만 문제는 역시 인질로 잡힌 마을 사람들이다.

국왕 전하가 전면에 나서서 자신의 정체를 알린다면 손쉽게 해결될 것 같기도 하지만, 일개 병사들은 전하가 누구인지 알 리가 없을뿐더러, 아무 죄 없는 마을 사람들을 보복 삼아 처형하는 제후의 잔인한 성격상, 전하에게도 무슨 짓을 할지 모르기 때문에 전하를 노출시킬 수는 없다.

왕실이나 경찰에 지원을 요청하는 방법도 생각해 봤지만 그 전에 인질들이 처형될 확률이 너무 높다. 음, 그래서 어떤 작전을 썼냐고?

"도적들이다! 도적들이 몰려와요!"

……또 이거다. 미오니아는 이제는 넝마가 된 드레스를 입고 마을로 뛰어 들어갔다. 이제 나의 연기력은 물이 오를 대로 올라 가련한 보라색 두 눈동자에 눈물마저 그렁그렁 맺혔다.

하루 세 번, 도적들에게 쫓긴다고 뻥을 치고 병사들에게 쫓긴다고 뻥을 치고 다시 도적들이 쫓아온다고 뻥치고 다니는 사악한 양치기 소녀 미오니아. 주인공의 존재감이 엉뚱한 곳에서 꽃을 피웠다.

"수백 명의 흉악한 도적떼가 지금 이곳으로 몰려오고 있어요!"

"수, 수백 명? 말도 안 돼! 그렇게 많을 리가!"

그래. 내가 생각해도 말이 안 된다.

"지금 제가 거짓말을 한다는 건가요?"

나는 눈물을 글썽이는 눈동자로 몸을 살짝 꼬며 새하얀 어깨를 드러냈다. 사방에서 침 넘어가는 소리가 들린다.

아무런 상관관계가 없더라도 감정은 이성을 압도하는 법이라, 애간장이 녹아버린 병사들은 내 말을 신용하게 되었다. 어차피 뻥쟁이 인생, 승리를 위해선 수단과 방법 따위 아무래도 좋아! 이 젠 부끄러움도 죄책감도 없다.

모든 병사들의 충혈된 시선이 내게 집중되었을 때 어둠에 몸을 숨긴 카론 경이 인질들에게 다가갔다. (악당들 패턴이 다 그렇듯) 인질들을 한 집에 모아 두었고 문을 지키는 병사 넷쯤은 카론 경 에게는 허수아비나 다름없었다. 둔탁한 소리와 함께 비명도 지르 지 못한 문지기들이 거품을 물고 바닥에 쓰러졌다.

"이, 인질들이 도망친다!"

카론 경은 두꺼운 문을 단숨에 검으로 조각내 버렸고 안에서 떨고 있던 마을 사람들이 뛰쳐나와 산지사방으로 흩어지기 시작했다.

내게 몰려 있던 병사들이 상황파악 못하고 당황하는 순간, 난 눈앞에 있는 병사의 가랑이 사이를 냅다 걷어찬 뒤 줄행랑을 쳤다. 내가 생각해도 독사 같은 악녀였다.

"죽여!"

무기를 치켜든 병사들이 카론 경에게 와르르 달려갔다. 카론 경은 그 엄청난 병사들이 몰려오는 것을 보면서도 눈썹 하나 까딱하지 않은 채로 자세를 잡았다. 물론 혼자서 저들을 다 상대하는 것은 벅찬 일이다.

'이제 키스 경이 등장할 차례예요!'

그러나 영문을 알 수가 없지만 이상하게 막강한 키스 세자르가 도와준다면 상대가 몇 백이든 몇 천이든 머릿수는 의미가 없어지는 것이다.

그리고 드디어 묵시의 기사 키스가 모습을 드러냈다. 나는 정말로 오랜만에 검을 뽑아든 그의 모습을 보며 가슴이 터질 것만 같았다. 왜냐하면 키스가 임금님의 목에 검을 들이대고 있었던 것이다.

"우후후후. 카론 경. 칼 버리세요오."

"뭐하는 짓이야아아아아아아! 이 인간아아아아아아!"

튀고 싶었냐! 그렇게 해서라도 튀고 싶었던 거냐! 나는 새하얗게 얼굴이 질렸다. 정말 예상도 못한 사태였다. 카론 경은 진심으로 격분해서는 키스를 노려봤다.

"장난이 지나치다. 지금 무슨 짓을 하는지 알고 있는 건가!"

하지만 키스는 코웃음을 치며 대꾸했다.

"어머나. 장난이라니요. 제 새로운 주인이신 제후님께서는 그렇게 생각하는 것 같지 않은데요?"

뭐? 그때 대제후가 병사들의 호위를 받으며 모습을 드러냈다. 기분 나쁜 콧수염을 기른 그 노인은 자신이 왕이라도 된 것처럼 웃고 있었다.

"큭큭큭. 바보 전하께서 이런 누추한 곳에 계실 줄이야. 생각지도 못한 수확이야."

제후는 키스가 끌고 온 전하에게 다가갔다. 전하가 분한 목소리로 말했다.

"짐이 이 나라의 왕이라는 걸 알고 이러는 건가!"

"물론입니다. 머저리 전하."

그는 전하의 품속에 쭈글쭈글한 팔을 뻗어 옥새를 꺼냈다. 왕국을 배신한 제후는 찬란하게 빛나는 옥새를 영생의 비약이라도 되는 듯 떨리는 손으로 매만졌다. 그가 흥분을 감추지 못한 목소리로 말했다.

"이게 바로 이 나라의 심장이로군! 나라고 왕이 되지 말란 법이 없지. 강대국과 손을 잡고 이 땅에 새로운 왕조를 시작하는 거야. 으핫핫핫핫!"

전하가 전에 없이 무거운 어조로 말했다.

"그렇게 한들 이 나라의 백성들이 너를 믿을 거라 생각하는가?"

제후는 어이가 없다는 듯 웃어재꼈다.

"그런 소리나 하니까 당신이 바보 임금인 거야! 왜 저런 버러지들의 믿음이 필요하지?"

전하는 주저 없이 대답했다.

"네가 그토록 높은 위치에 있으면서도 아무에게도 믿음을 얻지 못했다면 설령 세계를 지배한다 해도 실패한 인생이니까! 들어라, 우둔한 반역자! 네가 얻을 것은 아무것도 없다. 넌 결국 혼자 죽어갈 것이다."

전하의 말이 머리를 울렸다. 그가 난생처음 왕실을 떠나 흔해빠진 중년이 되어 보통사람들과 함께했던 며칠 동안 깨달은 것이 무엇인지 느낄 수 있었다. 그러나 추잡한 욕망에 홀린 제후에겐 아무것도 들리지 않았다.

"그걸로 유언은 끝입니까, 선왕(先王) 전하?"

그리고 키스를 바라봤다.

"널 내 새로운 왕국의 공작으로 임명하마. 자, 어서 이 한심한 왕을 죽여라."

키스는 고개를 끄덕이며 검을 들었다. 그리고 뭔가 바람 같은

것이 원을 그리며 지나간 것 같았다. 잠시 후 제후 옆에 서 있던 여섯 병사들의 표정이 정지했다. 난 숨이 멎는 것 같았다.

그들의 몸은 그대로 서 있는데, 목만 절단되어 머리가 스르륵 바닥에 떨어지는 것이었다. 마치 생일케이크의 촛불들이 동시에 꺼지듯. 바닥을 구르는 병사들의 얼굴에는 고통조차 없었다. 뒤도 돌아보지 않은 키스 경은 소리 없이 칼집에 검을 집어넣었다.

"흐이이이이익! 뭐야 이건!"

제후는 악마라도 본 듯 땅바닥에 주저앉았다. 키스는 영 못마땅한 표정을 지었다.

"역시 저는 카론 경처럼 온화한 해결책 같은 건 성격에 맞지 않아서요. 아아, 이래서 별로 칼 따위 들고 싶지 않았는데 말이에요."

제후는 몸을 떨며 키스에게 손가락질을 했다.

"내, 내 편이 되겠다고 말했잖아! 나 보고 왕이 되라면서 유혹했잖아! 이 악마 같은 놈!"

그러자 키스는 무서울 정도로 부드러운 미소를 지으며 대꾸했다.

"뭐가 그렇게 억울해요? 자기 입으로 믿음 따위 필요 없다고 말했잖아요. 남들을 지옥에 빠트리며 살아온 사람이라면 자신도 당당하게 그 지옥으로 걸어 들어가세요. 그런 게 바로 공평한 인생이랍니다."

병사들은 모두 무기를 버렸다. 아무도 국왕 살해 미수 사건에 말려들고 싶지는 않은 것이다. 카론 경은 정신이 반쯤 나간 제후를 일으켜 세우며 무감정한 어조로 말했다.

"뇌물수수, 왕실보물 절도, 왕족시해 기도, 반란. 네가 있을 자리는 옥좌가 아니라 화형대일 것이다."

17

"키스 경!"

나는 키스에게 달려갔다. 그는 벌써 어디론가 검을 집어던진 뒤였다. 나는 그가 고맙기도 하고 얄밉기도 했다.

"아니 대체 언제 제후에게 접근했던 거예요?"

보나마나 키스는 처음 이곳에 왔을 때부터 다 준비해 뒀을 것이다. 그것도 시침 뚝 떼고! 키스는 방긋 웃으며 내 머리를 쓰다듬었다.

"도와주겠다고 약속했잖아요."

"아 정말이지……."

이걸 머리 꼭대기에 있다고 해야 하나, 제멋대로라고 해야 하나. 같이 있다 보면 심장이 덜컥 내려앉을 일이 한두 번이 아니야!

"그래도 먼저 말해줬으면 이렇게 놀라지 않았잖아요."

"에이. 그러면 재미없잖아요."

키스는 피식 웃었다. 아무튼 키스 경은 세계멸망의 순간이 와도 그걸 즐길 사람 같다. 키스 경 덕분에 마을 사람들도 의적들도 전하도 카론 경도 나도 아무도 다치지 않았다. 하지만 솔직히 마음 한구석에는 편치 않은 감정이 하나 남아 있다.

키스가 제후를 유혹해 파멸로 이끈 방식은 재미있지도 웃기지도 않았다. 저 상냥한 얼굴로 웃으며 그를 벼랑에서 밀어 버렸다. 숙련된 요리사가 고깃덩이를 자르듯 무심하게. 카론 경이었다면 절대 못했을 짓이다.ˈ 나는 그의 태연한 얼굴과 길고 고운 손가락을 보았다. 동시에 잘려나간 여섯 개의 머리가 바닥을 구르는 장면이 떠올랐다.

'키스 경. 당신은 정말 어떤 사람인가요.'

제후는 한 번 물리친다고 해도 살아 있는 이상 반드시 복수할 잔인한 인간이다. 완전히 파멸시키지 않는 이상 마을 사람들은 안전하지 않다. 그 사실을 정확히 간파하고 키스가 짜낸 계략이라는 것 정도는 알고 있다.

내가 도와달라고 말했을 때 이미 머릿속에 계획이 섰으리라. 하지만…… 한 인간을 완전히 파멸시켜 버리는 짓을 아무렇지도 않게 실행할 수 있는 마음이란 정의감과는 별개의 문제다. 암살자들이나 품고 있는 냉혹한 심장이다. 나는 키스의 마음 밑바닥엔 얼어붙은 진공의 세계만이 존재할지도 모른다는 불안감에 숨이 막혔다.

"와아아! 카론 경! 수고하셨습니다아!"

키스는 카론 경을 보고는 깡충거리며 뛰어갔다. 으이구, 순식간에 원상태로 복귀하셨네. 하지만 키스가 손을 뻗자 카론 경은 그의 손을 쌀쌀맞게 쳐냈다. 그는 자존심 상한 표정으로 키스를 쳐다봤다. 정말이지 그건 친구의 짓궂은 장난에 화가 난 소년의 얼굴이었다.

"너와는 할 말 없어."

카론 경은 등을 획 돌리며 가 버렸다. 키스는 '내가 뭘 잘못했다고 그래요오.'라고 울먹거리며 멀어져가는 카론 경을 바라보고 있었다. 뭐랄까, 정말 굉장한 두 사람이지만…… 가끔 이렇게 훔쳐보고 있노라면 어린애들 같단 말이지.

18

가출한 국왕 전하가 돌아오며 왕실은 원래대로 돌아왔다. 여전히 임금님은 자신의 얼굴이 그려진 티셔츠를 만들겠다는 야망을 포기하지 않았고 대공은 그 못생긴 금동상을 팔아 치워 만들던가 하라며 소리치고 있었다.

물론 나 역시 일요일만 되면 여지없이 내부지명에 이리저리 끌려 다니고 있다. 평소와 똑같은 작은 소란들이 끊이질 않는 일상으로 돌아온 것이다.

더 이상 아무런 일도 일어나지 않았다. 니샤의 금광이 의문의 폭발로 무너져 이오타에 바칠 황금이 깡그리 날아가 버렸다는 소식 외엔 아무런 일도 일어나지 않았다.

화가 머리끝까지 치민 쇼메 왕자가 대공을 찾아와서 비겁한 짓 하지 말라고 고함을 쳤지만 대공이 맛있게 담배를 피우며 증거 있냐며 애제자의 새빨개진 표정을 감상했다는 소식 외에는 정말 더 이상 아무런 문제도 일어나지 않았다.

제2화
어느 화창한 날의 날벼락

그렇다. 나는 결코 신들을 닮지 않았다. 신은커녕 쓰레기나 파먹는 벌레에 불과하다. 쓰레기 속에서 목숨을 연명하다 길 가는 나그네의 발길에 짓밟혀 사라지는 벌레, 바로 그것이다.

—요한 볼프강 폰 괴테 『파우스트』

1

"키스 경. 웬일이에요?"

나는 아이스크림을 핥으며 물었다. 때는 춘삼월, 나와 키스는 봄꽃이 피어오른 화사한 휴일 시내를 걷고 있었다. 두 손에는 새로 구입한 옷과 신발들이 담긴 쇼핑백을 잔뜩 들었다. 갑자기 이 무슨 호사냐고? 이유인즉슨, 뜬금없이 키스가 내 휴일 지명과 신전 청소를 모조리 빼주고 옷까지 사주겠다며 나를 시내로 끌고 나온 것이다.

"불철주야 일하는 귀여운 부하를 위한 작은 보답이랍니다아."

키스는 상냥하게 웃으며 나를 내려다보았다.

"……으음."

"왜 그런 눈으로 쳐다보시죠?"

"아니. 아무것도."

보통 이런 경우에는 자상한 상관의 배려에 감동해서 가슴이 벅차야 정상인데…… 왠지 불안하다. 상대가 키스라서 불안해. 이건 마치 카론 경이 직접 만든 케이크를 가져와서 먹어보라고 했을 때의 불안과 비슷한 레벨이다. 그러자 내 표정을 읽은 키스가 멋쩍은 얼굴로 고개를 숙였다.

"미안해요. 평소에 잘 챙겨주지 못해서."

"아, 아니에요."

나는 키스의 힘없는 얼굴을 보며 부끄러워졌다. 상대의 순수한 호의를 의심하다니, 얼굴이 빨개진다.

사람들의 시선은 모두 우리에게 꽂혀 있었다. 세련된 시내 한복판에서도 우리 모습은 황홀한 눈요기 대상이었다.

붉은 눈동자와 어울리는 푸른빛 귀걸이를 찰랑거리고, 걸을 때마다 가볍게 나풀거리는 연분홍 셔츠에 얇고 부드러운 니트 머플러를 느슨하게 두른 키스의 모습은 누가 봐도 기사라기보다는 잘나가는 귀족 도련님이었다. 사람들이 사방에서 우리를 보며 소곤거렸다.

"진짜 예쁜 커플이다. 저 여자애 엄청 귀여워. 하지만 저 머린 분명히 가발일 거야."

그래요, 좋을 대로 생각하세요. 이거 팔짱이라도 끼어야 할 분위기로구만. 앞으로는 외투 등짝에 '저는 남자입니다.' 라고 자수라도 수놓고 다녀야 하는 것일까. 그리고 가발 아냐!

그때 등 뒤에서 앙칼진 목소리가 터졌다.

"키스! 저 여자 누구야!"

뭐, 뭐야? 우리 뒤에선 엄청나게 요란하게 차려입은 아가씨가 씩씩거리고 있었다. 그녀는 나를 거의 죽일 듯이 쏘아보며 성큼 성큼 다가왔다.

"너무해! 나밖에 없다고 말해놓고는! 이 나쁜 인간!"

얼레? 얼레? 그러자 키스가 슬픈 얼굴로 고개를 저으며 내 손을 꼬오오옥 붙잡는 것이었다. 우아앗! 이게 무슨 망측한 짓이야!

"미안해요. 하지만 우리는 결혼할 사이예요."

"뭔 소리야! 이 인간아!"

난 소스라치게 놀라 손을 뿌리치려 했지만 키스는 무서운 괴력으로 내 손을 절대 놔주지 않았다. 이거였냐! 이것 때문에 부른 거냐! 이 손 놔라! 이 사탄아!

"키스. 정말로 저딴 호박 때문에 날 버리겠다는 거야?"

호박이라니! 말조심해, 이것아! ⋯⋯가 지금 중요한 게 아니다.

그녀가 원한에 찬 얼굴로 울먹거리자 화장이 녹으며 시커먼 눈물이 무시무시하게 흘러내리기 시작했다. 우아아아! 무서워!

"어째서 저 여자야! 저 계집애, 나보다 가슴도 작잖아!"

"아냐! 그게 아냐!"

이 추잡한 연극의 실체를 공개하려는 순간 키스가 나를 확 껴안으며 속삭였다.

"협조하지 않으면 뽀뽀할 거예요."

온몸이 경직되었다. 키스는 나를 으스러지게 안은 채 그녀를 향해 슬픈 목소리로 말했다.

"정말 미안해요. 하지만 전 이제 미오니아 없이는 살 수가 없어요. 절 잊어주세요."

죽이리라! 내 이 악마를 죽이고 말리라! 그녀가 나를 향해 저주의 폭언을 쏟아내기 시작했다.

"분명히 네년이 키스에게 꼬리를 쳤겠지. 이 독거미 같은 년. 키스는 요정처럼 세상물정 모르는 순진한 남자니까."

……죽고 싶다. 내가 대체 뭔 죄를 지었다고 길거리 한복판에서 생판 처음 보는 여자에게 독거미라는 칭호를 하사 받아야 한단 말인가. 그리고 요정 다 죽었냐? 이거 놔라! 내 당장 이 사악한 마귀의 실체를 까발려 주겠어!

"이 요망한 년! 복수할 거야! 아빠한테 다 이를 거야! 절대로 널 그냥 두지 않을 테야!"

우아아! 왜 나야! 복수할 거면 이 특대 사이즈 요정한테나 해!
그녀는 펑펑 울면서 후다닥 달려갔다. 그녀가 사라진 것을 본 키
스는 나를 휙 밀쳐 버리고는 한숨을 포옥 내쉬는 것이었다.

"하아. 도와줘서 고마워요. 미온 경."

"시내 한복판에서 뽀뽀하겠다고 협박한 주제에 그런 말이 나와?"

"잘 해결 돼서 다행이네요오."

"개뿔이 해결이냐? 방금 저 여자가 나를 타깃으로 삼았잖아!
네놈이 짊어질 원한이 나한테 넘어왔잖아! 인생을 걸고 나한테 복
수하겠다고 하는데 그게 무슨 해결이야!"

키스에게 불시에 희롱당한 내가 찢어지는 마음을 부여잡으며
나직하게 말했다.

"자 이제 이게 다 무슨 개짓거리인지 말해 보실까?"

"하아. 정말 골치 아팠어요. 저 아가씨가 무조건 나하고 결혼하
겠다면서 따라다니는 바람에 곤란했거든요."

"그래서…… 날 이용해 떨어트려 놓으셨다? 그 덕분에 난 독거
미가 되었거든? 생판 처음 보는 여자한테 피맺힌 저주를 받았거
든? 내 인생 어떻게 보상할 거냐!"

내가 여자에게 이토록 미움 받아본 적이 있었던가. 내 유일한
죄가 있다면 키스를 믿었다는 것뿐이다. 이 얄미운 인간이 내 어
깨에게 손을 올리며 말했다.

"긍정적으로 생각하세요. 설마 죽이기야 하겠어요?"

"어이구. 걱정해 줘서 정말 고맙구려."

아까 그 집요한 성격을 보면 기꺼이 죽일 것도 같은데. 그런데 어쩐지 신경 쓰이는 것이 있었다.

"키스. 아까 그 아가씨, 설마 귀족은 아니겠지?"

"흐음. 백작가문이라고 들었는데요."

그 말을 듣자 나는 활짝 웃으며 말했다.

"아하하하. 그러니까 지금 권력의 질투에 불타는 백작가의 영애께서 저한테 피의 보복을 선언한 거네요?"

키스도 환하게 웃으며 회답했다.

"힘내세요. 미오니아 양."

순간 내 분노의 주먹이 부웅 허공을 갈랐고 키스는 잽싸게 도망쳐 버렸다.

"거기 서! 백작가에 네 목을 들고 가서 사죄할 테다!"

2

"어디로 튄 거야 이 망할 짜식!"

나는 뱀눈을 하며 골목길을 돌았지만 키스는 흔적도 찾을 수 없었다.

대신 절대로 원치 않는 사람이 나를 찾았다. 40대 정도로 보이는 그는 기분 나쁜 웃음을 드러내며 다가오고 있었다. 한눈에 봐도 자기보다 약한 상대를 패는 것을 인생의 낙으로 삼을 것 같은 분위기의 소유자였다.

"너냐. 우리 아가씨를 울린 천한 계집이?"

행동력이 참 빠른 아가씨였다.

"아니 전 남자입니다만."

"하하하. 넌 거울도 안 보냐! 속일 걸 속여!"

"옷이라도 벗어야 믿겠냐!"

보통…… 다른 소설에선 주인공이 여자같이 생겨봐야 동료들로부터 살짝 놀림이나 당한다거나 실은 굉장한 검술을 익히고 있어서 얼굴 보고 깔보는 인간들을 혼내주는 정도의 대중적인 전개로 흐르는데, 난 어째서 치정사건에 얽혀 맞아 죽을 위기에 봉착하는 무지막지한 방향으로 흘러가느냐고! 이게 죄다 키스 때문이다.

"큭큭. 원망하진 마라. 나도 일 때문에 이러는 것뿐이니까."

웃기시네! 어디를 봐도 즐거워하는 얼굴이잖아! 나약한 여성을 괴롭히는 데서 희열을 느끼는 그야말로 최악의 인간이었다. 그는 검을 차고 있었지만 뽑지는 않은 채 내게 다가왔다. 나는 한숨을 내쉬며 중얼거렸다.

"키스. 널 만나기 전까지는 내 인생도 꽤나 평탄했단다."

"흐흐. 뭐라고 지껄이는 거냐. 마음껏 가지고 놀아 주마!"

그는 뺨을 후려칠 심산으로 커다란 손바닥을 날렸다. 그 순간 나는 그것을 슬쩍 피하며 팔목을 잡아챘다.

3

"너, 너 남자였냐!"

코피를 터트린 채 바닥에 쓰러져 있는 그가 화가 나선 고래고래 소리쳤다.

"그렇다고 목구멍이 터져라 말했잖아!"

나는 빨갛게 부은 주먹을 꽉 쥔 채 대답했다. 주변에 하도 초인들만 있어서 그렇지 나도 완력만 가지고 덤비는 건달쯤은 제압할 수 있다. 하아. 이제야 좀 주인공 같네.

"이런 비겁한 자식! 내가 여자로 착각만 안 했어도!"

"네네. 마음대로 생각하세요."

나는 더 이상 상대할 기운도 없어서(그보다 빨리 왕실로 돌아가서 키스를 패버려야 하기 때문에) 터덜터덜 그를 떠났다. 하지만 순간 등 뒤에서 칼을 뽑는 소리가 들렸다.

'설마!'

나는 황급히 몸을 돌렸다. 아무리 분해도 그렇지, 이런 일에 칼을 뽑다니! 그는 거의 이성을 잃은 얼굴로 내게 달려들었다. 난 당황한 나머지 제대로 피하지도 못한 채 두 팔로 얼굴을 막았다.

곧이어 창백한 빛이 터지며 내 얼굴에 잿가루가 떨어졌다.

"⋯⋯?"

나는 어리둥절한 얼굴로 팔을 내렸다. 상대도 황당하긴 마찬가지였다. 칼날이 거짓말처럼 재가 되어 버렸다. 그는 칼자루만 남은 검을 멍청한 얼굴로 쥐고 있었다. 난 침을 꿀꺽 삼켰다. 이 세상에서 이런 무시무시한 능력을 가진 자는 딱 한 명밖에 없다.

"끼어들어서 미안하지만 내가 보기엔 당신이 잘못한 거 같아서."

어느새 우리 옆에 서 있는 큰 키의 금발 사내가 무덤덤한 얼굴로 상대를 내려다보았다. 난 기가 질려 목소리를 짜냈다.

"⋯⋯지, 진청룡 라이오라."

어, 어째서 당신이 여기에! 게다가 그는 황금 키마이라 인장이 박힌 프론티어 뱅가드의 제복 차림이 아니라 검은색 정장을 입고 있었다.

조금 더워 보이는 옷이긴 했지만 나는 그가 땀 같은 것을 흘리지 않는 자라는 것을 잘 알고 있다. 라이오라 씨는 한참을 곰곰이 생각하더니 입을 열었다.

"그래도 생각해 보니까 칼값은 내가 변상해 줘야 할 것 같은데. 다른 나라에서 소란피우고 싶은 생각은 없으니까."

"너, 넌 뭐야. 마술사냐?"

힘의 레벨이 너무 높으면 실감하지 못한다. 상대는 라이오라 씨의 초현실적인 힘을 눈속임 정도로 납득한 것 같았다.

"네가 뭔데 끼어들어! 앙!"

"음. 그런가. 그럼 내가 사과하면 되겠나?"

보통 멍청이들일수록 상대가 정중하면 기가 살기 마련이다. 그는 바락바락 악을 쓰며 자기 무덤으로 기어 들어가고 있었다. 그는 라이오라 씨의 다리를 걷어차며 고함쳤다.

"야! 누가 네깟 녀석의 사과 따위에 만족한데? 뒤에 있는 저 늙은이가 네 주인이냐? 야! 노인네! 내 칼 어떻게 보상할 거야! 집을 팔아도 못 살 보검이었다고! 당장 이리 와!"

"……음. 곤란한데."

라이오라 씨는 그렇게 중얼거리며 뒤를 돌아보았다. 거기에는 등나무로 만든 의자에 백발의 노인이 몸을 기대고 있었다. 고급스럽게 염색한 리넨 반팔 셔츠에 챙이 넓은 크림색 스트로해트를 쓰고 있었다.

손에는 얼음과 탄산수, 어린 민트 이파리를 으깨 넣은 유리잔을 들었다. 테이블 위 사기그릇엔 어린 양의 뇌로 보이는 회백색 음식과 후추알, 은제 포크가 놓여 있다. 어떻게 봐도 흔한 오후 식단이 아닌 저 음식은 내 기억에 춥고 척박한 나라의 보양식이었다.

그 특이한 미각의 노인은 행색만 보면 노후를 즐기는 부유한 관광객쯤으로 생각하겠지만, 나는 저 사람의 정체를 확실히 맞출 수 있었다. 다만 믿고 싶지 않을 뿐이다. 황제가 등을 돌린 채 말했다.

"자넨 너무 착해서 탈이야. 벌레와는 대화하지 말라고 몇 번을 말해야 알겠나."

그 말이 끝나자 라이오라 씨의 손바닥이 협박을 내뱉던 치의 얼굴을 덮었다.

"뭐, 뭐하는 짓……"

"고통은 없을 거다. 원망하지 마라."

그대로 손을 내리자 퍼석 소리를 내며 회색빛 먼지 기둥으로 변한 몸이 바람에 흩어졌다. 그가 들고 있던 칼자루만이 바닥에 떨어져 쇳소리를 냈다. 주변 행인들이 경악에 찬 얼굴로 그 광경을 지켜봤다.

보면서도 믿을 수 없는 불가사의한 일이라서 살인이라고 외칠 수도 없었다. 라이오라 씨는 턱에 손가락을 댄 채 또 곰곰이 생각에 잠긴 것 같았다. 그러고는 사람들에게 고개를 숙이며 역시 무덤덤하게 말했다.

"감사합니다. 깜짝 마술쇼였습니다. 다음 공연은 내일 오전입니다."

그러자 사람들이 환호성을 지르며 동전을 던졌다. 어쩐지 이런 식으로 많이 얼버무려 본 것 같은데. 순간이동 마술이 맞긴 하다. 대신 그 이동이 이승에서 저승으로 옮겨진 것이라는 사실이 문제지. 라이오라 씨의 황금색 눈동자가 나를 향하자 난 흠칫 놀라 두려움에 뒷걸음질을 쳤다. 나까지 순간이동 시켜버릴 리야 없겠지만, 누구라도 저승사자가 앞에 있으면 무서울 것이다.

"왕실 기사."

"예, 예?"

날 기억하는 건가. 그는 재가 묻은 내 얼굴을 보더니 재킷 앞주머니에서 손수건을 꺼내 주었다.

"닦아라."

"가, 감사합니다."

"아무한테도 말하지 말아다오."

나는 조심스럽게 고개를 끄덕였다. 그는 정체를 감춘 황제의 뒤에 섰다. 검은 슈트를 걸친 그의 넓고 단단한 등이 철벽처럼 황제를 보호했다.

누가 봐도 돈 많은 귀족과 그의 집사 정도다. 아마 저들이 세계 최강 마키시온 제국의 지배자와 아신 중 최강자 진청룡이라는 사실을 아는 순간 이 거리에 남아 있을 사람은 아무도 없을 것이다. 나는 그들을 보면서도 도무지 실감이 나질 않았다.

어째서 이 작은 나라에 온 것일까. 어쩌면 오랜 친구인 대공을 만나러 온 것일지도 모른다. 뭐, 나 같은 말단이 세계를 쥐락펴락하는 절대자의 속사정을 짐작할 수야 없는 노릇이다. 또한 가능하면 엮기지 않는 것이 좋다는 사실도 경험으로 체득하고 있다. 이래봬도 비밀유지가 생명인 은밀한 바에서 10대를 보냈단 말이지. 그런데 그건 그렇고 키스 경은 대체 어디로 간 거야?

4

나는 실수로라도 이 사실을 말하지 않기 위해 노심초사하며 왕실로 돌아갔다. 하지만 왕실 정문을 보는 순간 그 자리에 풀썩 주저앉을 수밖에 없었다.

(경) 마라넬로 대황제 베르스 왕실 방문 (축)

……나라 잘 돌아간다.

"아니, 좀 더 오른쪽으로! 아냐! 아냐! 삐뚤어졌잖아!"

문 앞에선 위고르 공이 진지한 표정으로 대형 간판의 위치를 지시하고 있었다. 게다가 간판 가장자리에는 예쁜 꽃들까지 붙어 있었다. 유치해! 아니 그게 문제가 아니라 이게 무슨 기밀이야! 아예 동네방네 광고를 하고 있구만! 나는 비틀거리며 그에게 다가갔다.

"저어. 위고르 공. 지금 뭐하시는 건가요."

그러자 그가 깔끔하게 넘긴 금발을 손으로 쓸며 자랑스럽게 말했다.

"후후. 황제가 곧 이곳을 방문할 거라는 소식을 듣자마자 바로 준비했지. 잘 봐두라고. 이런 빠른 결단력이야말로 출세의 지름 길이야."

"아니 그래도 제 생각에는 좀 걱정스러운데요."

그러자 위고르 공이 자신도 이해한다는 듯 심각하게 고개를 끄덕거렸다.

"그래. 자네 생각에도 이 정도로는 너무 소박하지? 그래서 불꽃놀이도 생각하고 있는데 말이야. 황제가 성에 들어오는 순간 동시에 불꽃이 터지는 거야. 어떤가?"

그랬다간 재가 된다. 성대한 폭죽이 터지는 순간 당신도 나도 왕국의 미래도 재가 되어 사라진다.

"제, 제 생각에는 황제는 조용한 걸 원할 거 같은데요."

그러자 위고르 공이 한 수 가르쳐 주겠다는 듯 손가락을 까딱거렸다.

"이런, 이런. 그러니까 자네가 출세를 못하는 거야. 겉으로는 아닌 척해도 띄워주면 다 좋아하게 되어 있어. 권력자들은 속은 다 외로운 족속들이거든. 내가 그 여린 마음을 어루만져 주는 거지."

……뭐라는 거야.

"이거 이러다가 황제가 날 너무 마음에 들어 해서 마키시온으로 오라고 하면 어쩌지. 내 애국심이 시험을 받는 건가. 아아, 이거 갈등되네."

위고르 공은 제 발로 핑크빛 망상의 늪에 뛰어들어 허우적거리

고 있었다. 황제가 오기 전에 한시라도 빨리 이 왕실에서 도망쳐
야 한다. 내 본능이 그렇게 외치고 있었다.

"……그러다 순간이동 당하는 수가 있습니다만."

"순간이동? 그렇군. 내일부터는 마키시온 제국의 관료가 되어
있을 수도 있는 거지. 순간이동이라. 좋은 표현이야. 자네도 제법
인데? 이거 쑥스럽구먼. 와하하하핫!"

위고르 공은 얼굴까지 빨개져선 몸을 비틀었다. 아냐! 그 의미
가 아냐! 왜 자꾸 맹렬하게 착각하는 거야!

그때 아이히만 대공이 수행원도 없이 나타나 이곳으로 다가왔
다.

"여어. 간신배. 휴일에도 구슬땀을 흘리며 아부하시나? 이젠
아주 글로벌하게 알랑거리시는구먼? 뭐, 의외로 자네의 그 허여
멀건 한 낯짝이 황제 놈의 취향일지도 모르지."

숨 쉬듯 독설을 쏟아내는 대공을 보자마자 위고르 공은 무당벌
레를 만난 진딧물마냥 오만상을 찡그리며 몸을 돌렸다.

"신경 끄시죠. 남의 출세 발목 잡지 말고."

끼어들기 싫다. 이 유치찬란한 신경전에 끼어들고 싶지 않아.
대공은 황제 환영 문구가 새겨진 대형 간판을 가만히 올려다보더
니 곧 기둥 쪽으로 걸어갔다.

"흐음."

그리고는 아무렇지도 않게 간판을 묶은 밧줄을 잡아당기는 것

이었다.

"우아아아앗!"

곧바로 한쪽을 지탱하던 줄이 풀리며 떨어진 간판이 산산조각이 나며 박살이 나 버렸다. 간판을 장식했던 꽃들이 사방으로 굴러다녔다. 위고르 공이 머리를 쥐어뜯으며 고함쳤다.

"무, 무, 무슨 짓이야! 새벽부터 만든 건데! 내가 잘나가는 꼴을 못 보겠다는 거냐! 이 망할 노친네!"

대공은 상대하고 싶지도 않은지 혀를 차며 고개를 저었다.

"고얀 놈. 그냥 내버려 둘 걸 그랬나? 생명의 은인한테 고맙다는 말은 못할지언정. 생각 좀 하고 살자. 이 한심한 영혼아."

위고르 공은 박살난 간판 앞에 주저앉아 오열했다. 하지만 위고르 공, 이번엔 진짜 대공이 아니었으면 삼도천 건넜을 거랍니다. 나는 휴일에 출근한 대공에게 다가갔다.

"대공. 혹시 황제가 대공을 만나러 오신 건가요?"

그러자 이 할아범은 진짜 재미있는 농담이라도 들은 듯 웃음을 터트렸다.

"날 만나러 와? 그 미치광이가 날 보고 싶어서 세계의 절반을 내려왔다? 그거 더럽게 낭만적이로군. 내가 올해 들은 말들 중에서 가장 살 떨리는 농담이야. 엔디미온 군. 상당히 불쾌한 착각을 하고 있는 모양인데, 마라넬로와 나는 술잔을 기울이며 옛 추억이나 주억거릴 살가운 사이가 아냐. 팔마시온 기숙사에서 룸메이트로 만났을 때 내가 처음으로 한 일이 찝쩍대는 그 녀석 손등을 만년필로 찍어버린 걸세. 그게 첫인사였다고. 물론 그 이후 잠들 때는 항상 날붙이를 갈아서 품고 있어야 했지."

교도소 입소했습니까! 지금 내 머릿속엔 철창 안에 갇힌 두 마리 맹수가 서로 으르렁거리는 장면만 떠오른다.

"지금 생각해 보면 그때 살아남은 게 참 용해. 입학생의 절반쯤이 졸업할 무렵엔 행방불명되거나 변사체로 발견되거나 반신불수가 되거나 아니면 폐인이 되어 자퇴했으니까 말이야. 적대국의 후계자들을 한 곳에 모아놓았다는 것 자체가 전쟁이니까. 요즘 팔마시온은 너무 점잖아졌지만 옛날엔 다 그랬지."

"차, 참으로 흥미진진하고 즐거운 옛날이야기네요."

나는 옛날에 안 태어난 것을 신께 감사해야 했다.

"그 안에서도 가장 미쳐 날뛰다가 결국 지 애비부터 일가친척까지 다 갈아 마시고 황실을 피바다로 만든 그 변태 자식이 날 만나러 오겠다면 나도 살기 위해 그 상판대기에 총알을 박아줄 수밖에. 흐음. 뭐 생각해 보니까 조금은 그 시절이 그립기도 하군."

……무슨 정글의 왕국인가. 대공, 안 그리워해도 될 것 같거든요? 사람들은 그런 경험을 네 글자로 줄여서 트라우마라고 부르거든요? 지나치게 박진감 넘치는 청년기잖아요! 아무리 세월이 지나면 다 추억이라지만 어떻게 그런 살벌한 말을 웃으면서 하실 수 있어요?

나는 문득 그 무렵 팔마시온의 생활기록부를 보고 싶다는 생각이 들었다. 분명히 대공과 황제의 비고란에는 '성적 우수, 운동능력 우수, 리더쉽 우수, 천재성이 엿보임. 그러나 통제 불능. 반드시 둘을 격리 수용할 것. 그리고 그들의 담임은 항상 권총을 휴대하고 다닐 것.' 같은 살 떨리는 평가가 적혀 있을 것 같다.

이런 말 하긴 무섭지만 확실히 대공은 나이가 들면서 성격이 진짜 온화해진 것이다. 그리고 예전 대공과 만년필을 서로 폭폭 찔러대며 진한 우애를 다졌던 황제에게 내가 끌려가서 사지 멀쩡하게 살아 돌아온 게 참으로 기적같이 느껴진다. 다시 말하지만 역시 권력자들의 틈바구니에는 끼어들지 않는 것이 목숨 보존하는 지름길이다.

더 이상 대공이 읊어주는 '정겨운 옛날이야기'를 들었다간 오늘밤 악몽을 꿀 것 같아 나는 박살난 간판을 뒤로 하고 리더구트로 향했다. 그러던 중 길 건너편에서 반갑게 손을 흔드는 청년을 발견하고는 눈을 가늘게 떴다.

"……맙소사. 리젤 경."

우리 왕실 잡역꾼의 유니폼을 입고 있었지만 큰 키에 금발의 곱슬머리는 분명 이자벨 님의 심복 리젤 경이었다. 대체 언제 침투해 들어온 거야.

여전히 내 정체를 혼동하고 있는 것 같은 리젤 경은 '엔디미온 동지이이이'라고 외치는 듯한 귀여운 얼굴로 반갑게 두 손을 흔들었고 나도 어색하게 웃으며 손을 흔들어 주었다.

'역시 이자벨 님도 황제의 내방을 알고 있는 게로군.'

절대 리젤 경이 싫은 것은 아니지만 그가 인트라 무로스의 암살자라는 사실을 알고 있는 나는 마냥 웃을 수만은 없는 노릇이다.

'불길해. 엄청 불길해.'

대공의 말마따나 황제의 성격이 자애로운 것도 아니고, 당연히 전 세계에 적이 깔려 있을 것이다. 솔직히 이 세상 왕들 중 8할 정도는 내심 폭군 황제가 죽길 바랄 것이리라. 게다가 어째서 황제가 몰래 이 나라에 왔는지는 모를 일이지만, 아무리 기밀이라고 해도 (위고르 공도 알고 있는 판국에) 인트라 무로스나 교황청, 북부 콘스탄트가 이 사실을 모르고 있을 리가 없다.

만약 그중 하나라도 암살을 실행하는 순간 이 왕실은 강대국들이 한판 붙는 특설 링이 되어 버리고, 즉시 마키시온의 제국군과 프론티어 뱅가드가 몰려와서 무력개입을 할 것이다. 그리고 그 고래 싸움에 아무 잘못도 없는 이 왕실은 새우등이 꺾여 너덜너덜해질 것이 분명하다. 강대국들이 치고 박는 피비린내 나는 암투가 힘없는 우리나라에서 벌어지는 것만은 사양이다.

'물론. 라이오라 씨가 있으니까 별 문제야 있겠냐만.'

총, 칼, 대포, 독약, 부지깽이로도 쓰러트릴 수가 없고, 설령 군대가 몰려온다고 해도 단숨에 잿더미로 만들어 버리며, 필요하면 황제를 안고 1시간 안에 이 나라를 빠져나갈 수 있는 최종병기가

24시간 마라넬로 황제를 경호한다는 사실은 암살 성공 확률 제로를 의미한다.

리젤 경의 암살 기술이 아무리 절정에 달했다고 하더라도 라이오라라는 완벽한 경호 시스템을 뚫는 것만큼은 무리인 것이다. 실패할 확률이 극도로 높은 암살을 굳이 실행하기 위해 정예요원을 희생시킬 이유는 없다. 황제도 그걸 잘 알고 있기 때문에 얼핏 보면 무모해 보이는 비공식 내방을 한 것이겠지.

"흐음. 바보가 아닌 이상 그런 황제를 죽이려는 세력은 없겠지."

나는 괜한 기우라고 생각하며 리더구트로 향했다. 아무리 이성적으로 생각해 봐도 암살이 벌어질 확률은 희박하다. 하지만 그래도 내 마음 한편엔 막연한 불안감이 남아 있었다. 그리고 이 희뿌연 불길함의 정체를 알아챌 때까지는 그리 긴 시간이 필요하지 않았다.

5

"키스 경. 또 어디 갔어요?"

잠시 잊고 있던 피의 보복을 위해 키스를 찾은 내게 쇼탄 경이 어깨를 으쓱했다.

"아까 들어와서 황급히 짐을 싸더니만 자아를 찾는 여행을 하고 오겠다며 나가 버렸는데? 뭐, 키스 경이니까."

"……그렇군요."

스왈로우 나이츠의 무서운 점이 이런 말이 아무런 무리 없이 나온다는 것이다. 좀처럼 납득하기 힘든 일들도 '키스 경이니까', '키스 경이라서', '키스 경이기 때문에'라는 만능 접두어만 붙이면 신기하게도 서로 다 이해가 되는 것이다.

평소 키스의 행실이 어떠한지 유추해 볼 수 있는 흔적이었다. 그런데 뭔 놈의 자아래. 키스 경이야말로 인간은 자아 따위 없어도 얼마든지 즐겁게 살 수 있다는 사실을 증명하는 훌륭한 표본이 아니었던가.

"쳇. 돌아오기만 해봐."

"뭔 일 있었냐?"

나는 볼을 부풀리며 오늘 오전에 겪은 치 떨리는 오딧세이를 압축시켜 이야기했다.

"졸지에 키스 경의 하트를 빼앗은 독거미가 되어 집요한 백작가 아가씨의 타깃이 되었습니다. 그 덕분에 시내 한복판에서 칼 맞아 죽을 뻔했는데 다행히도 칼날이 재가 되어서 살아났습죠."

"그렇구나. 뭐 키스 경하고 같이 있었으니까."

삐딱하게 앉아 있던 쇼탄이 다 알겠다는 듯이 대답했다.

6

복수의 대상을 잃은 나는 멍하니 본당이 내려다보이는 언덕에 기대었다. 손에는 시종들이 만들어 준 점심 도시락을 들고 있었다. 황제의 비밀 방문을 감상하기에는 최적의 위치였다.

잠시 후 아무런 문양도 없는 마차가 본당 앞에 도착했다. 입구에서부터 한 번도 검문을 받지 않고 전하의 거처까지 왔다는 사실만 봐도 안에 누가 타고 있는지는 훤히 알 수 있었다.

'음. 역시 카론 경이 나서는군.'

나는 소금물에 데친 아스파라거스를 입에 문 채 밑을 내려다보았다. 반듯한 예복을 차려 입은 카론 경은 마라넬로 황제가 내리자 정중한 예를 표하며 그의 옆에 섰다.

물론 라이오라 씨가 있기 때문에 형식상의 경호일 뿐이지만 일말의 흐트러짐도 없는 그의 절도 있는 모습은 아름답다는 수식어가 어울릴 정도였다.

'물론 속마음이야 끓어오르겠지만.'

카론 경이 보기만 하면 때와 장소를 가리지 않고 치근거리는 황제와 자신을 죽음 직전까지 몰아넣었던 라이오라 씨에게 좋은 감정이 있을 리가 없다.

지금 당장이라도 집에 돌아가 소중한 휴일을 아내와 보내고 싶을 것이다. 하지만 역시 기사의 의무를 지키려 조금의 내색도 없

이 황제를 경호하는 카론 경의 모습이 눈물겨웠다.

'아니 저 양반이 또!'

그 생리적 혐오감을 모를 리가 없건만 황제는 카론 경에게 또 뭐라고 말을 걸며(보나마나 망측한 소리일 것이다.) 부동자세로 서 있는 그의 머리카락을 매만지는 것이 아닌가. 역시 황제는 상대의 체면이나 자존심 같은 것은 안중에도 없는 인간이었다.

그 순간 카론 경의 마음 한가운데서 폭발한 살의의 파동이 멀리 있는 나한테까지 들이닥쳤다. 두 눈을 꽉 감은 그의 표정이 불안했다. 저런 농락을 당했으면 제아무리 보살이라도 꼭지가 돌아버릴 것이 분명하다. 대공이었다면 바로 만년필을 꺼내 손등에 문신을 새겨줬을 것이다.

'카, 카론 경. 이 왕국의 미래를 생각해 주세요!'

나는 어쩐지 카론 경이 황제의 싸대기를 갈기진 않을지 두려웠다. 하지만 그는 내 예상보다도 훨씬 더 싸늘한 복수를 했다. 눈을 뜬 카론 경이 황제를 바라보며 뜻밖의 미소를 보인 것이다. 물론 그의 입가에 맺힌 미소는 결코 호감의 뜻이 아니었다.

도리어 '부끄러움을 모르는 자에게 분노를 낭비하는 것이야말로 수치.' 라는 단호한 모멸이 담겨 있었다. 그것은 시달림을 당할 대로 당한 인간이 도달할 수 있는 숭고한 득도의 영역이었다. 말 한 마디로 삼족을 멸해버릴 수 있는 세계 최강의 권력자에게 그런 도도한 태도란 정말 '생소한 경험'일 것이다.

인간이 표현할 수 있는 최대한의 경멸을 받은 황제는 어이가 없다는 듯 결코 부러지지 않는 약소국의 기사를 내려다보았다. 그러고는 정말 갖고 싶은 놈이라며 커다랗게 웃어재끼는 것이었다. 황제가 카론 경에게 야욕의 손길을 거둔 것 같지는 않지만 그래도 이 정도로 일단락되어 다행이라는 생각이 든다.

적어도 왕실이 잿더미가 되는 건 피했잖아? 모두들 한숨을 돌리는 이 분위기에서 유일하게 상황파악 못하고 있는 국왕 전하만이 영문도 모른 채 같이 웃으며 곱실거리고 있었다.

"아이고. 뭐 그렇게 좋은 일이 있으신지요. 저도 같이 즐기고 싶네요."

뭘 같이 즐겨! 그때였다. 나는 더 이상 문제가 생길 일은 이제 없다고 생각하던 참이었다. 하지만 삑적지근한 굉음과 함께 무너지는 왕실 정문을 보며 내 마음을 계속 불편하게 했던 그 '희뿌연 불안함'이 무엇인지 떠올랐다.

정문에서부터 흙먼지가 피어오르며 무엇인가가 본당으로 달려오고 있었다. 사방에서 달려들며 막아보려는 경비병들이 허무하게 튕겨나가며 우르르 나가 떨어졌다. 그것은 마치 거대한 괴수처럼 방책도 벽도 부수며 일직선으로 돌진하는 것이었다.

그 진로를 따라 길바닥이 파이며 돌무더기가 날렸고 가로수가 무너져 내렸다. 결국 황제가 있는 곳까지 뚫고 들어온 '재앙'이 뿌연 먼지 속에서 실체를 드러냈다. 새하얀 늑대 털로 상체를 감싼 거구의 사내가 굵직한 팔을 뻗으며 쩌렁쩌렁 고함쳤다.

"악의 무리를 처단하러 왔다. 이리 나와! 황제의 똘마니!"

견백호 무라사 랑시. 그의 일갈이 멀리 있는 내 귀까지 아플 정도로 왕실 전체에 울려 퍼졌다.

그렇다. 바로 내 불안의 근원은 무라사 씨였던 것이다. 확률 제로인데도 끊임없이 도전하는 훌륭한 자세를 가진 사람이다. 그런데 왜 하필 우리 왕실에서 도전하냐고!

순식간에 황제 앞을 막아서며 보호한 라이오라 씨가 교차한 두 팔을 내렸다. 그는 진짜 죽어라 말 안 듣는 강아지를 대하듯 무라사 씨를 바라보고 있었다. 그가 지친 목소리로 말했다.

"대충 짐작은 간다만…… 여기는 또 어떻게 알고 온 거냐."

무라사 씨가 자랑스럽게 팔짱을 끼며 대답했다.

"와하하하! 악의 대마왕 마라넬로와 그의 음침한 버섯돌이인 네놈이 이곳에 왔다는 정보를 알려준 고마운 동료가 있단다. 그녀가 누군지는 묻지 마라. 비밀이니까. 우후후."

가슴이 미어질 것 같다. 이미 당신 대사 속에 누군지 다 나와 있거든요? 라이오라 씨는 진실로 딱하다는 눈빛으로 무라사를 바라보다 고개를 절레절레 저었다.

"……바보냐, 넌? 아니, 넌 확실히 바보다."

"내, 내가 왜 바보야!"

"왜 바보인지 모르니까 바보라는 거다. 그만 좀 속아라. 너 놀아

나는 건 알 바 아니지만 덕분에 나까지 피곤해지는 건 사양이다."

심장을 후벼 파는 폭언에 무라사 씨가 발끈했다.

"웃기지 마! 바보는 너야!"

라이오라 씨는 시선을 내리깔며 대꾸했다.

"어째서?"

"그, 그게 왜냐하면…….

"……됐어. 아무 말도 하지 마라."

말싸움에서는 도저히 승산이 없는 무라사 씨의 얼굴이 새빨개 졌다. 아아, 저러다 울지도 몰라.

"이…… 이 자식이. 그럼 이자벨이 날 속였다는 거야! 아차!"

싸우기 전부터 자폭해 버린 무라사 씨는 입을 막은 채 당황했다. 사람이 저런 식으로 자멸할 수도 있구나. 나도 이미 예상했던 것이 무라사 씨는 위험할 정도로 순진한데다가 안쓰러울 정도로 착하고 진청룡을 상대로도 죽지 않을 만큼 강하다는 등등의 이용 당하기 딱 좋은 조건을 모두 갖추고 있다.

게다가 라이오라 씨를 향한 불길 같은 라이벌 의식까지 품고 있기 때문에 이자벨 님이 살짝 속삭여주기만 하면 뒤도 안 돌아보 고 뛰어드는 것이다.

이번이 첫 번째도 아니었다. 무라사 씨는 털 뽑힌 닭처럼 어깨 를 축 늘어트렸다. 그토록 혐오하는 정치놀음에 바보처럼 휘둘렸 다는 것에 대한 자기혐오였다. 이자벨 님에게 그는 손도 안 대고

코 풀 수 있는 편리한 휴지조각 정도일 것이다. 너무해요, 이자벨 님. 무라사 씨는 항상 진심인데.

금발의 사신은 그런 무라사 씨를 더욱 더 차갑게 내쳤다.

"돌아가라. 가서 울며 반성하든 인트라 무로스를 두드려 부수든 네 맘대로 해라. 이곳은 너같이 무례한 놈이 있을 곳이 아니야."

난 이래봬도 눈치가 빠른 편이기 때문에 그가 그렇게까지 말하는 의도를 짐작할 수 있었다. 둘의 겉모습은 비슷하지만 사실 라이오라 씨는 480년을 살아온 현자라고 할 수 있다.

피를 보지 않고 싸움을 끝낼 수 있는 방법을 잘 알고 있는 사람인 것이다. 하지만 라이오라 씨의 속마음을 알아챈 사람은 나만이 아니었다.

황제가 말했다.

"항상 말하지만 자넨 너무 착해서 탈이야. 시체가 착해서 뭐에 쓰나? 짐의 면전을 흙발로 더럽히고 짐을 모욕한 무례한 짐승을 그냥 놔 주겠다는 건가."

라이오라 씨는 황제를 향해 정중하게 대답했다.

"하지만 이자는 워낙 단순해서 이오타에 이용당한 것뿐이라, 보복은 이오타 쪽으로……."

"그런 말로 다 해결될 것 같으면 전쟁이 왜 일어나겠나?"

그리고 황제는 견백호를 향해 말을 이었다.

"네게 좋은 기회를 주마. 라이오라를 이기면 날 죽여라. 하지만 네가 진다면 나의 개가 되어 평생을 짐승처럼 네 발로 다녀라. 아신을 사육하는 것도 꽤 즐겁겠어."

무, 무, 무슨 소리야! 황제씩이나 되는 인간이 일부러 싸움을 붙이는 거냐! 그것도 남의 왕실 한복판에서! 아신들이 당신의 여흥거리는 아니잖아! 나는 그의 안하무인에 피가 거꾸로 도는 것 같았다.

라이오라 씨도 무라사 씨도 아무 말도 하지 못했다. 솔직히 근 5세기를 살며 단 한 번도 패배한 적이 없는 라이오라를 쓰러트리는 일이 가능할 리가 없다. 승부를 받아들여 패배하면 무라사 씨는 그의 자존심 강한 성격상 약속대로 황제의 노예가 될 것이다.

하지만 그렇다고 라이오라 씨가 졌다고 말한다면 황제는 죽는다. 대대로 황실을 수호하는 진청룡의 입장에선 황제에게 피해가 가는 어떤 선택도 할 수 없었다.

주저하고 있는 무라사 씨를 보고 마라넬로 황제가 코웃음을 쳤다.

"흥. 겁이 나서 말도 못하는가? 한심하구나. 뭐가 아신이냐. 넌 개만도 못하다. 당장 내 눈 앞에서 꺼져라, 겁쟁이."

너무해. 힘으로 남을 짓누르는 게 그렇게 즐겁냐! 대체 당신 마음의 어떤 부분이 망가졌기에 그런 얼굴로 상대를 짓밟을 수 있는 거야! 냉소를 머금은 채 본당으로 들어가려는 황제의 뒤에서 커다란 소리가 터졌다.

"누가 겁을 먹었다는 거냐! 나 무라사 랑시가 너같이 비열한 놈을 피할 것 같아!"

분노에 찬 고함소리가 왕실을 울렸다. 그의 트레이드마크인 강철장갑이 시뻘겋게 달아오르며 격렬한 굉음을 내질렀다. 무서운 투지가 땅을 울렸다. 황제는 그 모습에 비웃음으로 응답했다.

"상대해 줘라. 라이오라."

미, 미친 거 아냐? 난 자리에서 벌떡 일어섰다. 그 순간 몰려와 있던 왕실 식구들이 메뚜기처럼 산지사방으로 도망쳤다. 농담이 아니다. 전쟁 중에서도 아신이 투입될 때는 모든 군대가 즉시 안전거리로 철수한다.

성벽도 부수는 그들의 싸움에 휘말렸다간 시체도 남지 않기 때문이다. 하지만 황제는 무슨 춤사위라도 지켜보는 것처럼 피하지 않고 그 자리에 섰다. 그건 용기라기보다는 일종의 광기로 보였다. 죽음을 탐닉하는 자의 의태에 가까웠다. 무라사 씨가 새하얀 불길에 휘감긴 주먹을 진청룡에게 뻗으며 외쳤다.

"라이오라. 네가 왜 바보인지 말해주마! 뭐가 제국의 수호신이야! 그래서 행복하냐? 480년 동안 단 한 번도 자기 뜻대로 살아본 적이 없는 놈이 바보가 아니면 뭐냐고!"

라이오라 씨는 그 말에 아무런 반박도 하지 않았다. 무라사 씨가 으르렁거렸다.

"넌 이 몸이 뜯어고쳐 주겠다."

순간 그의 몸이 사라졌다. 라이오라와 무라사 사이의 간격은 대략 백 보, 일순간 불길이 두 지점을 이으며 공기를 찢는 폭발음이 터졌다. 그와 함께 라이오라 바로 앞에 나타난 무라사 씨의 주먹이 섬광을 뿜으며 미처 피하지 못한 진청룡의 몸을 찔렀다.

"마, 맙소사."

나는 나도 모르게 신음소리를 냈다. 보면서도 믿을 수 없는 광경이란 저런 것일까. 견백호가 정권을 내지른 방향으로 시커멓게 녹아내린 길이 생겼다. 그 길에 서 있던 정원수가 뿌리째 뽑혀 나가고 가로등과 장식물들이 동시에 무너져 내렸다.

하지만 더욱 믿을 수 없는 광경은 그 흙먼지 속에서 무라사의 주먹을 맨손으로 막고 있는 라이오라 씨의 모습이었다. 뜨겁게 타오르는 강철 주먹이 더 이상 전진하지 못한 채 격렬하게 울부짖었다.

폭풍을 정면으로 받은 라이오라 씨의 옷이 다 찢어지고 반짝이는 미립자들이 혈액을 대신해 흩어졌지만 정작 라이오라 씨의 얼굴에는 아무런 표정도 없었다. 그는 검조차 뽑지 않았다. 그야말로 압도적이었다.

"무라사. 나는 이미 죽었다. 구원은 살아 있는 자에게 필요한 거다."

그 말과 함께 뼈들이 부러지는 소리가 터졌다. 라이오라 씨가 잡고 있는 강철 주먹이 비틀리며 끔찍한 비명을 내질렀다. 무라사 씨도 죽일 듯 노려보며 결코 피하지 않았다. 오히려 더 거대한 힘을 주먹에 집중시켰다. 가시화된 둘의 에너지가 플라즈마가 되어 뒤엉켰다.

서로를 집어삼키려는 두 막대한 힘이 충돌하자 마치 뜨겁게 달궈진 오븐의 내부처럼 주변이 달아올랐다. 그때 접근하면 죽을 수도 있는 저 위험천만한 링으로 뛰어 들어온 자는 놀랍게도 바로 국왕 전하였다.

"아, 아, 안 돼!"

불행하게도 본당 앞은 임금님의 애장품 1호인 금동상이 서 있다. 그것이 고열의 플라즈마에 휘말리자 하늘 높이 뽑아든 동상의 장검이 바나나처럼 휘어지기 시작했다.

"우아아아! 그만 해! 내가 녹고 있단 말이야!"

제정신이 아니었다. 재빠르게 뛰쳐나간 카론 경이 전하의 허리를 잡고 멈추게 하지 않았다면 그대로 불길 속으로 뛰어 들어갔을 기세였다. 카론 경에게 붙잡힌 전하는 몸을 버둥거리며 울부짖었다. 전하는 무시무시하게 녹아내리기 시작한 '자신의 얼굴'을 바라보며 처절하게 오열했다.

"야 이놈들아! 딴 데 가서 싸워어어어어!"

임금님의 구슬픈 외침이 메아리가 되어 왕실을 퍼져나갔다.

7

결투는 처절했다. 무라사 씨는 온몸에 상처를 입고 오른팔이 부러졌음에도 절대로 물러서지 않았다. 하지만 그것뿐이다. 그 어떤 강맹한 공격도 진청룡에겐 피해를 주지 못했다.

설령 목이 잘려도 몸의 절반이 끊어져도 그의 몸은 원상태로 돌아온다. 자기 자신조차 자신을 죽일 수 없는 불사의 존재를 쓰러트릴 수 있는 힘 따위는 애당초 없었다.

"……."

라이오라 씨는 자기 발 앞에 쓰러진 무라사 씨를 내려다보았다. 피투성이가 된 그는 어떻게든 다시 일어나려는 것 같았지만 이젠 숨을 쉬는 것조차 어려워 보였다. 그의 완패였다.

이윽고 황제가 입을 열었다.

"자, 이젠 짐의 개가 될 차례인가. 누가 가서 목줄을 가져와라."

일말의 동정심도 없는 싸늘한 목소리에 숨이 막히는 것 같았다. 당장이라도 그에게 뛰어가 멱살을 잡고 싶은 살의를 느낀 사람은 나만이 아닐 것이다. 그때 라이오라 씨가 말했다.

"무승부입니다."

"음?"

어딜 봐서 무승부라는 것일까. 하지만 라이오라 씨는 이번만큼 은 자기 뜻을 꺾지 않았다.

"승부는 나지 않았습니다."

황제는 태연하게 대꾸했다.

"그런가. 그럼 개는 포기하지. 죽여라. 숨을 끊어 끝내라."

"죄송합니다. 더 이상 싸울 힘은 없습니다."

"누가 너한테 지치는 걸 허락했지?"

라이오라 씨는 대답하지 않았다. 황제를 향한 그의 얼굴에서 조금씩 재가 흘러내리고 있었다. 그때 쓰러진 무라사 씨가 겨우 겨우 몸을 일으켰다. 핏방울이 비처럼 쏟아졌다. 그는 눈을 부릅 뜨며 입을 열었다.

"……진짜 못 들어주겠네. 난 저런 놈에게 자비 따위 구걸하지 않아! 믿음에는 타협이 없다. 설령 내 힘이 모자라 쓰러진다 해도 내 마음이 틀린 것은 아니야!"

그러고는 라이오라를 손가락으로 가리키며 소리쳤다.

"라이오라! 네 녀석의 가장 큰 불행은 죽지 못하는 것이 아니야. 자신이 살아 있다는 사실을 인정하지 않는 것이 바로 너의 불행이다. 너는 이미 죽었다고? 웃기지 마라. 죽은 놈이 어떻게 그렇게 괴로운 표정을 지을 수가 있겠냐!"

무승부가 맞는 것일지도 모른다. 무라사 씨는 자기 목숨이 끊어지지 않는 이상 결코 포기하지 않을 테니까. 그들을 지켜보던 마라넬로 황제가 서서히 몸을 숙였다.

그는 팔을 뻗어 이 아수라장에서도 용케 살아남은 붉은 철쭉

한 줄기를 손에 쥐었다. 힘을 주자 뿌리째 뽑혀 올라왔다. 목 꺾인 철쭉을 거머쥔 황제의 손은 흡사 피투성이로 보였다. 그는 그것을 내려다보며 입을 열었다.

"살아 있기 때문에 괴로운 것이다…… 라. 무지한 짐승인 줄 알았는데 제법 운치 있는 말도 할 줄 아는군 그래."

그는 조각난 꽃잎들을 바닥에 털며 말을 이었다.

"라이오라. 지금 고통 받고 있음을 기뻐해라. 견딜 수 없는 괴로움에 감사해라. 그것이 삶의 증거다."

그러고는 사람들을 둘러보며 말을 이었다.

"그대들이 보기에 짐은 살아 있는 것 같나?"

그는 실로 온기 없는 냉소를 뱉었다.

"이 몸에 흐르는 피를 증오해 이 손으로 모든 혈육을 찢어 죽여 놓고 이제와 유일한 핏줄의 뒷모습을 바라보며 삶의 증거를 구걸하는 짐에게 살아 있다는 증거는 남아 있는가? 짐은 신인가 아니면 벌레인가. 말해 보거라."

그 무정한 비웃음은 자신을 향해 있었다. 그는 그 야수 같은 눈동자를 굴려 우리들의 면면을 훑어보고는 본당으로 들어갔다. 라이오라 씨는 그런 그의 뒷모습에 조용히 고개를 숙였다.

저 악의로만 이뤄진 것 같은 황제가 어째서 무라사 씨를 놔줬는지는 모른다. 다만 저 바보 같은 두 사람의 진심이 황제의 이지러진 마음의 어떤 부분을 건드렸다는 것만은 확실했다. 어쩌면 라이오라 씨는 황제를 동정하는 것이 아닐까. 또 어쩌면 황제의 심장은 라이오라 씨의 멈춰버린 심장보다도 외로울지 모른다.

어쩌면 황제는 대공과 함께했던 그 팔마시온을 졸업하지 못하고 거기서 죽었던 것인지도 모른다. 증오하지 않고는 삶의 증거를 찾을 수 없는 진공의 황무지 속에서 아주 오래전에 동사(凍死)했는지도 모른다.

나는 내 삶의 종착까지 내가 살아 있다는 사실을 자신 있게 외칠 수 있을까. 문득 그런 의문이 들었다.

8

키스는 며칠 후에 돌아왔다. 물론 내 심장에 피의 복수를 맹세하긴 했지만, 예의 백작가 따님에게 두드려 맞았는지 어쨌는지 이마에는 붕대를 감고 얼굴엔 잔뜩 반창고를 붙인 채 뚱한 표정으로 소파에 웅크리고 앉아 있어서 도저히 말을 걸 분위기가 아니었다.

"계단에서 굴렀어요."

"……대체 어떻게 구르면 그 지경이 되나요."

키스도 왕실도 흠집투성이였다. 그나마 다행인 것은 웬일인지 황제로부터 마당을 더럽힌 것에 대한 사과라면서 금괴를 가득 담은 궤짝들이 수십 박스나 도착했다는 것이다. 질려버릴 정도의 재력이랄까, 위고르 공은 역시 자기가 간판을 걸었어야 한다며 끈질기게 억울해 했다.

한편 황제는 카론 경에게도 순은과 다이아몬드로 만든 초고가 꽃다발과 황실 초대장을 집으로 보냈다고 한다. 살아 있다는 증거를 그런 데서 느끼려고 하면 정말 곤란하다. 정말이지 여러 가지 의미로 광기로 가득한 노인네다. 물론 카론 경은 그 살 떨리는 선물을 저 하늘 끝으로 집어던져 버리고 싶었을 것이다.

그러나 진땀나는 속사정은 전혀 모르는 이멜렌 님께서 욕정의 엑기스 같은 그 무시무시한 것을 침대 맡 화분에 꽂아버리는 바람에 이러지도 저러지도 못하는 카론 경이 밤마다 악몽에 시달린다는 소문을 들었다. 훌륭한 남편이 되는 길은 멀고도 험한 것이다.

아무튼 권력자들의 비밀이니 비공식이니 하는 것은 이제 지긋지긋하다. 폭풍이 지나간 이후 나는 모처럼의 휴식을 즐기기 위해 시내 노천카페에 앉아 느긋하게 홍차를 마시고 있었다.

역시 평범한 것이 최고다. 한가롭게 지나다니는 행인들을 지켜보는 것만으로도 충분한 행복감에 젖어들 수 있었다. 그때 누군가 내 뒤에서 눈을 가렸다.

"누구게."

난 순간 심장이 덜컥 내려앉았다. 서, 설마 이 발랄한 목소리는? 나는 가늘게 떨리는 음성으로 물었다.

"……아, 알테어 님?"

"딩동댕!"

그녀는 뒤돌아보는 내 얼떨떨한 얼굴을 꽉 껴안았다. 그녀의 두근거리는 맥박소리와 달콤한 분내음이 확 느껴졌다. 명주작 알테어 님은 교황의 취향이 그대로 반영된 그 엄청난 제복 대신 하늘색 원피스 차림이었다. 지상 최강의 검사인 그녀의 모습은 연두색으로 염색한 긴 생머리와 함께 그야말로 여신처럼 눈부시게 빛났지만, 나는 결코 웃을 수만은 없었다.

"에헤헤. 나 몰래 빠져나왔어. 나스타세 군과 성기사단이 뒤쫓아 오긴 했지만 설마 여기 있는 줄은 모를 거야."

그때 나는 알테어 님 뒤편의 골목에서 스윽 얼굴을 내민 채 우리를 주시하는 리젤 경과 눈이 마주쳤다. 그는 또 방글방글 웃으며 손을 흔들었다. 알테어 님. 이미 다들 알고 있는 거 같은데요.

그녀는 내 손을 잡고 마구 흔들며 눈물까지 글썽이며 천진난만하게 웃는 것이었다.

"미온. 미온. 정말 보고 싶었어."

"아…… 하하하하. 저, 저도 정말 보고 싶었어요."

또 아신이다. 또 비공식이야……. 세상에 이토록 아름답고 착한 여신을 거부할 남자 따원 없다. 하지만 적어도 지금 만큼은 비명을 지르며 도망치고 싶은 심정이다.

제3화
여름벌레

나는 잠자코 듣고만 있었다. 고통은 꿈이며, 인생은 재미있
는 연극이어서 촌놈이나 바보만이 무대로 뛰어올라가 연기에
가담한다는 듯이.

—니코스 카잔차키스 『그리스인 조르바』

1

하늘도 얼어붙은 1월 초순이었다. 꼭두새벽부터 궁내부 고위관
리 솜슨 남작으로부터 내부지명을 받은 나는 그야말로 감탄하고
말았다.

멋지다. 우리나라에 아이히만 대공과 카론 경 말고도 이렇게
일찍부터 일하는 훌륭한 관리가 있었단 말인가! 이 나라 관리들
이 게으르다고 싸잡아 비난했던 내가 문득 부끄러웠다. 나는 아

직 이 나라도 살만하다는 희망에 차수레를 이끌고 보람차게 응접실로 향했다.

"하하하. 요건 제 작은 성의입니다요. 나리."

"하하하. 뭐 매번 이런 걸 다."

"하하하. 그럼 올해 왕실 양초 납품도 아무쪼록 저희 상회로 부탁드립니다."

"하하하. 걱정 마시게. 궁내부에는 내 잘 얘기해 놓을 테니."

……이딴 인간들 홍차 타주고 있습니다. 다른 관리들이 선수칠까봐 꼭두새벽부터 구슬땀 흘려가며 뇌물을 챙기는 모습이 실로 흐뭇하다.

그래 뭐, 열심히 사는 모습이 참 보기 좋아. 이 나라는 부정부패도 경쟁이 심해서 게으르면 낙오하니까.

'아, 그래도 비리는 좀 안 보이는 데서 저지르는 게 상도덕 아니냐고!'

본능처럼 비리를 저지르는 이 나라 관리들에게 카론 경 레벨의 청백리까진 기대하지도 않아! 하지만 보통 뇌물을 공공장소에서 행복하게 웃으며 주고받진 않잖아?

자고로 뇌물이라면 한밤중 은밀한 장소에서 심각한 표정으로 전하는 게 범죄의 미풍양속 아냐?

그런데 이 솜슨이라는 작자는 무슨 부정부패의 마에스트로라도 되는지 왕실 응접실 한복판에서 돈주머니를 주고받는 배짱을 과시했다.

게다가 뭔 자랑스러운 일이라고 세금으로 차 시중까지 불러놓고. 조만간 망하지 않을까…… 이 나라.

"저어 그런데 이렇게 드려도 뒤탈이 없겠습니까?"

솜슨에게 뇌물을 전하던 상인이 아무래도 찔리는지 나를 힐끔힐끔 보며 물었다. 그러자 솜슨이 딱 잘라 대답했다.

"괜찮아요. 여긴 아무도 없잖소?"

'내가 있잖아! 지금 내가 보고 있잖아! 이 왕실의 독버섯아!'

한 인간의 존재를 단숨에 부정한 이 뻔뻔한 관료 놈은 상인의 돈주머니를 냉큼 받아 챙겼다.

그러고는 그 주머니에서 금화 한 닢을 꺼내 능숙하게 내 바짓주머니에 넣는 게 아닌가. 그 추태 메들리는 내 엉덩이를 툭툭 치는 것으로 마무리되었다.

"후후. 먹고 살기 힘들지?"

너 땜에 살기 힘들어. 나는 순간 카론 경의 고뇌를 느끼며 가만히 눈을 감고 심호흡을 했다. 그리고 수도자의 심정으로 묵묵히 홍차를 만들었다. 그러는 와중에도 그는 내 허벅지를 쓰다듬으며 피가 거꾸로 도는 소리를 주워 섬기고 있었다.

"흐흐. 다리가 예쁜 계집애로군. 그런데 가슴이 절벽인 게 영. 쯧쯧."

아, 거 정신 사나우니까 뇌물을 받든가 찝쩍거리든가 하나만

해! 나는 당수로 울대를 후려쳐 버리고 싶은 욕구를 간신히 누르며 눈썹을 파르르 떨었다.

"이, 이러지 마세요."

"후후. 귀엽군. 왜? 돈이 부족했나?"

"아니요. 그게 아니라……."

그는 더욱 음흉한 웃음으로 날 바라봤고, 나는 농염한 미소와 함께 오묘한 인체의 신비를 속삭여 주었다.

"전 남자랍니다아."

"뭣?"

그 순간 내 다리 사이를 끈적끈적하게 오가던 그의 손이 광속으로 제자리로 돌아갔다.

그래, 원래 진실이란 쓰디쓴 법이지. 난 콧소리를 내며 그의 어깨를 매만졌다.

"아 왜 하던 거 마저 하시죠?"

"돼, 됐어."

"뭣하면 오늘 밤 확인해 보시렵니까?"

"됐다니까!"

그는 민망할 정도로 일그러진 얼굴로 홍차를 들이켰다. 그리고 동시에 눈앞의 상인을 향해 힘차게 방출했다.

"푸우우우웁! 뭐, 뭐야 이 망할 홍차!"

"어떠세요. 귀족의 맛이랍니다. 한 잔 더 드릴까요?"

난 활짝 웃으며 수건을 건네주었다.

2

나는 빨갛게 부어오른 뺨을 감싼 채 씩씩거리며 리더구트로 돌아가고 있었다.

"이 망할 놈의 나라. 이 망할 놈의 나라. 이 망할 놈의 나라."

솜슨의 지저분한 입을 소금으로 세척해 준 것에 대한 보답으로 강렬한 귀족펀치를 선사 받았다.

아아아, 내 꽃 같은 얼굴이! 감옥에 처넣겠다고 난리를 치긴 했지만 지들도 옹기종기 모여 뇌물을 주고받는 중이었으니 해코지는 못하겠지.(아니면 곤란한데.)

때마침 하늘마저 얼음장 같은 겨울비를 퍼부어 줘서 내 기분은 실로 날아갈 것만 같았다.

"다녀왔습니다!"

나는 리더구트 대문을 쾅 젖히며 들어와서는 비에 젖은 머리를 탈탈 털었다. 발소리도 없이 다가온 집사가 마른 수건을 건네주었다.

대부분 지명을 나간 리더구트에서 내 눈에 밟히는 건 소파에 드러누워 흐느적거리고 있는 키스 경이었다. 허송세월을 사랑하

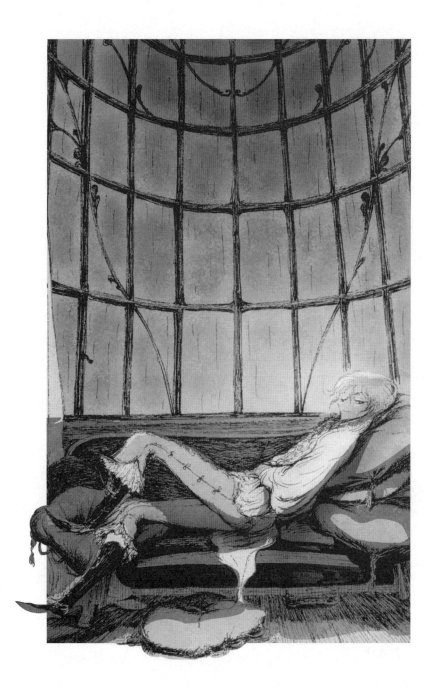

는 저 모습은 그야말로 막 사는 인간의 전형이었다. 팔자 좋네. 누군 새벽부터 성추행 당했구만!

키스는 내 얼굴을 보자마자 졸린 눈을 커다랗게 뜨며 벌떡 일어섰다.

"아아아아니! 미온 경! 얼굴이 왜 그래요!"

"아, 아무것도 아니에요. 착시랍니다아."

나는 멍든 얼굴을 돌리며 모른 척했지만 키스는 곧바로 내게 뛰어와선 내 두 뺨을 꽉 쥐는 것이었다.

"누굽니까! 대체 누가 이런 무지막지한 짓을!"

"구루구우루아우시무가후누우다우수우구!"(해석: 그렇게 심각한 일 아니에요. 그리고 지금 당신 손이 더 무지막지해!)

떡처럼 주무르지 마!

"아니긴 뭐가 아닙니까! 이건 엄연한 폭행이라고요! 어떤 녀석입니까!"

어떻게 알아들었냐? 이거 꼭 매 맞고 돌아온 아들내미 대하는 것 같잖아.

키스의 호들갑 덕에 참고 있던 서러움이 울컥 솟으려는 찰나, 키스는 그런 나를 와락 껴안으며 울부짖었다.

"아아아 내 소중한 장사밑천에 흠집이 나다니. 반드시 손해배상을 받아야겠습니다아!"

왜 결론이 대물배상이야!

"내가 왜 댁 재산이냐! 이 포주단장!"

나는 키스를 내동댕이쳤지만 이 인간은 훌쩍거리며 품속에서 내 기사서임 계약서를 꺼내 흔들었다.

"당신, 내 꺼 맞아요오."

"……저 우라질 노비문서."

저 천인공노할 기사계약서에는 '향후 10년간 스왈로우 나이츠 기사단원의 몸과 정신은 베르스 왕실 소유로 귀속되며 또한 기사단장은 그 권한을 위임받아 사용할 수 있다.'라는 인권을 대차게 유린하는 조항이 구석탱이에 깨알처럼 쓰여 있었던 것이다.

기사의 전신(全身)을 왕실을 위해 희생하는 것은 당연하다면 당연한 기사도. 하지만 그 숭고한 기사도를 왕실 호스트 사업에 응용하는 참신한 발상은 전 세계에서 우리 임금님만이 할 수 있을 것이다.

한편 몸이 아파 지명을 쉬고 있는 지스 경은 커다란 잠옷을 뒤집어쓴 채 벽난로 곁에 앉아 못마땅한 눈빛을 번뜩이고 있었다.

"자알들 논다. 명색이 기사란 놈이 쳐 맞고 다니고. 보나마나 또 분별없이 왕실 돼지들에게 대들었겠지. 꼴좋다, 띨띨아."

신이시여. 저게 정녕코 꽃송이 같은 소년의 입에서 튀어나올 말이랍니까.

"하찮은 동정심도 환영하니까 딱 한 번만이라도 평범하게 위로해 줄 수는 없는 거냐."

억울하다. 사실 성격으로 따지자면 지스킬 윈터차일드 경이 나보다 백배는 포악하잖아? 저쪽은 거의 폭탄이다.

사고회로에 '참을성'이라는 단계가 없기 때문에 귀족이든 왕족이든 멋모르고 건드렸다간 곧바로 지옥 같은 보복을 저지르는 위험천만한 소년인 것이다.

아까 지스킬이 내 입장이었다면 부글부글 끓는 찻물을 솜슨의 정수리에 폭포수처럼 쏟아 그의 타락한 뇌세포를 중탕(重湯)시켜 버렸을 것이다. 그런 게 누구더러 띨띨이래!

"아아 몰라, 몰라. 벌금이고 뭐고 오늘은 휴업할래요."

나는 키스의 소파에 벌러덩 드러누워 얼굴을 파묻은 채 중얼거렸다. 한 달 치 짜증을 한 방에 다 써버렸다. 그건 그렇고, 그 바보 귀족이 정말 날 처벌하려는 건 아니겠지?

관상학적으로 엄청나게 집요해 보이던데. 이참에 장기지명이나 받아서 잠수해 버릴까. 그때 시종들의 목소리가 벨소리처럼 울렸다.

"카론 샤펜투스 헬스트 나이츠 부기사단장님이 방문하셨습니다."

이윽고 문이 열리며 비에 젖은 레인코트의 사내가 걸어 들어왔다.

나는 소파에 드러누워 힐끗 그를 바라봤다. 비주얼만 따지면 확실히 저쪽이야말로 스왈로우 나이츠가 찾는 인재상이 아닐까.

길고 날렵한 다리, 군살 하나 없는 매끈한 체형, 멋을 부리지 않는 곱고 단정한 흑발, 시간의 흐름을 거역하는 발칙한 동안, 만지면 얼어붙어 버릴 것 같은 금욕적인 인상. 게다가 사교성이라고는 완두콩만큼도 없는 주제에 결혼까지 했단다.

주사위를 열 번 던져 열 번 다 6이 나온 것 같은 그의 모습은 어딘지 종교적이기까지 하다…… 라는 느긋한 품평 따위가 지금 중요한 게 아니라 카론 경이 올 때면 뭔가 안 좋은 소식도 따라올 때가 많다는 사실이 무척이나 불안하다.

키스는 바닥에 널브러져 헤실헤실 웃으며 카론 경을 올려다보고 있었다. 애완견이냐? 제발 부탁인데 조금은 품위라는 게 있었으면 좋겠어.

"카론 경. 스왈로우 나이츠에 입단할 생각 없어요? 특별 할인 기간인데."

뭘 할인한다는 거야? 카론 경은 가차 없이 말하며 그를 지나쳤다.

"너나 평생 해라."

"흑. 언젠가는 당신도 입단하게 될 거예요!"

키스는 무서운 저주의 말을 남기며 토라져 버렸고 카론 경은 발걸음을 옮겨…… 얼레? 나한테 오잖아! 게다가 표정도 무섭다. 아니 이거 설마!

"엔디미온 경."

"왜, 왜요?"

"궁내부 상급 관료 솜슨 남작에게 저지른 범죄를 시인하나?"

카론 경의 고저 없는 목소리가 타자기처럼 내 귀를 때렸다. 이 집요한 색골 관리 같으니! 뇌물쟁이 주제에 소금 맛 좀 봤다고 카론 경까지 동원해? 나도 이제 못 참아!

"그래요! 시인합니다!"

"시인한다?"

"네! 하지만 잘못은 그쪽이 훨씬 크다고요! 왕실 한복판에서 대놓고 뇌물을 받고 어쨌든 기사인 저를 희롱했습니다! 절 처벌하시겠다면 그 뼛속부터 썩어빠진 관리도 같이 처벌해······."

당차게 밀어붙이던 나는 곧 말끝을 흐려야 했다. 카론 경의 표정이 예사롭지 않았던 것이다. 음, 그러니까 이를 테면 '자네 지금 더 이상 살기 싫다고 말한 건가?' 라는 얼굴이랄까.

"정말로 인정하겠다는 건가."

"아니 왜 그런 불길한 눈초리로 절······."

뭐야 이거. 홍차에 소금 탄 게 반란죄에 필적할 중죄였어? 누군 대놓고 뇌물을 주고받고도 아무런 처벌도 받지 않는데! 정말 치가 떨린다. 진짜 치졸해! 맘대로 해! 이 망할 나라! 나는 결국 대폭발을 하고 말았다.

"그래요! 내가 했다니까요! 이게 죽을죄라면 솜슨이 저지른 짓거리는 삼족을 멸해야겠네요!"

카론은 그저 그 차가운 눈동자로 나를 응시할 뿐이었다. 한참 나를 바라보던 그는 꽉 다문 입술을 열며 다시 물었다.

"마지막으로 묻겠다. 엔디미온 키리안. 경은 궁내부 상급 관료인 솜슨 남작을 살해한 사실을 시인하는 건가?"

"그렇다니까요! 그러니까 아까부터 내가 죽였다고…… 뭐? 살해?"

순간 내 눈앞이 흑백으로 변했다. 지, 지금 뭐라고 하신 겁니까? 나는 이게 무슨 소린지 깨닫지 못해 멍하니 카론 경의 얼굴을 바라봐야만 했다.

"솜슨 남작은 이십여 분 전 자신의 집무실에서 살해당했다."

카론의 무감정한 목소리와는 대조적으로 리더구트 밖에서는 곳곳을 수색하는 근위병들의 고함소리가 들려왔다.

"사인은 짧고 날카로운 흉기에 의한 참살. 솜슨 남작은 목 부위 기관 절단에 의한 과다출혈로 즉사했다. 목격자는 없으며 도난당한 물건도 없다. 그에게 뇌물을 준 상인이 왕실을 떠난 뒤에 살해되었으니 현재로서 용의자는 솜슨과 접촉했고 그에게 모욕을 당해 살해 동기가 있는 엔디미온 키리안 경, 자네뿐이다."

나는 말을 이을 수 없었다. 내가 남의 목을 땄다고? 난 소금홍차 한 잔 타준 것만 가지고도 벌 받을까봐 심장이 오그라든 사람인데! 나는 표정을 잃은 채 더듬거렸다.

"카, 카론 경. 뭔가 굉장한 오해가 있는 것 같은데요. 설마 순진

무구한 제가 그런 끔찍한 살인을 저질렀다고 생각하시는 건……."

"자네 성격 따위 알 바 아니야."

……따위, 입니까.

옆에서 이야기를 듣던 키스는 여우같은 눈초리로 날 빤히 바라보고 있었다. 그가 하얀 서류로 입을 가린 채 말했다.

"이 살인마."

"닥쳐어어어어!"

악의 무리를 소탕하는 정의의 기사가 되기 위해 입단했건만 어째서 결과는 왕실 한복판에서 대차게 귀족을 살해한 잔악무도한 살인인 것일까. 음, 그러니까 정리하자면 나는 새벽에 일어나 홍차 타주고 성추행 당하고 얻어맞은 뒤에 살인용의자가 되어 버린 거로군. 끼얏호! 신나는 인생이야!

'망할. 지지리 복도 없지.'

내가 봐도 나한테 동정이 간다. 과연 내 삶에 황금기가 있긴 있었던 걸까…… 사춘기에서 곧바로 갱년기로 넘어간 기분이다.

마음이 찢어지는 이 와중에 또다시 문이 와락 열리며 뛰어 들어온 자는 바로 헬스트 나이츠 기사단장 블리히 경이었다. 그는 카론 경을 밀치며 달려들어서는 우악스런 손으로 다짜고짜 내 팔을 꺾었다.

"잡았다! 이 흉악범! 난 네놈이 범인이라는 것을 알고 오래전부터 추적하고 있었지! 카론 군. 이건 분명히 자네가 아니라 내가 잡은 거야! 이건 내 거라고. 내 실적이야!"

내가 무슨 산삼이냐! 으아아아 팔 아파! 나는 까무러칠 것 같은 통증에 손바닥으로 소파를 마구 때리며 소리쳤다.

"뭘 오래전부터 추적해요! 살인은 이십 분 전에 벌어졌는데!"

"뭐? 정말?"

블리히는 멍청한 얼굴로 카론 경을 바라봤다. 블리히에게 튕겨 나간 카론 경은 놀라운 인내력으로 사무적 무표정을 유지하며 말했다.

"사건 경위서 올렸습니다만."

뭔 사건인지는 알고 좀 덮쳐!

"그럼 이 녀석 범인 아냐?"

"아닙니다."

"그냥 체포하면 안 될까?"

"안 됩니다."

"왜?"

왜라니! 카론 경은 대답하기도 싫은지 입을 다물었다. 블리히 가 맥 빠진 얼굴로 말했다.

"쳇. 좋다 말았네."

아 뭐가 좋다 말아! 블리히는 입맛을 다시며 내 팔을 풀었다. 당신, 진짜 부탁인데 기사 하지 마! 블리히는 근엄한 표정으로 말했다.

"카론 군. 전하의 근심이 크시네. 반드시 범인을 잡게나. 그리고 범인을 찾으면 꼭 나한테 먼저 보고하게. 알았지?"

댁은 실적만 올릴 수 있으면 왕실의 미래 따윈 아무래도 좋은 거지? 블리히는 나를 가리키며 말했다.

"음. 그리고 범인을 못 찾으면 이놈을 체포해."

엉?

"그럴싸하게 피도 좀 묻히고. 못 잡은 것보단 좋잖아?"

퍽이나 좋겠다! 네가 암살범보다 더 위험해!

"제가 반드시 잡겠습니다."

카론 경은 단호하게 말했다. 블리히는 '범인은 꼭 내게. 책임은 꼭 네가.'를 몇 번이나 강조하며 밖으로 나가 버렸다. 아아아 저 것이야말로 '이상적인' 공무원의 표본. 바퀴벌레도 감탄할 강인한 생명력이 느껴진다.

나는 눈썹을 팔자로 찡그린 채 욱신거리는 팔을 빙빙 돌리며 중얼거렸다.

"하여튼 저 양반은 꼭 잊을만하면 나타나선……."

아니 잠깐. 그건 그렇고! 나는 환하게 웃으며 카론 경을 향해 팔을 벌렸다.

"역시 카론 경은 제가 그런 흉악범죄를 저지를 인간이 아니라는 걸 믿어주시는군요!"

하지만 은의 기사님은 매정했다.

"자네 인간성 따위 내가 알게 뭔가."

……역시 따위, 입니까.

"다만 자네에겐 알리바이가 있다. 살해 시각 자네가 이곳으로 돌아오고 있었다는 것을 증언한 목격자가 있다. 무엇보다 자네가 경비가 삼엄한 왕궁 집무실에 잠입해서 솜슨 남작을 일격에 살해하고 흔적도 없이 탈출할 만한 능력이 없다는 사실 또한 자네의 무죄를 증명하지."

"……다행이네요. 무능해서."

나는 입술을 삐죽 내밀었다. 무죄라는 사실을 꼭 그렇게 쌀쌀맞게 표현해야 한단 말인가.

"그리고 솜슨 남작에게 차를 타 줬다고 했지?"

"아 예."

그러자 카론 경은 일말의 감정도 실리지 않은 목소리로 말했다.

"나라면 독살했다."

"아!"

그렇다. 치 시중을 드는 사람이 상대를 죽이려 했다면 독살만한 것이 없다. 독은 야산의 독버섯만으로도 제조가 가능하다. 소드람의 메데이아 교수라면 일주일 후에 돌연 숨을 멎게 하는 추적 불가능한 독약마저 제조할 수 있으리라. 즉 내가 솜슨을 죽이려 했다면 그런 쉬운 방법 놔두고 굳이 다시 돌아가서 익숙하지도 않은 흉기로 살해한 뒤 경비를 뚫고 도주하고 용의자로 의심 받을 이유 따위 없는 것이다.

"귀족 살해는 반란죄에 필적하는 극악한 중범죄다. 격노하신 전하께선 무슨 수를 써서라도 범인을 체포하라는 칙령을 내리시고 떠나셨다."

"떠나다니…… 어디로?"

"이오타로 달맞이 여행 가셨다."

그게 격노한 거야아아아아! 왕실이 피바다가 됐는데 보름달이 눈에 들어와? 문제만 생기면 바로 짐 싸서 사라지는 거냐! 촌장도 그것보단 책임감이 있어! 골치 아픈 일들은 모조리 아랫것들에게 떠넘기고 최선을 다해 모른 척하겠다는 임금님의 과감한 정치 철학을 엿볼 수 있었다. 그리고 혹자는 그것을 세 글자로 줄여 '무정부'라고 부른다. 좌 블리히, 우 임금님. 카론 경의 어깨가 무거웠다.

"엔디미온 경. 어쨌든 자네도 분명 용의선상에 올라와 있다. 사건이 종결될 때까지 경거망동하지 말고 근신하도록."

그러고는 한 마디 덧붙였다.

"부탁이다."

"……제가 그렇게 못 미더우십니까."

설마 제 힘으로 암살자를 찾겠다고 왕실을 들쑤실까봐 우려하시는 건가요. 평소 나와 키스를 싸잡아 '말 지지리도 안 듣는 불량기사' 로 보는 카론 경의 속마음이 느껴진다. 하지만 그런 걱정일랑 접어두세요. 오두방정 떨고 싶어도 쥐뿔도 권력이 없어서 할 만한 경거망동이 별로 없답니다. 아아, 저렴한 내 인생.

"그리고 키스."

"네에."

카론은 자기 다리를 붙잡고 흐느적거리는 키스를 바라봤다. 저 나이를 먹고 저런 짓을 해도 전혀 민망해 보이지 않는다는 점이 키스라는 캐릭터가 가진 드물지만 뛰어난 장점이다.

"왜 그러십니까아?"

잠시 생각에 잠긴 카론은 곧 고개를 저었다.

"아무것도 아니다."

"할 말 있으면 하시어요."

라고 말하면서 키스는 대굴대굴 소파 뒤로 굴러가 버렸다. 야! 방구석에서 굴러다니지 마!

"아 카론 경! 저도 돕고 싶어요! 제가 도울 일 없나요?"

카론 경의 명석한 추리 덕에 목숨을 부지한 나는 일천한 능력이라도 보태고 싶었다.

하지만 냉정한 은의 기사님은 쌀쌀맞게 말하고는 문을 쾅 닫으며 나가 버렸다.

"전혀 없어."

……무능해서 죄송합니다아.

3

"다녀왔습니다."

저녁이 되자 지명을 마친 스왈로우 나이츠 멤버들(왕립 출장 호스트)이 왕실 금고를 풍요롭게 만드는 '명예로운 임무'를 마치고 보금자리로 돌아오기 시작했다.

살인이다 뭐다 해서 입맛이 싹 달아나 버려 시종이 끓여준 차나 홀짝거리고 있던 내 앞에 랑시가 턱하니 나타났다.

핑크색으로 염색한 긴 머리부터, 맹추위에도 짧은 스커트를 고집하면서 '소년의 특권'이라고 주장하는 성격이 무지하게 부담스럽다.

"캬하하, 미온 경. 사람 죽였다며?"

푸우우욱! 예쁜 무지개가 생길 정도로 거창하게 찻물을 분무해 버렸다.

"안 죽였어!"

"아냐! 미온 경이 죽였어!"

"……."

저게 놀리는 것이 아니라 진심이라는 사실이 더욱 무섭다. 요정이 존재한다고 믿는 어린아이의 순진함이랑 근본은 같은 거 같다고 보지만 아이의 순수함이 위험한 방향으로 진화했구만.

"랑시. 네 기대를 깨부숴서 미안하다만 정말 나 아니라니까?"

"저, 정말로 아냐?"

"당연하지."

"어째서!"

"어째서라니!"

"그럼 지금이라도 죽여!"

"……내가 죽고 싶구나."

넌 정녕코 날 살인마로 만들어야 행복하겠냐.

"지금 수도에선 소문이 짜해. 사랑에 희롱 당한 미모의 기사가 벌인 가슴 아픈 복수극이라고. 벌써 연극도 상영하고 있던데? 주인공이 미온 경 호스트 때 친구래."

친구여. 남의 불행 가지고 돈벌이 좀 하지 마라.

"그래요, 그래. 흥미진진해서 즐거우시겠어요들."

나는 눈썹을 살짝 떨었다. 사람이 다 그렇다. 흉흉한 살인조차 한 다리만 건너면 흥미로운 가십거리로 포장되는 것이 서늘한 인간의 본성인 것이다.

게다가 왕실 밖 평민들에게 부패한 정치인의 참혹한 죽음 따윈 슬프기는커녕 도리어 폭죽이라도 쏘아 올릴 이벤트일 테니까.

'아 속 시원하다. 한 명 더 안 죽나?' 라고 축배라도 들고 있을

지도 모른다. 그 마음 십분 이해해. 하지만 이건 분명 사람이 무참히 살해된 끔찍한 범죄고 졸지에 용의자가 된 나는 아직까지도 심장이 철렁거릴 판이다. 게다가 왜 죽었는지도 아직 알 수가 없다. 강 건너 불구경하며 즐길 만한 오락거리라고 하기엔 너무도 뒤틀려 있는 것이다.

부담스런 모피코트와 함께 귀환한 루이 경은 눈물을 글썽이며 내 손을 꼭 쥐었다.

"얘기 들었어, 미온 경. 너 귀족 죽였다며?"

"안 죽였어. 안 죽였다고."

"그래, 교수형이겠지. 안 됐다. 이렇게 헤어질 줄은 몰랐어. 내가 명복을 빌어줄게."

"아니라니까. 사람 말을 들어!"

"그래. 그래. 네 마음 다 알아. 그래도 산 놈은 살아야 하니까 너 죽으면 네 유품은 나한테 넘기……."

"남의 목숨으로 재테크하지 마!"

나는 루이의 손등을 짝 때렸다. 순간 쇼탄 경이 루이의 목덜미를 격하게 잡아채며 울분을 토했다.

"루이, 이 자식! 그게 무슨 소리야! 어떻게 그런 상처 받을 말을 할 수가 있어! 가난하기로 따지면 내 쪽이 훨씬 궁핍하니까 미온 경 재산은 당연히 내 거잖아! 넌 애가 왜 그렇게 이기적이니!"

아니 이것들이 뭘 당당하게 상속권을 주장하고 있는 거야?

"가아아아아아아! 지옥으로 가 버려! 이 저주받은 영혼들!"

당신들 무슨 지옥에서 올라온 요괴들이야? 내 주변을 빙글빙글 돌면서 제발 죽어달라고 캉캉춤이라도 추겠다는 거냐. 대체 이 기사단에는 동료애라는 것이 존재하기는 하는 거야?

그러나 엔디미온의 우울은 이것으로 끝이 아니었다. 나는 문득 짜릿짜릿한 시선을 느끼고는 고개를 돌렸다.

그곳에선 엘리트 공무원의 향기를 풍기는 레녹 경이 책을 읽다 말고는 말없이 나를 노려보고 있는 것이었다. 나는 떨떠름한 표정으로 그를 바라보며 소리 없이 입모양을 만들었다.

'왜요?' (입모양)

그러자 그가 눈썹을 꿈틀하며 책을 탁 덮고는 대꾸했다.

'이 가지가지로 문제만 일으키는 왕실의 골칫덩이. 이번엔 살인이냐?' (입모양)

'내, 내가 안 죽였다니까요!' (입모양)

'시끄러워. 이 민폐 인간. 언젠가는 내쫓을 거야!' (입모양)

레녹 경과 뜨거운 독순술을 주고받은 나는 고개를 푹 숙이며 미어지는 가슴을 때렸다. 고독하다. 나름 괜찮은 인간관계를 유지한다고 생각했는데 이제 자신감이 사라졌어.

그때 성당에서 돌아온 새하얀 예복 차림의 크리스 경이 내게 다가와 무릎을 꿇었다. 눈썹 위로 반듯하게 자른 단발머리가 기사보단 성직자에 훨씬 더 가까워 보이는 소년이다.

"엔디미온 경을 위해 기도를 드리고 왔습니다. 기운내세요. 신께서 올바른 길로 인도하실 겁니다."

"아아아. 위로해 줘서 정말 고마워. 크리스 경."

역시 성직자 지망생. 가슴이 따뜻해진다. 이 얼마나 오랜만에 느껴보는 '정상적인 인간관계'란 말인가. 나는 밝게 미소 지었고 크리스도 미소로 회답하며 말했다.

"고해성사하실래요? 지옥에 떨어지지 않도록 제가……."

"……아 글쎄 내가 안 죽였다니까."

웃는 얼굴에 눈물이 주르륵 흘렀다. 이젠 사소한 악의마저 느껴져. 뭔 놈의 주인공이 악의 살인범을 무찌르고 사건을 해결하기는커녕 방구석에 쭈그려 앉아 구박만 당하고 앉았냐.

나는 내 등을 때리는 의혹의 시선들을 피해 슬금슬금 이층으로 기어 올라갔다. 어떤 망할 자식이 무슨 말도 안 되는 이유로 이런 무지막지한 살인을 저질렀단 말인가. 하지만 숱한 경험상 나의 수난이 이 정도로 끝나지는 않을 것 같다는 심란한 예감이 몸을 감쌌다.

4

내 달콤한 휴일 아침을 산산조각 낸 악마는 역시나 키스였다.

"일어나세요. 내부 지명이랍니다아! 일어나세요. 어서 일어나세요. 살인마 님!"

"그만하랬지!"

나는 이불을 확 걷으며 주먹을 휘둘렀지만 키스는 내 분노의 펀치를 가뿐히 피하며 빙글빙글 춤을 췄다. 아침부터 헛스윙하며 침대에서 굴러 떨어졌으니 오늘도 운수대통이다. 산발한 머리를 길게 내린 채 주먹을 부르르 떠는 나를 키스는 헤죽 웃으며 바라보고 있었다.

"키스 경, 그냥 내가 쉬는 게 싫은 거지?"

"네!"

죽이리라. 이 사탄의 종자.

키스는 손가락을 까딱거리며 유익한 의학상식 하나를 알려주었다.

"다 미온 경을 생각해서 이러는 거예요. 지나친 수면은 건강에 해롭답니다아."

"쯧. 그거 경험담입니까?"

나는 심드렁한 얼굴로 온몸을 거미줄처럼 휘감은 긴 머리칼을 풀었다. 이거 무슨 누에고치냐. 황금 번데기에서 탈피한 나는 주섬주섬 제복을 챙겨 입고 화장대 앞에 섰다.

아무리 이게 직업이라지만 일요일 아침부터 분칠을 해야 하는 남자의 심정이란 참으로 서럽다. 사는 게 다 뭐냐. 인생무상을 느낀 나는 화장대에 얼굴을 박고 중얼거렸다.

"어떤 부지런한 나리께서 아침밥도 먹기 전부터 절 찾는대요?"

"성직자회 별관. 교구세관리관 메수스 성자. 냉큼 와서 홍차 타 래요."

거긴 가는데 삼십 분도 더 걸리잖아! 나는 입술을 삐죽 내밀며 거울을 바라봤다.

"아 그 정도는 궁녀 시켜도 되잖아요. 성자님께서 꼭 살인마의 홍차 맛을 봐야겠답니까?"

"와아아 삐딱해라. 실은 미온 경에게 긴히 묻고 싶은 게 있다더 군요. 혼자 오래요. 인기도 많으셔라."

"엥?"

막 셔츠의 단추를 잠그던 나는 떨떠름한 얼굴로 내 얼굴을 가 리켰다. 내가 바로 용건이야?

"나한테 뭘 물어본데요?"

"내가 알 게 뭡니까아."

단장의 책임감 따윈 우주 끝에 던져버린 키스는 자긴 전혀 알 바 아니라는 듯 하품을 하며 나가 버렸다. 으이구, 보나마나 또 소파에 누워서 해 떨어질 때까지 울트라 릴렉스를 하겠지. 내 인 생 최고의 불행은 저 인간 부하가 되었다는 것이고, 최고의 행복 은 그래도 저 인간 아들로는 태어나지 않았다는 것이다.

실랑이 덕분에 잠에서 깬 지스킬 군이 베개에 얼굴을 묻은 채 말했다.

"바보 미온."

"왜?"

"이번엔 바보 짓 좀 하지 마."

"안 합니다. 안 해요."

설령 메수스 성자님께서 내 등짝을 채찍으로 후려쳐도 성은이 망극하게 받아들일 테니 아무 걱정 마시오. 그건 그렇고, 고위 성직자가 나 같은 졸병한테 뭐가 궁금하다는 거야?

5

드르르르르르. 나는 하품을 하며 차수레를 끌고 교구세관리관 메수스의 으리으리한 집무실 앞에 도착했다. 교구세란 신자들이 교단에 내는 헌금이고 좋게 말하면 '신에게 자발적으로 바치는 경건한 공물'이다.

그리고 신에게 바친 헌금은 죽어서 하늘나라에 가면 몇 천 배로 돌려준다고 한다.(천국도 지상과 똑같은 화폐를 쓰는지 미처 몰랐다.) 굉장하다.

그런 상상을 초월하는 수익률이라니 정말 끝내주는 금융상품이다. 하지만 살면서도 돈에 쪼들리는 이 마당에 죽은 뒤에 쓸 연금까지 부어야 한다니 참으로 낭만 없는 세상이다. 죄 없는 신자들이면 대환영이라던 천국이 뭐 이리 돈을 집요하게 요구한단 말인가. 이게 신의 진심이라면 실은 엄청 쩨쩨한 조물주가 아닐까.

그런데 베르스가 허용하는 종교는 하나뿐이고 모든 백성은 태어나면서부터 무조건 교인이 되니까, 사실 교구세는 누구도 피해 갈 수 없는 엄연한 강제징수세인 셈이다.

교단에선 '행복한 천국생활을 누리기 위한 자발적 복지기금'이라며 홍보하고 있지만, 오르넬라 성녀님부터 '돈이 있어야 행복한 천국? 그게 지옥이야.' 라면서 빈정거릴 판이니 경건함 따윈 흔적도 없이 사라진 지 오래다.

뭐 정 내기 싫다면 자신이 이교도임을 인정하고 화형대에 올라도 되지만 아직까지 그런 터프한 길을 선택한 용사는 본 적이 없다.

특히 나 같은 성기사가 교구세를 연체했다간 신앙심 불량으로 낙인찍혀 교황청이 이단심문관 나스타세 씨와의 찐한 만남의 자리를 주선해 줄 것이다.

신의 이름으로 전국 방방곡곡에서 쥐어짠 세금은 실로 막대하다. 그리고 그 천문학적인 돈을 관리하는 자가 바로 내가 지금 홍차를 타줘야 하는 교구세관리관 메수스 성자인 것이다. 그야말로 신의 회계사랄까.

내가 열심히 벌어서 낸 교구세를 메수스 성자님이 무사히 신께 전달해 주길 바라지만, 황금과 보석으로 치장한 그의 사무실 문을 보고 있자니— 내가 지난달 신께 바친 세금은 지금쯤 그 양반 금단추 사는데 쓰였을 가능성이 훨씬 높을 것 같다.

돈이 없으면 신을 사랑할 자격도 없는 이 요상한 현실을 보고 있노라면, 성녀님이 말했던 '용돈이 필요한 쪽은 신이 아니라 신이 되고 싶어 하는 인간들' 이라는 엄청 삐딱한 발언에도 일면 수긍이 간다.

역시 시기가 시기라서 그런지 들어오면서 세 번이나 집요한 몸수색을 당해야 했다.

이번 주는 남정네들 손길에 사랑받는 주간인 것 같군. 쳇. 아침부터 홍차 한 잔 타주려고 생난리를 치며 비로소 도착한 집무실 문 앞에 선 나는 곧바로 화사한 영업용 스마일 가면을 쓰고는 청명한 목소리를 만들어냈다.

"메수스 관리관님. 스왈로우 나이츠의 엔디미온 키리안입니다. 지명해 주셔서 감사합니다."

나는 심호흡을 했다. 또다시 난리 통에 휘말리는 건 진짜 사양이다. 메수스가 내게 무슨 짓을 하든지 기꺼이 받아들이리라. 이래봬도 10대 내내 세계에서 가장 까다로운 여성들을 상대하며 수련을 쌓은 접대의 프로, 맨손으로 멧돼지도 때려잡은 이 마당에 더 이상 겁날 것도 놀랄 것도 없다!

나는 어떤 일이 있어도 유연하게 상대하리라 자신하며 활짝 문을 열었다.

"실례하겠습……. 우아아아아악!"

그러나 내 강철 같은 프로의식은 문을 여는 순간 산산이 박살 나버렸다. 관리관 메수스의 퉁퉁한 상반신은 마치 잠든 듯 책상에 웅크려 있었다.

그리고 영원히 잠들었다는 증거로 새하얀 비단 법의를 입은 그의 뒷목에 흉기가 깊게 박혀 있었던 것이다. 칼자루에 십자문양이 새겨진 한 뼘짜리 단도였다.

'살인마!'

나는 차수레의 수건을 집어 들고 관리관에게 뛰어갔다. 법의학 같은 것엔 전혀 문외한이지만 살인은 방금 전 벌어졌음을 직감할수 있었다. 하지만 어디에도 범인의 흔적 따윈 보이지 않았다.

"제기랄!"

나는 새빨갛게 젖어가는 수건들로 상처를 누르며 계속 경비병을 불렀다. 두 번째 살인이 시작되었다.

6

"근신하고 있으라고 했을 텐데. 용의자 되는 게 자네 취미였나?"

카론 경의 서늘한 목소리. 그는 '증거물1호'가 되어버린 내 피묻은 셔츠를 장갑 낀 손으로 들어 올리며 말을 던졌다.

피살자와 뒤엉켜 있던 나는 곧바로 현장에서 경비병들에게 체포됐고 혜성처럼 등장한 블리히에게 또 팔을 꺾여야 했다. 시작은 미미했건만 끝은 쓸데없이 창대해서 내 '살인마' 칭호가 '연쇄살인마'로 업그레이드되었다.

내 인생의 레벨업이 왜 이딴 걸로 찾아와? 이 망할 살인범은 대체 나한테 뭔 억하심정이 있다고 남의 인생을 이틀 만에 개떡으로 만들어 놓느냐고!

카론 경의 중재가 아니었다면 지금쯤 지하 감옥에 갇혀서 채찍을 맞고 있을 것이다. 얼이 빠져 피투성이가 된 옷을 입고 터벅터벅 리더구트로 돌아온 나는 키스의 손에 끌려가 차가운 샤워를 하고 나서야 겨우 정신을 차릴 수 있었다. 나는 커다란 가운으로 몸을 두른 채 고개를 푹 숙이고 있었다. 난 어깨를 추욱 늘어트리며 대꾸했다.

"죽음을 몰고 다녀 죄송합니다."

하지만 고위 성직자가 지명했는데 저 같은 소시민이 어떻게 '전 근신 중이니까 딴 사람 찾으세요.'라고 말하나요. 아니 그보다 이거 오컬트 소설이었어? 왜 나랑 만나는 사람은 다 죽어?

키스는 가엽다는 듯 내 머리를 쓰다듬었다.

"아아 미온 경. 설마 근처에만 가면 사람이 죽는 명탐정 체질 같은 걸로 변해버린 겁니까아?"

"당신, 눈이 웃고 있어."

키스는 남의 불행을 자양분 삼아 무럭무럭 커가고 있었다. 이 얄미운 상관은 강 건너 불구경하듯 느긋한 얼굴로 소파에 드러누 워 중얼거리는 것이었다.

"혹시 모르죠. 범인은 미온 경을 사모해서 접근하는 녀석들을 모조리 죽여 버리는지도. 참 아름다운 사랑이에요오."

"거 황송해서 몸 둘 바를 모르겠네요!"

그딴 광적인 구애 필요 없어!

그 말을 들은 카론 경이 코끝으로 한숨을 내쉬며 말했다.

"그런 단순한 치정사건이라면 고맙겠군."

"……남의 인생이라 이겁니까?"

카론 경, 당신에게 동정심이란 유년기 때 이미 고갈된 감정인 가요? 범인만 잡을 수 있다면 제가 귀족을 후리는 꽃뱀이 되든 왕 실 스캔들의 정점에 서든 아무래도 좋은 거죠?

저 무정한 기사님은 실험용 생쥐를 이리저리 관찰하는 태도로 물었다.

"메수스 관리관이 자네를 지명해 뭘 물어보려 했는지 짐작 가 는 것 없나?"

"전혀요."

그건 오히려 내 쪽이 궁금하다. 왕실 호스트와 타락한 성직자 사이에 서로 궁금할 게 뭐가 있단 말인가. 카론 경 말마따나 나를 찾는 목적이 마라넬로 황제와 같은 관심사라면 차라리 속 편하겠지만(물론 내 기분은 두 배로 비참해진다) 제아무리 미치광이 색정광이라도 요즘 같을 때 군이 살인용의자에게 그딴 추잡한 욕망을 드러낼 리가 있겠나.

"혹시 원한 살인 같은 게 아닐까요?"

난 조심스레 물었다. 당연히 금품은 목적이 아니다. 또한 반역도 이유가 안 된다.

살해된 솜슨과 메수스는 솔직히 있는 쪽보다 없는 쪽이 나라에 도움이 되는 부패한 관리들이었으니까. 만약 나라를 뒤집고 싶었다면 궁내부 관리보다는 재무대신 아이히만 대공이나 법무대신 위고르 공을 노렸을 것이고 메수스보단 오르넬라 성녀님의 목숨을 원했으리라.

그러니 이도저도 아니라면 정답은 개인적 원한이 답이 아닐까. 그것도 왕실 한복판에서 살인을 저지를 정도의 대단한 증오. 하지만 카론 경은 내 추리에 고개를 가로저었다.

"어느 곳보다 경비가 삼엄한 왕실에서 고위 관리를 둘이나 살해하는 짓이 단순한 원한만으로 가능할까? 그리고 어떤 목격자도 증거도 남기지 않았다. 능숙한 실력이지. 이건 우발적인 원한 살인이 아니라 전문 살인청부업자가 저지른 암살이다. 이런 경우 살해 동기란……."

카론 경은 벽난로 속 춤추는 불씨를 바라보며 말을 이었다.

"키스."

"아니 왜 결론이 납니까아아!"

소파에 늘어져 있던 키스가 화들짝 놀라 비명을 질렀지만 카론은 정색을 하며 되물었다.

"엔디미온 경에게 온 다른 지명이 있나?"

그 말에 키스 경은 소파 테이블에 놓여 있는 서류들을 이리저리 뒤적거렸다. 아 거 정리 좀 하지. 이리저리 종이를 날리던 그가 곧 문서 하나를 찾아냈다.

"하나 더 있네요."

"아아 이번엔 또 어디의 겁 없는 분이시랍니까!"

내 오컬트 저주가 두렵지도 않더냐!

"그런데 이거 외부 지명인데요? 근신 중인 미온 경을 보낼 수는 없잖아요?"

아니 키스 경에게도 저런 따뜻한 배려심이 있었단 말인가! 그때 가만히 키스를 바라보던 카론 경이 의외의 말을 던졌다. 그건 정말이지 깜짝 놀랄 말이었다.

"그 지명자 이름, 폴센 아닌가."

키스는 고개를 갸웃거리며 그 문서를 훑어보더니 다시 카론 경을 바라봤다.

"헤에 카론 경. 당신 무슨 초능력이라도 각성한 겁니까아?"

누구야, 폴센은? 나도 처음 듣는 내 지명자를 카론 경이 어떻게 알아? 나는 얼떨떨한 얼굴로 말했다.

"카론 경. 뭔가 알고 있는 거군요. 이 사건에 대해……."

하지만 그는 대답 대신 자리에 앉아 깊은 생각에 빠졌다. 나는 두 눈을 감은 그의 수려한 얼굴을 멍하니 바라봤다. 그는 서서히 눈을 뜨며 결심한 듯 말했다.

"엔디미온 경. 부탁한다."

우아아아! 뭘 부탁한다는 겁니까!

"설마 카론 경, 지금 날 미끼로……."

이 양반이 남의 목숨이라고! 이거 엄청 위험해! 연쇄살인의 중심에 왜 내가 서 있어야 하냐고! 그때 나를 지켜보던 키스가 해맑게 웃으며 말했다.

"좋잖아요? 미온 경도 쓸모 있다는 걸 증명할 수 있는 절호의 차아아아안스랍니다아."

"아 됐수다!"

뭐가 차아아아아안스냐! 그딴 걸로 증명 받아 뭐 해!

나는 억울한 표정으로 말했다.

"그냥 카론 경이 스왈로우 나이츠 제복 입고 제 이름으로 지명 가면 되잖아요! 어차피 폴센인지 누군지는 내 얼굴도 모를 텐데!"

그러자 이 고고한 기사님은 고개를 돌리며 딱 잘라 말했다.

"싫다. 내가 왜 그런 창피한 짓을 해야 하나?"

"창피한가요! 제 직업이 창피한가요!"

자기 품격 지키려고 남의 인생 절단 내도 좋다는 겁니까! 뭔 정의의 기사가 이러냐!

"쳇. 전 당신들처럼 그런 위험천만한 상황에서 살아남는 능력 따윈 없다고요. 이름 없는 악의 졸개한테도 한 방에 나가떨어질 판인데!"

비참하지만 내겐 비장의 필살기로 적들을 물리치는 끝내주는 연출 따윈 한 번도 없었고 앞으로도 일절 없을 것이다. 반반한 얼굴 하나로 인생이라는 거친 바다를 헤쳐 나가야 하는 가련한 소시민인 것이다. 그래서 가능하면 살인사건 같은 흉악한 세계에는 발도 들여놓고 싶지 않은데, 이제는 무서운 암살자를 잡는 떡밥이 되란다.

카론 경은 겁먹은 나를 드물게도 온화한 어조로 위로했다.

"엔디미온 경. 내가 같이 가겠다. 죽을 일은 없을 것이다."

"아아. 카론 경. 고맙⋯⋯."

"하지만 죽어도 원망하진 마라."

"역시 죽잖아! 벌써 죽을 거라고 단정하고 있잖아!"

원망할 테야! 귀신이 돼서 나타날 테야!

대체 이유가 뭐야. 난 단지 홍차에 소금을 살짝 첨가한 것뿐인데 어째서 결론은 언제나 아마겟돈이냐고!

그때 키스가 진지하게 말을 던졌다.

"미온 경. 잘 생각해 보세요. 이거야말로 왕실을 위협하는 암살범을 잡는 임무! 이것이야말로 모든 기사들이 그토록 염원하던 명예로운 기사도가 아닌가요. 가문대대로 남을 자랑스러운 임무예요. 영광으로 생각해야 합니다!"

그, 그런 건가! 나는 근엄한 일갈에 한 대 얻어맞은 듯 멍하니 키스를 바라봤다. 그리고 중얼거렸다.

"그럼 댁이 해. 댁도 기사잖아."

그러자 키스는 획 고개를 돌렸다.

"싫습니다. 내가 왜 그런 귀찮은 일을 해야 합니까?"

"자랑스럽다며! 기사들이 좋아 죽는 자랑스러운 임무라며!"

"풋. 그딴 게?"

"야! 때려 쳐!"

양심이 발바닥에 붙었냐! 내 살다 살다 이토록 언행일치가 안 되는 파렴치한은 처음 본다. 정치가나 해라.

"당신들. 진심으로 암살범을 잡고 싶은 건지 가슴에 손을 얹고 말해 보시지."

쑥스럽다고 안하고 번거롭다고 안하고 어느 세월에 암살범 잡아!

나는 될 대로 되라는 심정으로 한숨을 푸욱 내뱉었다.

"뜻대로 하시옵소서. 이 한 몸 암살범을 낚는 떡밥이 되어줄 테니까!"

어차피 힘도 지능도 없는 무지한 소시민이 이런 초인들을 도울 수 있는 길이라고는 이 몸뚱이 하나 불사르는 거뿐일 테니까.

울상이 된 내 얼굴을 즐겁게 감상하던 키스는 뜬금없이 긴 다리를 뻗어 카론의 허벅지에 턱 내려놓았다. 카론 경은 거의 조건 반사적으로 사납게 노려봤다.

"무슨 짓인가!"

키스는 특유의 여우같은 눈으로 가늘게 웃었다.

"당신, 뭔가 알고 있는 거죠?"

"네 녀석이야말로."

카론 경도 질세라 날카롭게 키스를 쏘아봤지만 결국 둘 중 누구도 입을 열지는 않았다. 이 사람들아. 나도 좀 끼워줘…….

7

결국 내 소중한 일요일은 카론 경과의 오붓한 밀월여행으로 날려 버렸다. 그리고 이 야박한 기사님은 열차를 타자마자 잠들어 한 번도 깨지 않았다. 덕분에 이쪽은 덜컹거리는 열차 안에서 멍하니 창밖을 보며 어쩌다 인생이 이 지경이 되었는지 심도 깊게 반추해 볼 수 있었다.

마나열차는 한밤중이 되어서야 지명자 폴센 남작의 영지에 도착했다. 나는 차창 밖의 풍경을 보며 탄성 아닌 탄성을 내질렀다.

"와아. 여기 엄청 시골이네."

검은 호수처럼 고요하고 어둑한 풍광 속엔 불빛조차 드물었다. 달빛에 기댄 산맥의 어슴푸레한 윤곽만이 이곳이 광활하고 메마른 오지임을 짐작케 할 뿐이었다. 한적한 시골의 운치를 넘어서 사람이 살긴 하는 걸까, 싶을 정도로 적막한 곳이다.

카론 경은 창틀에 머리를 기댄 채 잠들어 있었다. 검고 고운 머리칼이 헝클어져 한쪽 눈가를 가리고 있다. 다른 사람이면 몰라도 카론 경으로서 저 정도면 상당히 깊게 잠든 것이다. 살인사건 이후 전혀 쉬지 못한 걸까.

안쓰럽다. 저렇게 무리하다 또 시력을 잃는 것은 아닐지. 그리고 평소에는 무섭게 눈을 치켜 올리고 있어서 사나워 보이지, 사실 저렇게 잠든 얼굴은 그야말로 아름답고 섬세하다.

잘 모르는 사람들은 카론 경을 왕실이 범죄박멸을 위해 발명한 무슨 천하무적 인조인간으로 여기지만, 실은 전혀 그렇지 않다.(그럴 리가 있겠냐?) 내가 아는 카론 경은 항상 온 힘을 다해 싸우고 자주 지치고 다쳐서 아파하고 마음의 고민에 힘들어하는 인간인 것이다. 다만 그걸 내색하지 않을 뿐이다.

저렇게 피로에 지쳐 잠들어 있는 모습을 보고 있노라면 범죄자들이 벌벌 떠는 냉철한 수사관이라는 간판은 상상할 수도 없게 된다. 그는 내 시선을 느꼈는지 천천히 눈을 떴다. 눈가에는 피로가 맺혀 있었다. 그가 옷매무새를 추스르며 말했다.

"이곳은 상업적으로도 전략적으로도 중요한 곳이 아니야. 하지만 그렇기 때문에 더욱 주의해야 한다."

"예?"

"이런 곳일수록 영주의 권한이 막강하다."

나는 무겁게 고개를 끄덕였다. 왕실에서 멀리 떨어진 곳일수록 국왕의 입김은 희미해진다. 실제로 왕실에서 파견한 관리가 쥐도 새도 모르게 실종되는 일도 이런 변방에선 왕왕 벌어지는 것이다.

그러니 우리가 아무리 왕실 기사들이라도, 이런 곳에서 영주가 나쁜 마음을 품었다간 무슨 험한 꼴을 당할지 모른다. 나는 폴센 남작이 괜찮은 사람이길 빌었다. 하지만 곧 그 기대를 뭉개버리듯 창밖의 또 다른 광경이 내 얼굴을 찡그리게 만들었다.

"맙소사."

차창 밖으로 드러나기 시작한 시가지의 모습에 치가 떨렸다. 제대로 된 집이라곤 하나도 없었다. 썩고 부스러진 판잣집들이 마구잡이로 뒤엉켜 있었고 그 집에 살고 있을 사람들은 아무렇게나 피워놓은 모닥불 주위에서 덜덜 떨고 있었다.

이 영지 특산물이 질병이라도 되는지 역겨운 오물들이 길가에 범람했다. 밤의 장막이 덮여 있음에도 이 처참한 광경은 낱낱이 내 눈에 밟혔다.

"어떻게 이런! 아무리 변두리라도 왕실에서 이런 걸 그냥 내버려뒀단 말인가요?"

도무지 이해가 가지 않아. 이렇게 엉망으로 관리하기도 힘들겠다. 어째서 왕실이 칙사나 군대를 보내 영지를 이 꼴로 만든 폴센의 정신머리를 고쳐주지 않았는지 모를 일이다.

반면 카론 경은 나처럼 치를 떠는 대신 깊은 생각에 잠긴 얼굴로 이 참담한 영지를 바라봤다. 그러고는 뭔가 실마리를 잡은 듯 혼잣말을 했다.

"역시 그랬군."

"……?"

뭐가 역시 그랬다는 겁니까? 나는 짐작도 가질 않아 되물었다.

"카론 경. 이 사건에 대해 뭔가 알고 있는 거죠? 아까 폴센의 이름을 맞춘 것도 그렇고 지금도……."

"엔디미온 경."

"예?"

"자넨 모르는 편이 좋다."

그는 딱 잘라 말하며 시선을 돌렸다. 이거 엄청 섭섭하구먼. 그리고 그는 대뜸 타이를 풀더니 제복 상의를 벗고 셔츠 단추를 풀기 시작했다.

"……아니 이 엄동설한에 무슨 짓입니까?"

"잠깐 실례하겠다. 따로 옷 갈아입을 시간이 없어서."

그러고는 자신의 가방에서 잘 개켜놓은 새 셔츠를 꺼내 갈아입기 시작했다. 능숙한 손놀림으로 봐서 자주 겪는 일 같았다.

"헤에, 그거 엄청 궁상맞네요."

"흥. 누군 좋아서 이러는 줄 아나?"

비좁은 객실에서 졸린 눈을 부비며 주섬주섬 옷을 갈아입는 은의 기사님이라, 따지고 보면 본래 가난한 평민 출신에 10대 내내 혼자 살았기 때문에 귀족 아가씨보단 바느질도 빨래도 훨씬 잘할 테지만 도무지 생활감이 묻어나질 않는 저 도도한 마스크를 보고 있노라면 도무지 상상이 안 간다. 원래 먹고 산다는 게 구질구질한 것이지만 환상이 깨지는 건 어쩔 수 없단 말이지.

게다가 갈아입은 옷은 아까와 완전히 똑같은 새하얀 셔츠였다. 무슨 교복인가? 나는 그 모습을 빤히 지켜보다가 입을 열었다.

"혹시 가지고 있는 옷들, 모조리 흰색 아니면 검정색 아니에요?"

아, 방금 움찔했다.

"쓸데없는 소리 하지 마라."

"호오. 역시 그랬군요."

내가 가뭄에 콩 나듯 보는 카론 경의 유채색 의상이라고는 중요한 왕실 행사 때나 입는 금실과 은실로 수놓은 헬스트 나이츠 예복, 아니면 입원했을 때 입는 환자복이다.

솔직히 이것만으로도 남편 실격이다. 애정표현이 턱없이 부족하다. 음, 그리고 분명히 한 가지 색이 더 있는 것 같은데 그게 뭐였는지는 왠지 지금 떠오르질 않는군.

아무튼 그 외에는 365일 제복 차림이며 아무리 더워도 팔이나 다리를 드러내는 일 따윈 없다. 심지어 제복과 셔츠조차 똑같은 것을 1년에 한 스무 벌쯤 만들어 두고 흉악범과 싸우다 찢겨지거나 하면 그냥 버리고 아무렇지도 않게 다음 것을 만들어 입는다는 무서운 말을 왕실 재단사에게 들었다.

한 달에 한 번은 검을 뽑아야 하는 과격한 업종에 종사하는 사람이니까 금세 찢어지고 피범벅이 될 옷 따위 멋 부린다고 뭔 소용이 있겠냐만 아무리 그래도 기사로서 거의 최고의 위치까지 올라간 사람이 춘하추동을 하나의 패션으로 해결한다는 사실에는 기가 찬다.

실로 강철 같은 무신경이다. 어쩐지 그의 옷장을 열면 새하얀 셔츠와 새카만 제복만 잔뜩 걸려 있을 것만 같다. 직업상의 이유로 향수도 뿌리지 않는단다. 원판이 워낙 좋으니까 특별히 꾸미지 않아도 빛이 나는 사람이긴 하지만, 죄수도 아니고 조금은 즐겨야 인생 아닌가.

카론 경은 내 실없는 망상에 일일이 대꾸하지 않을 거라 생각했다. 그런데 그가 단추를 채우며 말했다.

"언젠가 검을 놓으면 나도 이 제복을 벗고 강가에 앉아 책을 읽고 있겠지."

카론 경이 내게 자신의 속마음을 드러낸 적은 채 열 번이 되지 않는다. 나는 하늘색 민소매 셔츠를 입고 책을 읽다 잠이 든 그의 느긋한 모습 같은 건 도무지 떠오르질 않아 실없이 웃었다. 그건 사랑에 빠진 수도승보다도 상상하기 어려웠다.

"아하하. 정말 상상이 안 되네요. 베르스 최강의 기사라는 카론 경이 검을 놓는 날이 오긴 올까요."

"올 것이다."

"어, 어떻게 그렇게 확신하는 거죠?"

카론 경은 알려주지 않았다. 하지만 그는 분명히 다가올 무엇인가를 기다리는 사람처럼 단호하게 대답했던 것이다. 나는 그 말의 근거를 찾기 위해 그의 눈동자 속을 면밀하게 응시했다. 하지만 아무것도 발견할 수 없었다.

그때 기차가 기적을 울리며 속도를 줄이자 우리는 창밖을 바라봤다. 기차는 플랫폼에 도착했다. 귀족들만 이용하는 이곳은 경박스러울 만큼 호화롭고 또 차가웠다. 승객은 우리뿐이었다.

8

우리는 마중 나온 폴센의 사병들에게 가슴 벅찬 환대를 받았다. 꽃다발까지 기대한 건 아니지만 다짜고짜 칼부터 들이대는 건 정말 가슴 설레는 환영 인사다.

"어럽쇼? 둘? 보고 받은 사람은 하나뿐인데, 뭐야!"

그들은 칼과 창으로 우리를 둘러쌌다. 젠장. 시골인심 한번 후하네. 카론 경은 조금도 당황한 기색 없이 품속에서 검은 수첩을 꺼냈다. 그 수첩은 국왕 전하가 직접 서명한 일종의 기사 증명서 같은 것이란다.(참고로 난 저런 거 없다.)

"헬스트 나이츠의 부기사단장 카론 샤펜투스다. 국왕 전하의 칙령을 받아 이곳에 왔다. 지금까지의 무례는 용서해 주겠다. 무기를 거두고 사라져라."

마치 악귀를 쫓는 주문처럼 카론 경의 낭랑한 목소리가 퍼지자 그들은 흠칫 놀랐다. 하지만 그것뿐이었다. 그들은 수적 우세를 맹신하는 자들이었다.

"딸랑 두 명이서 잘난 척하긴! 여기가 왕실인 줄 알아? 뒈지기 싫음 냉큼 꺼져!"

여기가 악투르였던가. 이거 무슨 적진에 온 것도 아니고. 이런 분위기라면 제아무리 왕실 기사라도 일단 피하는 것이 상책일 것이다.

아신도 아니고, 제아무리 초절정의 검술을 구사하는 은의 기사라도 수십 명의 중무장한 병사를 상대로 승리를 장담하긴 힘들다. 하지만 난 카론 경의 성격을 잘 알고 있었다.

"너희 영주가 그렇게 명령했나? 아무도 통과시키지 말라고. 왜 영주가 이렇게까지 숨으려는지, 정말 궁금하구나."

밤공기를 울리는 서늘한 음성이었다. 사병들은 대답 없이 카론 경을 에워쌌다. 나 혼자 왔으면 내리자마자 흠씬 두드려 맞은 뒤에 영주에게 질질 끌려갈 것 같은 분위기였는데, 왕실 브랜드도 통하지 않는 이 상황에도 카론 경의 고고한 표정에는 일말의 흔들림도 없었다.

"왕실에 불복종하는 것이 무엇을 의미하는지 알려주마."

카론 경의 손은 서서히 칼집으로 향했고 저들도 맞받아칠 기세로 검과 창을 다잡았다. 나는 조마조마한 심정으로 카론 경의 뒷모습을 지켜봤다.

달빛을 등진 그 모습은 긍지 높은 기사의 표상이라고 할 만큼 고귀했지만 또한 가련할 정도로 위태로웠다. 그의 몸이라고 칼이 들어가지 않는 것은 아니리라. 다만 어떤 역경에도 도망치지 않을 뿐이다. 카론 경은 이번에도 피하지 않았다. 그는 적들을 노려보며 이렇게 말했다.

"어쩔 수 없군. 돌아가지."

응?

"엔디미온 경. 그럼 부탁한다."

얼레? 뭘 부탁한다는 거? 지금 부탁이 필요한 쪽은 당신이 아니라 나잖아!

"카, 카론 경 어디 가세요?"

"왕실."

그 말과 함께 그는 사뿐히 열차에 올라타더니 문을 쾅 닫아 버렸다. 우아아아! 가 버리면 어째! 떡밥만 남겨놓고 낚시꾼이 가 버리면 어쩌느냐고! 아까 읊은 내 비장한 내레이션은 뭐가 돼! 나는 문고리를 부여잡고 처절하게 소리쳤다.

"문 열어! 이 유부남!"

그러나 이 박정한 사나이는 문까지 걸어 잠그고 객실 안으로 들어가 버린 뒤였다.

이런 악의 조무래기들을 피하는 성격 아니었잖아요! 아니 무엇보다 내가 이런 와일드한 환경에서 생존 능력이 없는 캐릭터라는 걸 잊으셨습니까! 내 애원에도 불구하고 열차는 기적을 울리며 비정하게 역사를 떠났다.

"······돌아와 이 인간아."

나는 바닥에 털썩 주저앉아 소박맞은 아낙네의 포즈로 흐느끼며 하염없이 멀어지는 열차를 바라봤다. 믿을 놈 하나 없었다. 사병들은 곧 자지러지게 웃었다.

"크하하하. 이거 왕실 기사도 한심하군. 뭐 곱게 자란 도련님 따위가 겁먹을 만도 하지!"

아 돌겠네, 진짜. 믿고 있던 전설의 방패가 실은 골판지라는 것을 알아버렸을 때의 기분이로군. 그들은 억센 팔로 홀로 남은 나를 잡아챘다.

"네놈도 헬스트 나이츠냐?"

반사적으로 생존회로가 작동한 나는 갖은 역경에도 굴하지 않

는 해맑은 미소를 잽싸게 만들었다.

"전 한낱 스왈로우 나이츠랍니다. 지, 지명해 주셔서 감사합니다아."

"그럼 넌 통과."

……요즘 이렇게 살고 있습니다.

"얌전히 따라와!"

왕실로부터 배신당하고 세상으로부터 버림받은 나는 질질 끌려 어둠 속으로 사라졌다. 카론 경. 원망할 거야. 대를 이어 원망해 줄 테야아아아!

9

아니야. 냉정하게 생각해 보자. 분명 이건 카론 경의 계략일 거야. 몰래 성에 잠입했을 거야. 그런데 열차 가 버렸는데? 아니야. 분명히 숨어 있다가 이때다 싶을 때 나타나서 구해줄 게 분명해! 아하하하. 그렇고말고.

어쨌든 카론 경. 지금이 바로 그 '이때다' 같습니다만…….

나는 사병들의 칼끝에 등을 쿡쿡 위협당하며 영주 앞으로 걸어 갔다. 응접실은 전쟁이라도 준비하는지 가구들을 모조리 치워 휑한 공터 같았다. 그리고 '공터' 가운데서 날 기다리던 영주 폴센은 두터운 갑옷을 뒤집어쓴 채 철퇴까지 들고 있었다.

이거 아무리 봐도 한 판 붙을 기세잖아. 제사 지내러 왔다가 제사 당하게 생겼다. 카론 경! 쇼맨십은 키스 하나로 충분하니까 냉큼 날 구해달라고! 죽어도 원망 말라는 게 이런 뜻이었냐!

"네가 엔디미온 키리안이냐?"

피로와 긴장감으로 깊게 갈라진 목소리였다. 그는 투구 너머 핏발 선 눈으로 나를 바라보며 중얼거렸다.

"남자라고 들었는데……."

"아니! 여자입니다! 영주님은 신사니까 레이디는 해치지 않으시겠죠?"

착각해라! 당장 날 여자로 착각해! 나는 어떻게든 이 상황에서 도망치고 싶었지만 상대는 가차 없었다.

"네놈이 바로 솜슨과 메수스의 암살 용의자냐?"

"이, 일단 그렇습니다."

하지만 오해하지 마세요. 단지 저는 '가까이 가기만 하면 상대가 죽어버리는 오컬트 인간'일 뿐이거든요. 그러나 저 영주는 내 박복한 인생사 따윈 들어줄 생각이 없어 보였다.

폴센은 떨리는 목소리로 물었다.

"정말 네놈이 죽인 거냐? 바른대로 말해!"

거 참 딱한 양반일세. 설령 내가 진짜 암살자라 해도 '옙. 제가 다 죽였답니다.'라고 말할 리가 있겠냐?

'어? 이건 잠깐만……'

어떤 생각이 머리를 스쳤다. 저 말은 폴센이 이 연쇄살인의 내막을 알고 있다는 의미다. 저자는 자신이 살해될 것이라 확신하고 있다. 확신이 없다면 사병들을 중무장시키고 성 안에 꽁꽁 숨어서 이 난리를 피울 이유가 없는 것이다.

'어쩌면 카론 경은 이 상황을 만들려고?'

뛰어난 왕실수사관 카론 경 앞에서는 폴센도 속내를 드러낼 리가 없다. 그러니까 (비참하지만) 시시한 나만 보내서 방심하게 만들려는 계획이 아닐까. 내게 부탁한다는 말이 그런 의미였던가?

'그럼 그렇다고 말하면 됐잖아!'

어쨌든 지금 폴센의 속마음을 끄집어 낼 수 있는 사람은 나뿐이다. 하지만 카론 경이 정말로 왕실로 돌아간 거라면? 아마도 50년 정도 지난 뒤 이 영지 수수밭 어딘가에서 암매장된 유골로 발견될 테지.

"지금 뭘 그렇게 중얼거리고 있는 거야? 네놈이 죽였냐고 묻고 있잖아!"

폴센이 윽박질렀다. 그래, 결심했어. 그를 바라보며 눈빛을 번뜩였다. 나는 카론 경이 어딘가에서 지켜보고 있으리라 믿으며 폴센에게 거대한 떡밥을 집어던졌다.

"와하하하하! 잘도 알아챘구나! 내가 바로 그 암살자다!"

아차, 이게 아니야. 실수했다. 긴장한 나머지 너무 어설픈 미끼를 던졌어. 이딴 속 보이는 스트레이트에 어떤 바보가 걸려들겠…….

"여, 역시 네놈이었구나!"

걸렸다아아아!

'진짜 단순한 놈일세.'

그러나 그가 꺼낸 말은 조금도 단순하지 않았다. 나는 그의 말에 심장이 멈추는 것만 같았다.

"더러운 왕실 놈들! 날 이용할 땐 언제고 이제 와 입을 막겠다?"

"와, 왕실?"

맥박이 요동쳤다. 나는 나도 모르게 커다랗게 외치고는 황급히 입을 막았다. 이게 대체 무슨 소리야. 이 흉악한 연쇄살인의 배후가 왕실? 하지만 이 수사를 명한 분이 바로 국왕 전하인데 어떻게……. 그는 예상 못한 상황에 당황하는 나를 보고는 눈매를 좁혔다.

"너 이놈. 암살자가 아니었냐?"

나는 창백해진 표정으로 뒷걸음질 쳤다. 폴센은 들고 있는 철퇴를 붕붕 휘두르며 거리를 좁혀왔다.

"흥. 어느 쪽이든 상관없지. 어차피 죽일 생각이었으니까. 내가 다른 놈들처럼 호락호락 당할 거 같아? 흐흐흐. 나는 왕실이 숨기고 싶어 하는 비밀들을 잘 알고 있지. 콘스탄트도 마키시온도 그것에 아주 관심이 많아. 그 정보를 싼 값에 팔고 강대국으로 망명하면 되는 거야!"

'……!'

그래. 이제야 카론 경이 말하려던 살해 동기가 무엇인지 직감할 수 있었다. 그 동기는 바로 '입막음'이었던 것이다. 그래. 일단 그건 그렇다 치고 지금 중요한 건……. 카론 경, 정말로 가 버린 겁니까아아!

"후후. 뭘 두리번거리는 거냐. 구해 줄 용사라도 기다리시나, 레이디?"

카론 겨어어어엉! 이 마음의 외침이 들리질 않습니까! 도시락이라도 까먹으면서 열차 타고 돌아가는 중인가요!

그러나 그 야멸찬 용사님은 한 맺힌 레이디가 철퇴에 맞아 떡이 되든 말든 관심도 없는 것 같았다. 당장 죽을 판국인데 나타날 기미도 없다. 이래봬도 귀하게 큰 자식인데(호스트) 내 인생은 왜 항상 위기일발일까.

대체 내가 무슨 부귀영화를 누리겠다고 이 야심한 밤에 시골 영주의 철퇴나 피하고 있어야 하냐고! 이게 무슨 개뿔이 영광스런 임무야! 순간 서러움이 맹렬하게 끓어올랐다. 그리고 득도했다.

'때려치워! 용사고 나발이고 내 더러워서 안 기다려!'

비싸게 구는 용사님 기다리다 송장 치우게 생겼어. 이젠 구하러 와도 따귀를 갈겨줄 테야! 이 생지옥을 혼자 탈출하기로 결심한 나는 눈부신 동체시력으로 주변을 훑었다.

문은 사병들이 막고 있다. 나는 근처에 있는 커다란 창문을 포착했다. 여긴 삼 층, 저 창 밑에 분명히 마구간 지붕이 있는 것을 들어오면서 봤다. 창문을 깨고 뛰어내리면 나이스 착지가 가능해. 좋아. 도주로 확보.

나는 폴센을 매섭게 쏘아보며 말했다.

"큭큭큭. 폴센, 이 우둔한 반역자. 감쪽같이 속았구나."

"뭐라고?"

"네놈이 돌려보냈다고 생각한 카론 샤펜투스는 바로 나다!"

"……아깐 암살자라며."

……그러게.

"음 그게, 암살자가 카론이야."

될 대로 되라는 심정이다.

"무슨 말도 안 되는 개소리를!"

"흥. 머리가 있다면 생각해 보시지. 왕실이 보낼 암살자로 은의 기사 이상의 실력자가 있을까?"

"……!"

머리로 생각해 봤다면 당연히 말도 안 되는 소리다. 하지만 자고로 헛소리도 뻔뻔하게 밀어붙이면 진실이 되는 법이라고 아이히만 대공이 '정치학개론'에서 가르쳐 줬다.

"좋아. 의심스럽다면 증거를 보여주겠다!"

나는 대범하게도 당당히 그에게 걸어갔다. 내 기세에 놀란 폴센이 본능적으로 뒤로 물러선다. 나는 내 가방을 들며 버럭 외쳤다.

"이 가방 안에 널 죽일 것이 들어 있다! 잘 가라, 폴센!"

이라고 기세 좋게 고함치며 들고 있던 가방을 힘껏 집어던졌다. 물론 저 여행가방 안에는 간식으로 먹을 과자와 화장품, 속옷 따위가 들어 있고 그딴 걸로는 백날 노력해 봐야 아무도 죽일 수 없다.

하지만 죽음의 공포란 판단을 흐리게 만든다. 폭탄이라도 들어 있을 거라 여긴 폴센은 기겁하며 가방을 피했다. 바로 지금! 나는 들입다 유일한 탈출구인 창문으로 뛰었다. 카론 경. 반드시 살아서 돌아갈게요. 그리고 멱살을 잡아주겠어!

부리나케 달린 나는 두 팔로 얼굴을 가리며 창문을 향해 뛰어들었다. 거창한 소리를 내며 낡아빠진 창문이 산산조각 났다. 후후후. 이 얼마 만에 나오는 멋진 연출이란 말인가!

'좋아! 이대로 탈출을…… 엉?'

그러나 나는 탈출 포즈 그대로 공중에서 멈춰버리고 말았다. 번개처럼 뛰어든 사병이 뛰어내리는 내 뒷덜미를 잡아챈 것이다. 나는 사냥꾼에게 붙잡힌 토끼처럼 공중에 대롱대롱 매달린 채 몸을 축 늘어트렸다.

'뭔 놈의 시골 사병이 이리 비범해…….'

서러움의 눈물이 주르륵 흐른다. 오늘의 운세도 황이다. 만약 오늘 점을 봤다면 '뭘 해도 안 된다. 불운에 희롱당할 팔자. 특히 시골에 가거나 점프하지 마라.' 라고 나왔으리라. 신이시여. 가끔은 제가 성공하는 모습도 보고 싶지 않으십니까?

남자인지 여자인지도 모를 놈에게 더블로 사기당한 것에 격분한 폴센은 성난 멧돼지처럼 거친 콧김을 내뿜으며 다가왔다.

"이, 이, 이 젖비린내 나는 놈이! 편하게 죽을 생각하지 마라. 지하실로 끌고 가서 밤새도록 고문한 뒤에 모가지를 잘라 그 예쁜 머리통을 내 침실에 장식해 주마!"

원망할 거야 카론. 원망할 거야 카론. 원망할 거야 카론.

그때 곁에서 귀에 익은 목소리가 들렸다.

"이런, 이런. 살짝 흥분하신 거 같은데 잘난 귀족답게 릴렉스하세요."

사근사근한 목소리의 주인공은 바로 날 집어 올린 사병이었다. 그가 헬멧을 벗자 치렁치렁한 곱슬머리가 쏟아진다.

위를 올려다본 나는 눈이 휘둥그레졌다. 저토록 훤칠한 키에 웃음을 머금은 붉은 눈동자의 미남자는 세상에 단 한 명뿐이다.

"키, 키스 경?"

"미온 경은 내 재산이니까 흠집 내면 화낼 겁니다아."

키스는 한 팔로 거뜬히 들고 있는 나를 흔들며 말했다. 나는 너무 어안이 벙벙해서 멍청한 얼굴로 흔들거렸다. 분명히 내가 떠날 때까지 잠들어 있었는데, 언제부터 옆에 있었던 거야? 카론 주니어라도 타고 온 거야? 그보다 설마 이런 일이 생기리라는 걸 알고 있었다는 건가?

순간 폴센의 찢어지는 고함소리가 날 현실로 돌아오게 만들었

다.

"야 이 망할! 넌 또 뭐야!"

짜증날 만도 하지. 동정이 간다. 분위기를 살핀 사병들이 명령도 필요 없다는 듯 우루루 몰려왔다. 키스는 엄청나게 귀찮은지 한숨을 폭 내쉬며 어깨를 으쓱했다.

"헤유. 말썽쟁이 부하 하나 때문에 이게 뭔 고생인지."

"댁들이 보냈잖아! 댁들이 날 여기 보낸 거잖아!"

목숨을 걸고 있는 쪽은 난데 왜 당신이 짜증을 내! 키스는 진지한 얼굴로 물었다.

"레이디 미온. 목숨을 지켜주는 대가로 신전 청소 한 달은 거저죠?"

울컥! 지금 상황에 뭔 빅딜이야!

"싫어! 시키고 싶으면 잘난 카론 경 시켜요!"

"싫으면 영주님 침실을 화사하게 장식하시든가요."

"이이이이!"

그러나 약자에게 자존심이란 사치였다. 굴욕의 거래는 성립되었고, 남의 위기를 빌미로 노동력을 갈취한 악덕 포주 키스는 자신을 향해 다가오는 사병들을 향해 말했다.

"오밤중에 칙칙한 남정네들이 옹기종기 모여 칼부림을 하는 것보단 좀 더 건전한 취미를 가지세요. 그것보다 철야수당은 받고 일하시는 겁니까아?"

그건 곧바로 사병들의 성질을 긁었고 아까 전 카론 경을 노렸던 칼날이 키스에게 들이닥쳤다. 그 순간 나는 기이한 마술을 목격했다. 키스의 팔이 슬쩍 움직인 것 뿐이었다. 아니 분명히 그렇게 보였다.

그런데 그와 함께 가장 먼저 키스를 찌르려던 칼날이 불꽃을 튀기며 잘려나간 것이다. 거짓말처럼 끊어진 칼날은 날카로운 쇳소리와 함께 바닥에 떨어졌다. 사병들은 소스라치게 놀라며 뒤로 물러섰다.

"어, 어떻게 검을 맨손으로! 말도 안 돼!"

나는 저 말도 안 되는 사람과 매일 매일 함께 살고 있다. 키스는 손톱이 깨졌는지 어쨌는지 눈썹을 팔자로 찡그리며 자기 손가락을 살폈다.

"이거 되게 아프네요. 그러니까 그냥 이쯤에서 끝내는 게 서로 좋지 않겠어요? 약하다고 하찮은 인생은 아니잖아요. 당신들도 이름이 있고 인생이 있고 집에 가면 가족도 있고. 생판 처음 보는 사람 손톱 부러트린 대가로 개죽음 당할 만큼 당신들 인생이 싸구려는 아니잖아요?"

키스의 온화한 위협에 사병들은 서로를 바라보며 우물쭈물했다. 그 즉시 폴센이 기겁을 하며 소리쳤다.

"이런 바보들! 고작 두 명이다! 당장 저놈들을 죽여!"

하지만 병사들은 속을 알 수 없는 미소를 흘리는 키스의 눈치만 볼 뿐이었다. 그들은 바닥에 떨어진 칼조각을 바라봤다. 다시 덤볐다간 확실히 죽는다, 그 두려움만으로 충분했다.

키스 경이 진짜 맨손으로 무장한 병사들을 다 죽일 수 있을지 어떨지 나는 모른다. 하지만 중요한 건 단 한 명도 죽이지 않고 승냥이처럼 달려들던 적들을 제압했다는 사실이다.

항상 헤죽헤죽 웃고 다녀서 뭔 생각을 하는지 알 수가 없지만— 죽기 싫으면 죽여야 하는 지옥을 살아온 사람 같다는 두려움을 느꼈다.

키스는 기지개를 펴며 말했다.

"영주님도 무기 내려놓으시죠. 그런 장난감으로 막을 수 없는 암살자라는 거 잘 알고 계시잖아요?"

폴센은 몸을 떨었다.

"너, 넌 대체 누구야. 네가 바로 날 죽이러 온 암살자냐!"

키스는 피식 웃으며 고개를 저었다.

"암살은 누가 죽였는지 몰라야 암살이지요. 난 당신이 죽든 말든 관심도 없어요. 하지만 제가 보기엔……."

키스는 그 새빨간 눈동자로 겁에 질린 폴센을 주시했다. 그는 속삭이듯 말했다.

"당신은 이미 죽어 있는 것 같군요."

그 순간 폴센이 가슴을 움켜쥐었다. 폴센의 입에서 시커먼 피가 터졌다. 암살은 이미 끝났던 것이다. 나는 고통 속에서 피를 쏟는 그의 모습에 경악했다.

"사, 살려줘. 용서해줘. 아무한테도 말하지 않을 테니까 제발 죽이지⋯⋯."

고통과 공포로 얼룩진 그의 얼굴이 지옥에 떨어진 사람처럼 일그러지고 있었다. 굳어가는 몸으로 내게 걸어오려던 폴센은 계속해서 핏덩이를 토하고는 바닥에 고꾸라졌다. 경련을 일으키던 그의 몸이 일순간 정지했다. 쓰러진 그의 몸에서 퍼져나가는 검은 피를 바라보는 내 두 눈이 흔들렸다.

"독살!"

고용주의 죽음을 확인한 사병들은 더 이상 이 알 수 없는 악몽에 휘말리기 싫은지 주인을 내팽개치고 황급히 성을 떠났다. 얄궂게도 그의 주검 곁에 남아 있는 자는 나와 키스뿐이었다.

곧이어 응접실 문이 열리며 장부 정도로 보이는 두꺼운 서류철을 들고 있는 검은 머리의 사내가 모습을 드러냈다. 바로 날 사자 우리에 처넣은 용사님이었다.

"카아아⋯⋯로오오온⋯⋯ 겨어어어어어엉!"

나는 원한의 엑토플라즘을 쏟아냈다. 어떻게 날 버리고 증거물을 선택할 수가 있어! 당신 덕분에 나는 초단위로 삼도천에 다이빙했어! 키스 경이 없었다면 지금쯤 지하실 고문 투어 중이었을 거라고! 그런데도 이 무정한 은의 기사님은 내 원망의 전파 따원 사뿐히 무시하며 죽은 폴센을 바라볼 뿐이었다.

그가 말했다.

"이제 한 명 남은 건가."

엉? 그게 무슨 의미? 그때 키스가 끼어들었다.

"하아. 이렇게 되면 미온 경 지명비용은 누구한테 받는단 말입니까. 암살자님한테 받아야 하나?"

그러자 카론은 안 그래도 사나운 눈매를 치뜨며 키스를 쏘아봤다.

"키스! 너란 놈은!"

"어머나. 어째서 그런 표정입니까아. 카론 경이 할 일을 제가 했잖아요? 역시 전 청소의 요정이랍니다아."

키스는 내 머리 위에 손을 얹으며 싱긋 웃었지만 카론 경은 얼음처럼 굳은 표정을 풀지 않았다. 둘의 시선은 말없이 서로를 향할 뿐이었다.

나는 이들의 침묵 사이에 얽혀 있는 의미를 알 수 없었다. 카론 경이 먼저 입술을 꽉 다물며 고개를 돌렸다.

"엔디미온 경. 먼저 역에 가 있겠다. 그래도 자네 지명이었으니 마무리하도록."

"예, 옛!"

무서운 카론 경의 기운에 얼어버린 나는 나도 모르게 고개를 끄덕였다. 그런데 마무리라니요……. 나는 심란한 얼굴로 폴센의 시신을 바라봤다. 물론 스왈로우 나이츠의 주요 업무 중 하나가

사자(死者)를 달래는 제사라고는 하지만, 이걸 예상하고 폴센이 날 지명한 것도 아니잖아.

"무슨 말을 해야 할지······."

물론 기도문을 읊어야 하겠지만 타락한 삶을 살다 비참하게 암살당한 시신 앞에서 낭송할 기도문 같은 건 떠오르지 않았다. 애도하는 조문객 하나 없는 지금 이 참살 앞에선 제아무리 성스러운 기도문일지라도 그저 음산한 조롱이 될 뿐이리라. 솔직히 한시라도 빨리 이곳을 떠나고 싶은 생각뿐이다.

그때 키스가 쓰러진 화병에 있는 꽃줄기를 하나 들고 왔다. 언뜻 보니 복수초(福壽草)였다. 예전 그녀가 알려준 꽃이다. 만개한 모습 그대로 말라붙은 샛노란 겨울꽃. 키스는 그 메마른 꽃줄기를 폴센의 시신 위에 던진 뒤 한동안 말없이 바라보았다. 그리고 그는 입을 열었다. 나는 키스가 죽은 자를 위해 기도문을 읊는 모습을 처음으로 볼 수 있었다.

> 자기 안에 갇혀 있는 가련한 그대여
> 그대, 사는 동안 손가락질 받고
> 죽어서는 그대가 태어난
> 더러운 먼지 속으로 돌아갈 것이니
> 그대 위해 슬퍼하는 자
> 노래하는 자 하나 없도다

제문을 낭송하는 키스는 차가운 날개를 가진 천사와 같았다. 어떻게 그토록 냉정한 시구를 낭송할 수 있을까. 죽은 자도 벌떡 일어날 모멸에 찬 악담이다. 하지만 나는 키스의 표정을 보았다. 그것이 진심일지 아닐지 장담할 수는 없지만 그의 조각 같은 얼굴에 서린 그늘은 분명 연민이었다.

그가 선택한 기도문은 이 보잘 것 없는 죽음에 대한 가장 솔직한 동정이었는지도 모른다. 물론 성기사가 꺼낼 말은 아니었지만.

"아무도 슬퍼하지 않는 죽음, 무엇을 위해 살았는지."

키스는 혼잣말을 했다. 이 황량한 죽음의 어떤 부분이 그를 쓰라리게 만들었을까. 사실 키스는 타인의 죽음에 오싹할 정도로 무관심한 사람이다. 모든 것을 먼 대륙에서 부는 바람 대하듯, 그는 타인의 행복에 기뻐하지 않고 타인의 불행에 슬퍼하지도 않는다. 그의 우주에는 별이 하나뿐이었다.

설령 신이 죽더라도 키스는 그냥 자기 소파에 잠들어 있을 것이다. 그런데 그런 그가 이 아무도 슬퍼하지 않는 죽음은 진심으로 동정하고 있었다.

그는 폴센의 시신에서 한동안 눈을 떼지 않았다. 마치 거울을 바라보는 것 같은 그의 눈빛은 동정이었고 애증이었고 때로는 동경이었다.

그는 곧 축축한 것을 털어버리려는 듯 환하게 웃으며 나를 바라봤다.

"자 보셨습니까아?"

"엥? 뭘요?"

"어떤 극한 상황에서도 제사를 지낼 수 있어야 자랑스러운 스왈로우 나이츠의 자격이 있는 거랍니다! 에헴!"

거 한방에 분위기 깨는구만.

"에이이! 암살당한 시신한테 저주를 퍼부어 놓고 뭘 그리 자랑스러워해요!"

나는 마음에도 없는 핀잔을 던지며 키스와 함께 문으로 걸어갔다. 하지만 억지로 불안을 털어내려는 이 와중에도 근원을 알 수 없는 위화감은 계속 내 뒤를 따라왔다.

대체 이 암살은 무엇이었을까. 그가 죽으면서 남긴 말의 의미는. 그리고 왕실은, 암살자는, 키스 경의 눈빛은, 카론 경은. 또 누군가 죽을 것만 같다.

나는 문득 소름이 끼쳐 발걸음을 멈추고 뒤를 돌아보았다. 기괴할 정도로 넓은 응접실엔 식어가는 주검밖에 없었다. 이것이 연극의 무대라면 결코 희극은 아니리라. 어쩐지 이 기분 나쁜 연극은 여기서 끝나지 않을 것 같다. 더 두렵고 끔찍한 종막(終幕)이 머지않아 시작될 것 같다는 불안이 나를 질식케 한다.

"키스 경."

"네?"

"저 시신은 어쩌죠."

키스는 흐릿한 눈으로 폴센을 바라보며 말했다.

"내버려 두세요. 이제야 쉴 수 있게 되었잖아요. 그러니 편히 썩어갈 수 있도록 그냥 내버려 두세요."

어떤 시인이 말했던가. 자신의 삶이 추악할수록, 사람은 그 삶에 매달린다. 그리고 그런 삶이란 모든 순간들에 대한 항의이자 복수다.

나는 적갈색 핏물에 젖어가는 복수초를 바라봤다. 그녀가 알려주었다. 저 꽃의 꽃말은 '영원한 행복'이다. 설마 키스는 그걸 알고 헌화한 것일까. 그리고 지금 생각난 건데, 복수초는 독초였다.

10

기차역으로 가던 키스 경은 내가 뒤를 돌아보았을 때 이미 사라지고 없었다. 어디쯤에서 사라졌는지는 모르겠지만, 마치 처음부터 따라오지 않았던 것처럼 등 뒤에는 그가 없었다.

객실에서 기다리고 있던 카론 경은 키스에 대해서는 한 마디도 묻지 않았다. 다만 안경을 쓴 채 폴센의 장부를 세심하게 검토할 뿐이었다. 나는 이들 사이에 무슨 감정이 오고 가는지 알 길이 없었다.

열차는 이른 아침이 되어서야 왕도(王都) 아스말에 도착했다.

"우앗! 저건 또 뭐야!"

녹초가 되어 왕궁에 온 우리를 반긴 것은 활활 타오르는 불길이었다. 왕궁은 시커먼 연기와 고함소리, 잠옷차림으로 대피하는 왕실 사람들과 몰려든 소방마차 등이 서로 뒤엉켜 난장판이었다. 게다가.

"……헬스트 나이츠 본부?"

나는 불길의 근원을 확인하고는 말을 흐렸다. 꿈이라도 꾸는 것처럼 카론 경의 집무실이, 헬스트 나이츠 본부가 거의 전소되어 무너지고 있었다. 그런데 이상할 정도로 연기가 많다. 대체 안에 뭐가 들어 있는 거야.

"카, 카론 경!"

하지만 나는 곧 입을 다물 수밖에 없었다. 불길을 바라보는 카론 경의 표정에 결코 분노나 당황의 기색이 없었던 것이다. 그것은 도리어 확신, 그의 눈은 자신의 생각이 맞았다는 것을 확신하고 있었다. 그는 무너지는 본부를 두 눈에 담으며 입을 열었다.

"엔디미온 경."

"예?"

"자네는 절대 범인 아니다."

"가, 감사합니다."

아니 왜 갑자기 새삼스럽게…….

"자네 혐의는 완전히 풀렸다. 그러니 이제 돌아가라. 누가 이 일에 대해 물어봐도 아무것도 보지 못했다고 말해라. 그러면 안전하다."

나는 깜짝 놀라 그를 바라봤다.

"여기서부턴 자네가 감당할 수 있는 영역이 아니야. 숙소로 돌아가라. 그리고 사건이 해결될 때까지 나오지 마라."

"하, 하지만!"

그는 무언가 마음을 굳힌 듯 발걸음을 옮겼다. 그리고 그가 향하는 곳은 적어도 불타는 헬스트 나이츠 본부는 아니었다.

"카론 경! 범인을 알고 있는 거죠!"

나는 재빨리 뒤쫓으며 외쳤지만 그는 아무 말도 없었다. 하지만 이쪽도 아이고 그러십니까, 라고 물러날 수야 없다. 내게 이 고생을 시킨 범인이 누군지 나도 알아야겠어!

나는 헐떡거리며 그의 경공술 같은 발걸음을 뒤쫓았다. 그를 따라가면 이 끔찍한 연쇄살인사건의 범인을 만날 것이라는 확신이 생겼다. 하지만 조금씩 내 마음 속에…… 절대 범인이어선 안 되는 사람이 범인일지도 모른다는 불안이 커져갔다.

'카론 경. 설마 그건 아니겠죠! 그것만큼은 절대로 안 돼요!'

하지만 이 길로 계속 가면 나오는 곳은 한 군데밖에 없다. 나는 기겁을 하며 그를 앞질러 달려가 앞을 가로막았다.

카론은 눈을 찡그렸다.

"무슨 짓인가. 비켜라."

나는 두 팔을 바짝 펴며 고개를 저었다.

"더 이상 가면 안 돼요. 돌이킬 수 없다고요! 이곳의 주인을 범인으로 지목했다간!"

"자네와는 관계없는 일이다. 돌아가라."

"카론 경!"

난 커다랗게 소리쳤다. 나야말로 범인을 알고 싶고 잡고 싶다. 정의를 지키는 일에 무모한 쪽은 언제나 나였다. 하지만 이건 아니다. 체포할 수 없다. 승산이라곤 전혀 없다. 설령 이곳의 주인이 범인이라고 쳐도 사형대에 오르는 쪽은 분명히 카론 경일 것이다. 이건 자살행위 외엔 뭣도 아니다. 진짜 태클이라도 걸어서 이 사람을 막고 싶어!

"타락한 관리들 죽은 것 때문에 카론 경이 목숨을 걸 필요는 없잖아요!"

그는 내게 걸어오며 입을 열었다.

"전하께서 수사를 명했고 나는 그것을 실행한다. 그것뿐이다."

카론 경은 차갑게 말하며 내 옆을 비켜갔다. 난 울상이 된 얼굴로 그를 돌아봤다.

"만날 나 보고 무모하다며 화냈으면서!"

하지만 카론 경은 뒤도 돌아보지 않았다.

"좋아요! 그럼 나도 같이 갈래요."

그제야 그가 걸음을 멈췄다.

"고집 부리지 마라."

"이래봬도 저도 명목상으로는 기사니까 불의에 목숨을 걸 권리쯤은 있어요!"

나를 못마땅한 얼굴로 바라보던 그는 한숨을 내쉬고는 다시 몸을 돌렸다.

"맘대로 하도록. 하지만 자네야말로 죽을지도 몰라."

"어제부터 계속 죽을지도 몰랐으니까 이젠 익숙합니다!"

난 인상을 팍 쓰며 그를 쫓아 건물 안으로 들어갔다. 하지만 후들거리는 다리는 어쩔 수가 없었다. 왜냐하면 이 거대한 건물은 행정부 본관이며 이곳을 지배하는 자의 이름이 바로 아이히만 그 나이제나우 재무대신이기 때문이다.

난 이루 말할 수 없는 긴장감에 현기증이 났다. 절대로 건드려서는 안 되는 공포의 용을 사냥하러 던전에 들어가는 용사의 마음이 지금 같지 않을까. 우리는 지금 막 왕실에서 결코 적으로 돌리면 안 되는 두 권력자 중 한 명에게 칼을 뽑았다.

11

"호오. 이른 아침부터 무슨 일인가. 카론 군?"

용이 인간으로 둔갑했다면 저런 모습일까. 도저히 노인의 것이라고는 생각할 수 없는 당당한 기골. 한 올 흐트러짐 없이 깔끔하게 뒤로 넘긴 백발. 금테 두른 외알 안경 너머의 강철 같은 시선으로 카론 경을 주시하는 자는 베르스 왕국의 모든 재산을 관리하는 철혈대신 아이히만 그나이제나우 대공이다. 그의 데스크는 이미 결재를 기다리는 서류들로 가득했다.

카론 경보다 일찍 출근하는 유일한 관리인 대공은 무심한 얼굴로 그렇게 말하며 카론의 몸을 훑었다. 최근 거의 잠도 못자고 먼 출장까지 다녀온 카론 경은 전에 없이 초췌했지만 대공을 바라보는 눈빛만큼은 빛을 머금은 듯 번뜩이고 있었다.

그들의 시야에 나는 관심 밖이었다. 침묵 속에 이미 많은 대화가 오가고 있었다. 카론 경이 입을 열었다.

"폴센 남작이 살해당했습니다."

"그래? 잘 막아보지 그랬나."

또다시 귀족이 죽었는데도 대공은 시큰둥하게 답했다. 마치 벌레 하나 밟혀 죽은 것처럼. 그가 풍기는 위압감은 사람을 위축시킨다.

"그리고 헬스트 나이츠 본부에 화재가 발생했습니다. 기사록 보관소도 함께."

마, 맞다! 본부 지하에는 기사록 보관소가 있었지! 그 엄청난 종이뭉텅이들이 다 타버렸으니 연기가 하늘을 뒤덮을 수밖에 없는 것이다.

카론 경은 있는 사실만을 짧게 보고했지만 어쩐지 그것은 대공을 추궁하는 심문처럼 들렸다. 그러나 대공은 창밖으로 고개를 돌려 새카맣게 차오르는 연기를 바라보고는 놀랍도록 아무렇지도 않게 반응했다.

"흥. 밥벌레 같은 블리히 놈에게 책임을 물어야겠군. 전하가 왕실에 안 계셔서 다행이야. 곧 긴급예산을 편성해서 복구해 줄 테니 당분간은 불편하더라도 임시거처를 이용하게나. 그럼 나가보게."

일말의 감정도 섞이지 않은 사무적 말투. 본래 이 강철의 할아버지가 인정머리 없는 성격이라고 쳐도 사람이 죽고 건물이 불타는데도 저렇게 말하는 것에서는 불편한 이질감을 느꼈다.

짧게 말을 끝낸 대공은 다시 깃펜을 들고 문서를 작성하기 시작했고 카론 경은 그 차가운 눈매로 그런 대공을 바라봤다. 숨이 막힐 것만 같다.

먼저 정적을 깬 쪽은 카론이었다.

"범인을 찾았는지 안 물어보십니까?"

대공은 쳐다보지도 않고 계속 글을 쓰며 대꾸했다.

"자네가 알아서 잘하고 있을 거라 생각하네."

"이미 범인을 찾았다면 어쩌시겠습니까."

거침없이 문장을 써내려가던 대공의 손이 멈췄다. 그러고는 고

풍스런 은제 펜대에 깃펜을 집어넣고 새하얀 머리를 쓸어 넘긴 뒤 천천히 카론 경을 바라봤다.

"그거 참 기쁜 소식이군. 역시 카론 군은 총명해."

대공은 카론을 바라보며 미소를 보였다. 하지만 그 웃음은 결코 대견함의 표현 같은 것이 아니었다. 도리어 그것은 맹수가 먹이를 짓누르기 위해 드러내는 섬뜩한 위협이었다. 대공은 자신의 시선을 조금도 피하지 않는 카론 경에게 말을 이었다.

"하지만 말일세. 혹시 몰라서 말해두는데……."

나는 순간 흠칫 놀랐다. 쾅 소리가 터졌다. 아이히만 대공이 품속에서 묵직한 권총을 꺼내 데스크에 거칠게 내려놓은 것이었다.

"범인이 나라고 말할 생각이라면 그 증거가 아주 명확해야 할 걸세."

결국 우리는 용을 깨웠다.

나는 이쯤에서 모든 것이 아무렇지도 않게 끝나기만을 바랐다. 하지만 불행한 사실은 카론 경도 대공도 상처 없이 물러서는 온화한 방식 따위는 모르는 사람들이라는 것이다. 흑발의 기사는 주저 없이 입을 열었다. 이제 돌이킬 수 없는 선을 건넜다.

"솜슨, 메수스, 폴센. 살해된 세 귀족의 공통점이 뭔지 아십니까."

"버러지들이라는 거지."

대공은 차갑게 웃었다. 카론은 기다렸다는 듯 입을 열었다.

"하나 더 있습니다. 그들은 모두 칠 년 전 대공 밑에 있던 자들이라는 것."

나는 깜짝 놀랐다. 카론 경은 전혀 연관이 없어 보이는 궁내부 관리와 성직자, 영주 사이에 숨겨진 오래된 공통분모를 찾아냈던 것이다. 그래서 카론 경이 폴센의 이름을 미리 예측한 거로구나. 하지만 그 말은 처음부터 아이히만 대공을 용의자로 점찍었다는 의미이기도 하잖아!

대공은 순수한 감탄의 표정을 지었다.

"허허. 그랬나? 꼼꼼하구먼. 나도 잊어버린 오래된 일인데. 자네, 행정부 관리가 될 생각은 없나?"

"인정하신 것으로 알겠습니다."

카론 경은 냉정하게 말했다. 귀족들의 기록은 그야말로 뒤죽박죽이다. 온갖 비리와 청탁으로 얼룩진 그들이 깔끔하게 자신들의 행적을 기록해 둘 이유가 없는 것이다. 하지만 카론 경의 무서운 통찰력은 걸레조각마냥 흩어진 옛 기록들을 그러모아 공통점을 포착하게 만들었다.

"그들의 다른 공통점도 들어보시겠습니까?"

"후후. 계속 말해보게."

"그들 모두 대공에게 가야 할 세금을 빼돌렸습니다."

대공은 시시한 농담이라도 들은 것처럼 헛웃음을 지었다.

"그게 뭐 대수인가? 이 나라의 머저리 같은 관리 놈들이 하루

일과처럼 비리를 저지르는 건 세상이 다 아는 일 아닌가?"

솔직히 그게 상식이다. 하지만 카론 경은 물러서지 않았다.

"하지만 이들은 도가 지나치더군요. 도저히 대공의 성격으로 참을 수 없을 만큼. 심지어 폴센의 장부를 보니 그는 영주로서 7년간 단 한 번도 왕국에 세금을 보내지 않았습니다. 제아무리 비리에 너그럽다 해도 이 정도면 반란죄를 적용시킬 수 있을 정도입니다."

"큭큭. 그럼 내가 그 머저리의 탈세를 돕기라도 했다는 말이냐? 그보다는 내가 그딴 시시한 탈세를 저지르고 있었는지 몰랐다고 판단하는 쪽이 더 적절하지 않을까? 나도 신은 아니거든."

대공은 어이없다는 듯 어깨를 들썩였다. 대공과 폴센은 급이 달라도 너무 다르다. 대도 야노 얀센이 동네 구멍가게 지갑 따위에는 관심이 없는 것처럼 거물 중의 거물인 왕족 아이히만 대공이 시골 영주에 불과한 폴센의 범죄를 도와봤자 얻을 것이라고는 아무것도 없는 것이다. 그런데 이 냉철한 왕실수사관은 더욱 더 집요하게 파고들었다.

"하지만 왕실 문서에는 폴센이 세금을 낸 것으로 기록되어 있을 겁니다. 왕실에서 아무런 제재도 가하지 않은 것을 보면."

"무슨 말을 하고 싶은 건가."

"그 문서를 최종 결재하는 책임자는 재무대신, 바로 귀공입니다. 즉, 대공은 그들의 탈세를 알고 있었습니다. 게다가 왕실 문서를 날조하면서까지 그들의 범죄를 도와준 것입니다."

"당돌한 놈. 슬슬 불쾌해지는군."

아이히만이 으르렁거렸다. 나는 긴장감에 숨이 막히는 것 같았다. 하지만 카론 경은 그 무서운 시선을 정면에서 마주하며 입을 열었다.

"수사책임자의 권한으로 대공의 결제문서를 열람하고 싶습니다."

결국 카론 경은 아이히만의 역린을 건드리고 말았다.

"감히 왕족인 내가 책임지는 문서를 뒤져보겠다! 그게 왕실의 기사가 할 소리야!"

난 나도 모르게 움찔하며 뒤로 물러섰다. 이것이 바로 카론 경이 절대로 대공을 이길 수 없는 이유다. 군주불가침(君主不可侵). 왕족은 모든 국법 위에 있으며, 왕족을 벌할 수 있는 자는 왕족뿐이다.

아이히만은 베르스에서 유일한 대공작의 칭호를 가진 왕족이다. 그러니 아이히만을 의심하고 게다가 증거물까지 요구하는 것은 완벽한 왕권 모독 행위인 것이다.

당장 카론 경을 쏴 죽여도 이상하지 않을 격한 분위기. 하지만 대공은 어째서인지 표정을 풀며 담배를 물었다. 그는 마치 용의 숨결처럼 짙은 연기를 뿜고는 입을 열었다.

"쑥스럽구먼. 나잇살 먹고 추태를 보였으이. 좋네. 내 자네의 당돌함을 귀엽게 여겨 문서를 보여주도록 하지. 다만, 왕실 최고 등급의 기밀문서인 왕국 재무제표를 열람하기 위해서는 국왕 전하의 윤허가 필요하다네. 자네도 잘 알고 있겠지? 보고 싶으면 전하의 윤허를 받아오게. 그런데 공교롭게도 전하는 지금 이오타를 순방중이시니 자네가 이오타에 가서 윤허를 받아오든가 아니면 귀국하실 때까지 기다려야겠구먼?"

"큭."

빈틈을 찔린 듯 카론 경은 이를 물었다. 전하는 지금 국내에 없다. 이럴 때는 자동적으로 대공 아이히만이 전하의 모든 권한을 위임 받아 임시 섭정 대리인이 된다. 전하가 없는 기간 동안 대공은 왕과 다름없다.

즉, 카론 경이 전하의 윤허를 받기 전에 얼마든지 증거를 없애거나 조작하기에 충분한 시간이 있는 것이다. 아이히만은 카론의 분한 표정을 즐기듯 살피며 의자에 깊게 몸을 묻은 채 입을 열었다.

"그래서 보고서에는 뭐라고 쓸 건가. 내가 갑자기 열 받아서 그 머저리들을 다 죽여 버렸다? 광대가 되고 싶다면 그렇게 쓰게나."

"……."

"그게 자네 추리의 전부라면 대체 뭣 때문에 날 괴롭히는지가 궁금하군. 난 바쁜 몸일세. 더 이상 용건이 없다면 나가보도록."

하지만 카론 경은 결코 포기하지 않았다.

"저도 궁금했습니다. 왜 철두철미한 대공께서 그런 자들의 부정부패를 도와줬는지. 역시 그것에 대한 답은 하나뿐이더군요."

카론 경. 하고 싶은 말이 설마……

"그들은 대공을 협박하고 있었습니다."

나는 소스라치게 놀라 카론 경의 입을 틀어막을 뻔했다. 카론 경, 제발 거기까지만 하세요! 왕족이 협박당했다는 불경한 소리는 '제발 절 화형대로 보내주세요!' 와 다를 바가 없다고요!

카론을 빤히 바라보던 아이히만은 곧 목이 터져라 웃어재꼈다.

"크하하하하하! 자네 참 예술로 추리하는구먼! 왕족인 내가 병신 같은 관리 놈들에게 협박받아 암살자를 보냈다? 그거 걸작이군. 그걸로 풍자극을 만들면 백성들이 아주 즐거워할 거야. 그래, 이 몸이 그놈들을 죽여야 할 만큼 엄청난 협박이란 대체 어떤 건지 좀 말해주겠나?"

아이히만의 눈이 번뜩였다. 웃는 얼굴 뒤에 칼이 보였다. 만약 납득하지 못할 이유라면 사지를 찢어버릴 거라는 경고 섞인 시선. 그 살 떨리는 분위기 속에서 카론 경은 얼굴색 하나 안 바꾼 채 말했다.

"그건 모르겠습니다."

으아아아아아 그게 뭡니까아아아! 그 순간 비호처럼 몸을 일으킨 대공이 카론 경의 목깃을 잡아챘다. 노인의 것이라고는 믿을 수 없을 만큼 강인한 완력으로 카론의 얼굴을 자신에게 바짝 끌어당기고는 그의 이마에 총을 겨눴다.

"선택하게나. 지금 죽을 텐가, 사형대에서 죽을 텐가."

하지만 카론 경은 용서를 빌지 않았다. 대신 무서울 정도로 차분한 어조로 말했다.

"아직 한 명이 남았습니다."

"음?"

"칠 년 전 대공 밑에 있던 자들 중 대놓고 비리를 저지르는 자들은 총 네 명, 그중 한 명이 아직 죽지 않았더군요. 그자를 심문하면 어떤 협박인지 알 수 있을 것입니다."

아이히만의 눈동자가 달아올랐다. 그건 거의 불길이었다. 당장이라도 카론을 집어삼킬 것 같은 무서운 기백이었다.

"이 애송이가……."

강철을 녹여버릴 듯 뜨겁고 바람도 얼려버릴 듯한 싸늘한 두 눈빛이 충돌했다. 나는 당장이라도 대공이 방아쇠를 당길까 두려웠다. 폴센이 남긴 말을 떠올려 보면 카론 경의 추리는 틀리지 않았다. 그렇기 때문에 카론 경이 죽을 이유가 있는 것이다.

하지만 대공은 카론 경의 목깃을 놓아주고는 자리에 앉았다. 그리고 잠시 생각에 잠겨 있다 입을 열었다.

"나는 자네를 참으로 아낀다네. 자네 덕분에 왕실이 위기를 극복한 일도 많았지. 그래서 자네 같은 유능한 인재가 비참하게 죽

는 모습은 보고 싶지 않군. 나로서는 드문 감정이야."

"……."

"왕족의 권한으로 명하겠네. 당장 수사를 중단해. 그러면 적어도 자네 신변에 나쁜 일은 벌어지지 않을 걸세."

그건 최후통첩이었다. 그리고 아이히만의 말마따나 정말로 드문 '온정'이기도 했다. 그 말에 카론 경은 주저 없이 대답했다.

"제게 수사를 명하신 분은 국왕 전하이십니다. 그러니 제 수사를 중단시키고 싶으시다면 먼저 전하의 윤허를 받으시기 바랍니다. 최소한 일주일 후가 되겠군요."

"이런 고얀 놈."

카론 경은 그 전에 마지막 생존자를 만나 내막을 밝혀낼 수 있을 것이다. 아이히만은 자신의 말이 그대로 돌아온 것에 혀를 찼다. 그러고는 외알 안경 너머 분노한 용과 같은 눈초리로 말했다.

"그럼 이제 어쩔 수 없구먼. 몸조심하시게. 그리고 자네의 사랑스런 아내도."

카론 경은 일순간 주먹을 꽉 쥐었다. 하지만 곧 굳은 얼굴로 목깃을 여미고는 고개를 숙여 인사를 했다. 그리고 몸을 돌려 방을 빠져나갔다.

12

"카, 카론 경!"

나는 난색을 하며 그의 뒤를 쫓았다. 그는 정말로 마지막 암살 대상을 찾아가려는 것이다. 아이히만이 마음만 먹으면 카론 경을 어떤 방법으로든 매장시킬 수 있다.

대공이 누구인가. 아군이 되었을 때 가장 든든한 버팀목이 되는 만큼 적이 될 때는 최악의 상대다. 그는 카론 경에게 혐의를 씌워 기사 작위를 박탈시킨 뒤 국외로 영구 추방시키고 마키시온 제국에 노예로 팔아 정신과 육체 모두를 송두리째 부숴 버리는 일도 입 한번 뻥긋 하는 것만으로 가능한 절대 권력자다. 그리고 필요하다면 얼마든지 그걸 저지를 냉혈한이기도 하다.

그런데도 카론 경은 그 모든 위험을 받아들인 채 수사를 강행했다. 하지만 나는 어쩐지 이것이 정의감의 발로가 아니라는 것을 느꼈다. 다른 어떤 이유가 카론 경을 움직이고 있다.

"카론 경. 일단 물러서야 해요! 이건 진짜 자살행위……."

그때 그가 내 입을 가로막았다. 카론 경은 날카로운 눈매로 앞을 바라보고 있었다. 그의 시선을 따라간 복도 끝 의자에는 어떤 남자가 앉아 있었다.

이 시간 행정부 복도에 앉아 있을 느긋한 사람 따윈 없었다. 게다가 행정부 직원으로도 보이지 않았다. 우리가 피해갈 곳 없는 일직선의 긴 복도를 걸어가며 그자를 지나치자 그가 등 뒤에서 물었다.

"카론 샤펜투스 경이시죠?"

우리는 발걸음을 멈췄다. 키스만큼이나 큰 키에 마른 몸, 움푹 들어간 눈, 툭 튀어나온 광대뼈, 이상할 정도로 긴 두 팔을 가진 음산한 사내였다. 대충 카론 경과 동갑 정도일 것 같지만 퀭한 두 눈이 자아내는 어두컴컴한 기색이 그를 훨씬 더 나이 들어 보이게 만들었다. 그는 이상하게도 경찰 제복을 입고 있었다.

카론 경은 입을 다문 채 그를 바라보기만 했다. 그는 고개를 가볍게 숙이며 자신을 소개했다.

"수사 협조를 위해 경찰국에서 파견 나온 브라논이라고 합니다."

하지만 카론은 그를 차갑게 내쳤다.

"경찰? 이 사건은 왕실 관할이다. 경찰이 끼어들 일이 아니야."

"그렇진 않습니다. 왕실 밖에서 벌어진 사건도 포함되어 있는 걸요. 그래서 아이히만 대공께서 특별히 절 부르셨습니다. 무척이나 위험한 사건이니 당신을 경호하라고."

"경호라니."

카론 경은 자존심이 상한 듯 눈썹을 찡그렸다. 그도 그럴 것이 베르스에서 카론 샤펜투스의 검술을 능가하는 자는 없다. 누가 누굴 경호한단 말인가. 게다가 이 기분 나쁜 자는 아무리 봐도 남을 지켜주기보단 그 반대 짓을 저지를 흉상(凶相)이었다.

카론은 브라논이라는 기분 나쁜 사내를 훑어보고는 말했다.

"네가 누군지는 모르겠다만 너처럼 지저분한 살기를 흘리는 경찰은 들어본 적도 없다. 그리고 경찰은 그렇게 값비싼 검을 쓰지도 않아."

"이것 참, 친해지기 어려운 분이네요."

그리고 카론 경은 그의 바지를 내려다보며 말했다.

"비를 맞았나?"

브라논의 바짓단엔 마른 흙이 달라붙어 있었다.

"첫 번째 살인이 벌어질 때도 비가 왔었지."

"아이고, 무섭네요."

브라논은 입 근육을 일그러트리며 웃었다. 카론은 더 이상 할 말도 없다는 듯 몸을 돌려 걸음을 재촉했다. 그때였다.

"어?"

스르렁, 칼을 뽑는 두 쇳소리가 동시에 들리는가 싶었다. 그 순간 나를 사이에 둔 둘의 칼날이 광선처럼 서로를 지나쳤다. 굳어버린 내 몸을 지나간 건 따가운 바람이었다. 그리고 검 하나가 바닥에 떨어졌다.

"카론 경?"

나는 소스라치게 놀랐다. 검을 떨어트린 쪽은 카론 경이었던 것이다. 브라논의 칼끝에 베인 그의 손목에서 새빨간 피가 떨어지고 있었다. 말도 안 돼. 아무리 기습이었다고는 해도 카론 경이 일방적으로 당하다니!

'대체 저놈은 뭐야!'

자신의 손목을 움켜쥔 카론이 무서운 얼굴로 브라논을 노려봤지만, 그는 아무렇지도 않게 자신의 검을 칼집에 넣을 뿐이었다.

"거 봐요. 경호가 필요하죠?"

한쪽 안면만 움직여 짓는 웃음이 기괴하다. 아이히만 대공이 이자를 불렀다는 게 사실일까. 단 일합으로 카론 경을 쓰러트릴 수 있는 자가 이 세상에 존재한다는 사실을 믿을 수 없었다.

그런데 만약 저 무서운 칼잡이가 암살자라면— 그때 문이 열리는 소리와 함께 나타난 아이히만이 우리 옆을 지나갔다. 그는 피를 흘리는 카론 곁을 지나치며 차갑게 내뱉었다.

"꼴이 말이 아니시로군. 그러게 몸조심하라고 했잖아?"

순간 왕실 전체가 적으로 돌아섰다는 기분이 들었다.

'키스! 키스를 찾아야 해.'

지금 왕실에서 카론 경을 도와줄 수 있는 사람은 키스 경뿐이다. 나는 리더구트로 달렸다.

13

하지만 내게도 더 이상 왕실은 안전한 곳이 아니었다. 나는 내 뒤를 밟는 자들이 있다는 것을 눈치챘다. 그들은 왕실 경비병의

복장을 하고 있었지만, 경비병들이 자신의 경비지역을 멋대로 벗어나 이렇게 따라오는 일 따위는 없다.

'대체 어째서 이렇게까지.'

내가 빨리 뛰기 시작하자 그들 역시 속도를 올렸다. 등골이 오싹했다. 왕실 한복판에서 납치되어 어디론가 끌려가도 지금 상황에선 누구도 못 본 척할 것만 같다. 전하가 없는 왕실의 지배자는 아이히만 대공이다. 그가 모든 흔적을 제거하려 하고 있었다.

'제길. 평소에 운동 좀 해둘 걸!'

나는 곧 숨이 턱까지 찼지만 뒤쫓는 자들은 마치 유령처럼 뒤따르며 점점 더 간격을 좁혀오고 있었다.

그때였다. 길을 지나던 화려한 가마 행렬이 내 앞을 가로막았다. 나는 멍한 얼굴로 붉은 옻칠을 한 초대형 가마를 올려다봤다. 새하얀 비단 막이 걷히자 가마 안에서 반가운 얼굴이 보였다.

"후후. 미온 군. 귀신이라도 본 것 같은 표정이로구나."

"오르넬라 성녀님!"

그녀는 긴 담뱃대를 입에 문 채 쿠션에 기대어 있었다. 그녀는 내 뒤에서 머뭇거리던 예의 경비병들을 흘낏 보았다. 하필 납치 직전에 교황청의 최고위 성직자가 나타나자 당황하는 기색이 역력했다. 성녀님은 그들에게 비웃음을 날리며 말했다.

"타거라."

"가, 감사합니다."

남자가 가마에 타는 건 확실히 창피한 일이지만, 그런 거 가릴 때가 아니다. 지금 이 왕실에서 오르넬라 성녀님의 가마 안보다 안전한 요새는 없으리라. 교황청 소속인 그녀는 무슨 죄를 지어도 베르스가 처벌할 수 없고 이 가마 역시 아무리 대공이라도 건드릴 수 없는 치외법권 지역이다. 그녀에게 손을 댄다는 것은 곧 남부 콘스탄트와의 전쟁을 의미한다.

그리고 자그마치 여덟 명의 건장한 호위무사 겸 가마꾼들이 들어야 하는 이 사륜구동 아니 팔인구동 가마는 그야말로 움직이는 궁전이라서 나 하나쯤 들어간다고 좁을 이유 따윈 전혀 없었다.

"출발하자."

오르넬라 님이 담뱃대로 앞을 가리키자 가마에 달린 방울들이 청명한 구슬소리를 내며 거대한 '이동별장'이 공룡처럼 움직이기 시작했다.

가마 안에는 성녀님과 그녀를 보필하는 펠리오스의 무녀 셋이 있었다. 한 명은 성녀님의 어깨를 주무르고 다른 한 명은 술을 따르고 마지막 한 명은 비파를 타고 있다.(보기엔 저래도 실은 나보다 훨씬 힘 센 경호무녀들이라서 겁 없이 치근덕거리는 남정네의 이마에 곧바로 표창을 박아줄 것이다.)

파티를 벌여도 될 것처럼 거대한 가마 한구석에 무릎을 꿇고 앉은 나는 주변을 둘러보며 떨떠름한 목소리로 말했다.

"가마…… 또 바꾸셨습니까."

"오호호호호. 나이 먹은 여자의 낙이라는 게 뭐 별게 있어야 말이지."

이상 성스러운 처녀님의 발언이었습니다. 오르넬라 님은 부채로 얼굴을 가린 채 깔깔 웃었다. 이 가마도 성녀님의 성스러움이 아닌 '다른 어떤 부분'에 홀린 어떤 철부지 졸부의 선물일 것이다. 뭐 그래봐야 눈길 한 번 주지 않는 냉정한 여왕님이긴 하지만.

"괜찮나요. 성녀님이 이렇게 사치스러워도?"

그러자 성녀님은 담배 연기를 뿜으며 시큰둥하게 대꾸했다.

"꼬우면 너도 성녀 하렴."

"……태생적으로 못합니다만."

성남(聖男)이라는 신조어가 생기지 않는 이상 불가능합니다. 신앙심으로 극복할 문제가 아니거든요.

"흥. 골 빈 남정네들이 좋다고 퍼다 주는 걸 나 보고 어쩌라고? 평생 결혼 못하는 대가로 받은 위자료라고 생각해."

무섭다. 듣고만 있어도 정기를 빨리는 거 같아!

성녀님은 오늘 업무가 없는지 하얀 법복 대신 세드릭의 진주 공예로 장식한 검정 실크 드레스를 입고 있었다. 내부 온도를 유지하는 화로가 없었다면 당장 저체온증에 걸릴 만큼 얇고 요염한 옷이다.

"저어, 그런데 이 가마도 금남의 구역일 텐데 절 태워도 괜찮으시겠습니까."

"미온 군은 위화감이 없어서 괜찮아."

"아……하하하하. 감사합니다."

라고는 했지만 성녀님이 일부러 날 구했다는 것쯤은 눈치채고 있다. 즉 이분도 지금 이 왕실에서 벌어지는 일을 알고 있는 것이다. 그리고 그 말은 어쩌면 교황청도 이 사건을 지켜보고 있다는 의미가 아닐까.

그녀는 커튼을 조금 열어 밖을 바라보고는 흐음, 하고 콧소리를 내다가 나를 바라봤다.

"미온 군. 휴가 필요하지 않아?"

"예?"

그녀의 말뜻을 이해하는데 조금 시간이 필요했다.

"내가 추천서를 써 줄 테니 남부 콘스탄트로 휴가를 가도록 해. 두 달 정도면 되지 않을까. 교황청과 명주작이 지켜줄 테니까 세상 어느 곳보다도 안전할 거야."

아아, 그 따뜻한 배려에 눈물이 날 것 같다. 세계 4대 세력 중 하나인 교황청은 그야말로 신성불가침이다. 그 안에 있는 이상 누구도 침범할 수 없다.

그 막강한 교황청 아우리엘레 기사단 연합과 아신 알테어 엔시스 님이 보호하는 영역 안에서는 아이히만 대공이 아니라 설령 마키시온의 마라넬로 황제일지라도 쉽게 손댈 수 없으리라. 감격한 나는 그녀에게 깊게 고개를 숙였다.

"감사합니다. 정말 감사합니다. 하지만 휴가는 이 일이 다 끝난 다음 받고 싶어요. 헤헤."

그녀는 그런 나를 바라보며 담뱃재를 털고는 고개를 설레설레 저었다. 그리고 말했다.

"후후. 고집스럽긴. 하지만 귀여운데? 반할 거 같아."

그녀는 쓴웃음을 지으며 다시 길고 붉은 담뱃대를 물었다. 사실 고집스러운 쪽은 카론 경이지만.(귀엽진 않아!)

인사를 마친 내가 가마에서 내리려고 할 때 오르넬라 님이 입을 열었다.

"미온 군. 네가 지금 여기서 나가는 순간부터 널 지켜줄 사람은 아무도 없어. 이성적으로 판단해야 해. 자존심으로 고집부릴 일이 아니야."

나는 방긋 웃으며 답했다.

"자존심 때문이 아니에요. 제가 좋아하는 사람들이 안전할 수만 있다면 자존심 같은 건 언제라도 버릴 수 있어요."

"제법이구나."

"하지만 지금 저보다 훨씬 더 큰 위기에 빠진 사람이 있어요. 작고 시시한 보탬이라도 좋으니까 용기를 내서 그 사람이 무사할 수 있도록 도와주고 싶어요. 그래서 여기 있을 수만은 없습니다. 부디 용서해 주세요."

오르넬라 님은 그렇게 말하는 나를 잠자코 바라봤다. 그러고는 쓴웃음을 지었다. 그녀는 내 이마를 향해 손가락을 뻗었다.

"악을 떠나는 것은 정직한 사람의 대로이니 그 길을 지키는 자, 자기 영혼을 보전하리라."

그리고 손끝으로 성호를 그었다.

"망할 신의 가호가 있기를."

나는 이 왕실에서 유일하게 안전한 공간인 가마에서 내렸다.

사실 지금 가장 합리적인 판단은 도망치는 것이다. 기사가 왕실을 적으로 돌리고 얼마나 버틸 거라 생각하는가.

자칫하면 죽게 되고 만에 하나 뜻을 이룬다고 해도 아무도 박수쳐 주지 않는다. 그저 마지막까지 자신의 마음을 포기하지 않는다는 것 외에는 아무런 보상도 없다. 백번 생각해 봐도 정말 미련한 짓이다.

'그래도 어쩔 수 없잖아.'

난 기사가 되면서 다시는 도망치지 않겠다고 결심했다. 살다 보면 나 자신이 바보 같다는 것을 알면서도 '어쩔 수 없잖아!' 라고 외치는 순간이 오기 마련이다. 그 순간이 왔을 때, 나는 나를 부정하지 않는다.

내가 지켜야 할 것에 목숨을 걸고 그 대가를 흥정하지 않는다. 내가 옳다고 믿는 것에 내 인생을 맡긴다.

리더구트로 달려가며 점점 머리가 맑아졌다. 영악하게 사는 것이 꼭 훌륭한 인생은 아니리라. 조금은 카론 경의 마음을 이해할 것 같았다.

14

"키스 경! 키스 경!"

나는 리더구트에 뛰어 들어오자마자 외쳤다. 하지만 이 시간이면 항상 소파에 해파리처럼 널브러져 있을 키스가 어디에도 보이지 않았다.

키스를 찾는 사람은 나만이 아니었다. 1층에 모여 브리핑을 기다리는 스왈로우 나이츠의 기사들은 도무지 나타나질 않는 단장을 기다리며 투덜거리고 있었다.

특히 항상 빚에 시달리는 루이와 쇼탄은 일거리를 주는 왕실 인력시장의 십장 키스 경이 사라지자 난리도 아니었다.

"아 일을 줘야 빚을 갚을 거 아냐! 누가 지 보고 일하래?"

"진짜 이 양반 또 어디 간 거래?"

"쳇. 보나마나 시내에서 금발미녀님과 망측한 시간을 보내고 계시겠지. 뭔 놈의 성기사가 그리 방탕해? 에이 저질. 부러워 죽겠네."

불평하든 부러워하든 하나만 해! 루이와 쇼탄은 동시에 손을 모으며 신께 기도를 올렸다.

"신이시여. 다음에 태어날 땐 꼭 기사단장으로 태어나게 해주세요."

뭔 꿈이 그러냐. 아침부터 조물주 짜증나게 만드는 루이와 쇼탄이었다. 레녹 경은 타락 단장 죽어, 라는 분위기로 화를 꾹 참으며 차를 마시고 있었고 지스는 뚱한 얼굴로 의자 위에 몸을 웅크린 채 키스의 소파를 바라보고 있었다. 나는 그들에게 물었다.

"키스 경, 어디 간 거죠?"

"그 자유로운 영혼이 어디서 뭐하시는지 미천한 이 몸이 알 턱이 있겠냐. 씨잉. 틈만 나면 땡땡이야. 단장한테도 벌금을 매기든가 해야지 이거 원 서러워서."

안 그래도 겨울엔 지명이 없는 여름한정인데, 살인사건으로 그나마 남은 지명까지 취소되어 빚 갚을 길이 막막해진 쇼탄은 어깨를 축 늘어트리며 방으로 돌아갔다.

지명이 취소된 다른 단원들도 하나 둘씩 자리에서 일어났다. 아침 댓바람부터 케이크를 쌓아놓고 먹는 고열량 소년 랑시는 기대에 찬 얼굴로 사방을 두리번거렸다.

"오호오 그럼 오늘 쉬는 거야? 계속 이랬으면 좋겠다아!"

좋단다. 누군 뼈 빠지게 고생하고 있구먼!

사실 이럴 때 키스보다 의지가 될 만한 사람은 없다. 어쨌든 무섭게 강하고 출세를 위해 몸을 사리는 성격도 아니며(귀찮은 일엔 몸 사리긴 하지만) 무엇보다 아이히만 대공과 같은 편일 리가 없다.

그런데 안 나타나면 말짱 황이지 않나! 나는 머리를 쥐어뜯었다.

"으이구! 키스도 약에 쓰려면 없다더니!"

"어이. 미온. 왜 그래? 키스하고 무슨 일 있어?"

루이가 머리를 감싸 쥔 나를 황당한 듯 쳐다봤다.

"루이 경."

"응?"

"혹시 장검 있어요?"

"야아, 내가 그딴 흉흉한 걸 왜 가지고 있겠냐?"

솔직히 그거 기사가 할 말은 아니지 않습니까? 나는 키스의 사무실로 들어갔다. 그 안에는 전시에 왕실을 지키기 위해 지급할 기사단의 장검이 전시되어 있었다. 말 그대로 전시다, 한 번도 쓰지 않았으니까.

"야! 미온! 대체 뭔 일인데!"

나는 그중 내 것을 꺼내 들고 카론 경을 만나기 위해 문을 박차고 뛰어나갔다.

15

내가 도착했을 때 카론 경은 막 병원에서 나오는 중이었다. 손에는 붕대가 감겼고 아니나 다를까, 뒤에는 브라논이 귀신처럼 따라 붙고 있었다.

예의 처참한 패배에도 불구하고 표정 하나 바뀌지 않은 카론 경은 브라논이 따라오든 말든 아예 쳐다보지도 않았다. 자존심 강한 카론 경으로서는 정말 참기 힘든 일이었을 텐데.

카론 경이 곧바로 향한 곳은 왕실 근처에 있는 수도경호예비대 지휘관저였다.

"못 들어갑니다!"

"전하의 명으로 왕실에서 왔다. 비켜라."

"사령관 각하께서 아무도 출입시키지 말라 명하셨습니다."

역시나 여기서도 실랑이가 벌어졌다. 카론 경이 점찍은 마지막 암살대상은 수도경호예비대 사령관 메이스였다. 하지만 이곳은 서릿발 선 군사시설이라기보단 호화스런 별장에 가까웠다.

그도 그럴 것이, 세계 최약소국인 우리 베르스는 어차피 적이 수도까지 쳐들어오면 바로 백기가 올라간다.

애당초 다른 나라를 침략할 힘도 없고 군무대신부터 전쟁 나면 짐 싸서 도망치는 게 당연하다고 믿는 이 속 편한 나라에서 마키시온의 프론티어 뱅가드나 이오타의 기마교도사단 같은 정예부대를 양성하는데 힘 쓸 이유가 있을까?(그럴 돈으로 금동상이나 만든다.)

즉, 이 이름도 거창한 수도경호예비대란 실은 탱자탱자 놀면서 세금만 뜯어먹는 유령회사인 것이다.

군대만큼 비리 저지르기 쉬운 조직도 없으니까. 수도경호는커녕 전쟁 났을 때 우리한테 칼이나 안 들이대면 다행이겠다. 흥!

말하자면 여기 사령관 메이스도 암살된 다른 자들처럼 '날로 먹는' 자리 하나 꿰차고 있는 자인 것이다.

그리고 지금은 아이히만에게 죽임을 당할까 두려움에 떨며 문을 걸어 잠그고 있다. 오욕(五慾)에 빠져 오욕(汚辱)의 삶을 산다는 것이 이런 것일까.

카론 경은 막무가내로 입구를 막고 있는 경비병들을 향해 말했다.

"나는 너희 사령관을 보호하려는 것이다. 이대로 놔두면 메이스는 죽는다."

"어쨌든 안 됩니다! 사령관 각하의 명령입니다! 전하의 칙령서가 있지 않은 한 들여보낼 수 없습니다!"

그 말에 카론 경은 팍 인상을 쓰며 드물게도 험한 말을 입에 담았다.

"그놈의 칙령 이젠 지겹다. 빌어먹을 나라."

그때였다. 브라논이 슬며시 카론 앞으로 나섰다. 그건 마치 유령의 움직임 같았다. 그리고 나와 카론의 표정이 경악으로 바뀔 때 브라논의 잔인한 칼날은 삽시간에 눈앞의 병사 다섯을 조각내 버렸다.

핏줄기가 현란한 선을 그었고 팔다리는 사방으로 흩어졌다. 지독한 참상에 나도 모르게 고개를 돌렸다.

카론 경은 격분하며 그의 멱살을 잡아챘다.

"무슨 짓이야!"

그러나 브라논은 이번에도 기이한 미소를 지으며 태연하게 대답하는 것이었다.

"답답해서 말이지요. 여길 들어가고 싶지 않았습니까? 내가 들어가게 해줬잖아요."

"그걸 말이라고 해! 미친 자식!"

"이 손 놓으시지요. 그 아리따운 몸에 또 흠집 나고 싶지 않으시다면."

그의 웃음은 날름거리는 뱀의 혓바닥 같았다. 생리적 거부감에 욕지기가 치밀었다. 카론 경은 그를 죽일 듯 노려보며 천천히 손을 풀었다. 점점 더 음습한 동굴 속으로 들어가는, 그런 기분이었다.

16

'너무 조용해.'

지휘관저 내부는 맥박이 들릴 만큼 적막하고 숨결까지 얼어붙을 만큼 싸늘했다. 아무리 암살자를 피해 숨어 있다고 해도 이 괴괴한 으슥함은 마치 관속에 들어와 있다는 착각을 불러 일으켰다.

세 명의 발소리가 규칙적으로 복도를 울리고 있었다. 그중 브라논은 언제나 우리 뒤에 있었다. 상대의 등을 바라보는 것은 암살자의 습성이다.

카론 경이 그걸 모를 리가 없건만, 사령관실로 향하는 그는 한 번도 브라논을 돌아보지 않았다. 그리고 조금씩 – 브라논의 발소리가 멀어지기 시작했다.

"이쯤이면 좋겠군요."

살기가 등을 때렸다. 그 말이 무슨 의미인지 직감한 나는 몸을 돌리며 칼자루로 손을 옮겼다. 하지만 카론 경은 곧바로 내 어깨를 잡아 끌어당겨 자신의 뒤로 숨겼다.

"엔디미온 경. 내 뒤에 있어라."

브라논을 향한 카론 경의 눈은 어느 때보다도 새파랗게 달아올라 있었다. 마치 참고 있던 전의가 한 번에 폭발하는 것처럼 격렬했다. 브라논은 서서히 검을 뽑으며 말했다.

"암살자는 놀랍게도 존경 받는 기사 카론 샤펜투스였다. 그는 자신이 저지른 비리가 들통 날 것이 두려웠던 나머지 공범이었던 자들을 하나씩 살해했다. 그리고 마지막 공범자인 메이스도 죽이려 했다. 그 사실을 눈치챈 아이히만 대공이 브라논이라는 경찰을 급파했으나 카론은 순순히 체포되기를 거부. 격렬한 저항 끝에 비참하게 칼에 찔려 불명예스러운 삶을 마감한다. 어때요. 좀 진부한 시나리오인가요? 하지만 잘 들어두세요. 이게 역사에 기록될 당신의 인생이니까."

분노로 두 손이 떨렸다. 바로 브라논이 암살자였다. 그러니까 저 치는 처음부터 우릴 죽일 장소를 찾고 있었던 것이다. 앞서 경비병들을 모조리 죽인 것도 목격자를 없애려는 수작이었다.

카론 경도 말없이 검을 뽑았다. 하지만 아까의 대결이 머릿속을 아찔하게 만든다. 인정하긴 싫지만 분명 저 괴물은 카론 경이 이길 수 있는 상대가 아니었다.

순간 둘의 발걸음이 서로를 낚아채려는 듯 뒤섞였다. 그리고 둘은 다시 한 번 서로 맞부딪쳤다. 강철과 강철이 충돌하는 격렬한 굉음이 복도를 찢었다.

"큭!"

순수한 물리력의 승부에서 밀려난 쪽은 카론이었다. 브라논의 압도적인 힘에 튕겨나간 그는 벽과 충돌했지만 곧 다시 자세를 잡았다.

아니, 브라논이 일부러 시간을 준 것이다. 마치 처형을 즐기듯. 단 한 번에 예의 상처가 다시 터졌다. 카론의 팔과 손을 감고 있는 붕대가 붉게 물들기 시작했다.

브라논은 힘겹게 숨을 고르는 카론을 보며 비아냥거렸다.

"역시 소문은 소문일 뿐인가요. 그 대단하다는 카론 샤펜투스를 죽일 기회가 와서 꽤 설레었는데, 이거 실망이 이만저만이 아니네요."

너무 강하다. 이러다 정말 죽는다는 불안감이 목 끝까지 차올랐다. 브라논은 천천히 거리를 좁혀가다 일순간 뛰어들었다. 카론 경도 몸을 움직여 그를 피하려 했다.

"크크. 도망치는 꼴이 비참하군요."

그는 카론의 도주를 막으며 피할 수 없는 사각까지 몰아붙였다. 카론은 벽에서 빠져나오질 못했다.

광기 가득한 웃음을 터트리며 브라논은 상체를 숙이며 짐승처럼 달려들었다.

그 순간 손목이 잘렸다. 검을 쥔 주먹이 피를 흩뿌리며 공중을 돌았다.

"어?"

브라논은 바닥에 떨어진 자신의 오른손을 멍하니 바라봤다. 카론은 이미 그의 뒤에 서 있었다. 내 눈은 무슨 일이 벌어졌는지조차 따라잡을 수 없었다.

다리가 풀려 바닥에 주저앉은 브라논은 표정 잃은 얼굴로 자신의 잘려나간 손을 바라볼 뿐이었다. 그리고 곧 무엇인가 눈치챈 듯 미친 듯이 웃어재끼기 시작했다.

"크크크크. 당신 설마 처음 만났을 때부터 날 속인 겁니까?"

카론은 검을 거두며 차갑게 대꾸했다.

"네놈들과 솔직하게 싸우기엔 억울해서."

"크하하하하! 당신 진짜 무시무시하네요. 역시 은의 기사."

난 그제야 카론의 '속임수'가 무엇인지 알고 정신이 번쩍 들었다. 카론 경은 행정부에서 브라논에게 가짜 빈틈을 보여준 것이다.

상대를 믿게 만들기 위해 일부러 부상당하고 검까지 놓쳤다. 인간은 무엇인가를 한 번 확신하면 좀처럼 의심하지 않는 법이다.

카론 경은 처음 브라논을 본 순간부터 곧 다시 싸우게 되리라 직감했으리라.

브라논은 자만심에 빠져 지금 또다시 같은 빈틈을 노렸고 ─ 결과는 저 잘려나간 손이다. 이 모든 것이 카론 경의 계산이었다.

'하지만 말이 그렇지 그렇게 목숨을 내놓는 결심을 어떻게!'

어떻게 브라논이 처음 칼을 뽑는 그 짧은 순간 그 모든 걸 계산하고 주저 없이 실행할 수가 있을까. 찰나의 순간에 망설임 없이 목숨을 건 승부를 던질 수 있는 사람은 카론 경뿐일 것이다. 정말로 기가 차는 배짱이다.

칼집에 검을 넣은 카론 경은 느슨해진 자신의 붕대를 조이며 브라논에게 다가갔다.

"암살자의 칭찬 따위 듣고 싶지 않아. 말해라. 누가 네게 암살 명령을 내렸나."

"내 주인이 누구냐…… 라."

그는 또 뭐가 그렇게 즐거운지 고개를 꺾은 채 어깨를 들썩이며 웃었다. 손을 잃은 고통 따위 조금도 느끼지 못하는 것만 같았다. 그 짙은 광기에 몸이 떨릴 지경이다. 그런데 서서히 고개를 들기 시작한 그의 입가에 예의 음산한 미소가 다시 번지는 것이었다.

"그런데 이거 미안해서 어쩌죠? 암살자는 내가 아닌데."

"……!"

나는 아차 싶었다. 카론 경은 분명히 실수를 저질렀다. 그게 무엇이냐면, 아직 죽지 않은 짐승을 상대로 무기를 거둔 것이다.

"윽!"

길고 얇은 비수가 카론의 어깨에 박혔다. 오른손을 잃고 주저앉은 것, 횡설수설한 것, 카론 경이 가까이 오도록 유도한 것 모두 이 기회를 노린 것이었다. 비수를 본 나는 소스라치게 놀랐다. 저 비수에 십자문양이 새겨져 있었던 것이다.

"내 손 어쩔 겁니까? 남의 밥벌이를."

브라논은 킥킥거리며 자리에서 일어났다. 카론 경은 비수를 뽑아 바닥에 던지며 검을 뽑았다.

"이놈……."

하지만 다시 자세를 잡기 위해 뒤로 움직이려는 순간 그의 눈빛이 흐려졌다. 카론은 균형을 잃으며 무너져 무릎을 꿇을 수밖에 없었다.

"역시 비싼 독이 효과가 좋네요."

브라논이 비아냥거렸다. 카론은 일어나려 애썼지만 독은 쇠사슬처럼 그의 몸을 휘감기 시작했다. 브라논은 식은땀에 젖은 카론의 목덜미에 단도를 들이댔다. 끊어진 그의 손목에서 흐르는 피가 카론의 얼굴을 타고 흘렀다.

"왕실 기사면 왕실에 충성해야지 쪽팔리게 이게 뭔 꼴이에요? 정의롭게 살면 이 세상이 아름다워질 줄 알았어요? 유치하게."

독소에 장악당한 카론 경의 셔츠가 땀으로 젖어갔다. 그는 새파랗게 달아오른 눈으로 그를 노려봤다.

"아이히만 대공이 날 죽이라 했나."

"글쎄. 누굴까?"

그리고 그는 카론 경의 귀에 속삭이듯 말했다.

"곧 죽을 사람이 뭐 그렇게 궁금한 게 많아요? 알아봐야 가슴만 아프잖아요. 아 그보다, 조만간 당신의 예쁜 아내를 만나러 갈 건데, 고맙게 쓸게요."

"그만 둬. 목적은 나잖아!"

그는 고개를 기울이며 비웃었다.

"에이, 그런 표정 짓지 말아요. 내가 꼭 나쁜 놈이 된 거 같잖아."

그때였다. 검을 꽉 쥔 카론 경의 팔이 움직였다. 브라논은 당황하며 카론의 손을 짓밟았다. 강력한 신경독을 정신력으로 극복한다는 것은 상식적으로는 있을 수 없는 일이다. 브라논이 구둣발로 손가락을 부러트리고 강제로 검을 빼앗는 와중에도 카론 경은 비명 하나 지르지 않았다.

"이 독에 당하고 움직이는 인간은 처음 보네. 그러니까 사랑의 힘은 위대하다, 이겁니까? 큭큭. 당신 진짜 착한 사람이었군요."

"그녀에게 손대지 마라!"

브라논은 턱을 길게 뺀 채 카론을 내려다보았다. 그의 눈은 비뚤어진 만족감으로 가득 차 있었다. 그가 침을 뱉듯 말했다.

"그럼 애원해 봐. 생각해 볼게."

꽉 깨문 카론의 입술에 피가 흘렀다.

'지금이다!'

기회를 노린 건 나도 마찬가지야! 완전히 나를 무시한 브라논은 등을 보이고 있었다. 나는 검을 뽑아들며 그의 빈틈으로 뛰어들었다.

내가 할 수 있는 검술이라고는 내려치기 하나뿐. 어떻게 피해야 할지도 몰라. 하지만 저 괴물의 흉행(兇行)을 막을 수만 있다면 상관없다. 나는 검을 내리쳤다.

"뭐, 뭐야 이거!"

사선으로 등이 찢겨나간 브라논이 비명을 질렀다. 칼날이 그의 등을 쓸고 지나가는 묵직한 촉감이 손끝에 전해졌다. 그러나 빌어먹게도 숨통을 끊지 못했던 것이다.

브라논은 짐승처럼 달려들어 내 손목을 잡아챘다. 그는 내가 검을 내려치는 순간 반사적으로 몸을 틀어 죽음을 모면한 것이다. 실로 짐승 같은 본능이었다.

"아악!"

으스러질 것 같은 악력에 나는 칼을 놓쳤다. 그는 내 칼을 잡아챈 뒤 충혈된 두 눈으로 나를 노려봤다.

"이 새끼. 위험하잖아. 토막 날 뻔했다고."

나는 순간 죽음을 직감했다. 그는 분한 얼굴로 노려보는 나를 향해 말했다.

"레이디. 이번엔 구해줄 용사님도 없으니 불쌍해서 어째?"

개 같은 자식! 폴센이 죽을 때도 지켜보고 있었어! 브라논이 든 칼날이 내 목 언저리로 다가왔다. 나는 있는 힘껏 그를 쏘아봤다. 이제 곧 죽는다는 것을 알고 있지만 적어도 이 빌어먹을 놈에게 겁먹은 표정 따위 보여주고 싶지 않았다. 그런 내 귓가에 그의 메마른 목소리가 울렸다.

"엔디미온 키리안. 넌 진짜 운이 좋다."

뭐? 그는 단도를 거두며 말했다.

"내가 지금 네 사지를 찢어발기지 않는 이유는 단 하나, 널 건들지 말라는 무서운 여자의 경고가 있었기 때문이야. 나도 그 여자만큼은 적으로 돌리기 싫거든. 하지만 한 번만 더 이런 귀여운

재롱을 부리면 그땐 명령이고 뭐고 네 배를 찢어 내장을 뽑아 버리겠어."

그 말에 내 표정이 무너졌다. 이제야 나는 이 괴물이 어디 소속인지 알 수 있었던 것이다. 나는 짜내듯 말했다.

"……인트라 무로스."

말이 끝나려는 찰나, 핏방울이 뺨을 때렸다. 대포 같은 총성과 함께 머리를 관통당한 브라논이 커다랗게 뜬 퀭한 눈 그대로 옆으로 쓰러졌다. 폭음의 잔재가 창문을 울렸다.

난 표정 잃은 얼굴을 돌려 총성의 근원을 바라봤다. 복도 끝에는 거대한 라이플을 조준한 아이히만 대공이 서 있었다. 총구에선 연기가 피어올랐다. 바람을 타고 온 포연(砲煙)이 코끝을 자극했다.

"대, 대공."

철컥. 다시 총알을 장전한 대공이 우리를 겨눴다. 나는 마른침을 삼켰다.

다리가 뿌리박힌 듯 움직일 수가 없었다. 하지만 그는 곧 조준을 거두며 우리를 향해 걸어왔다. 점점 커지는 그의 구두소리에 심장이 쿵쾅거렸다.

아이히만은 쓰러진 브라논을 내려다보며 미간을 무섭게 찡그렸다.

"이젠 신성한 왕국에 별 개 잡스러운 짐승까지 설치는구먼. 낌

새가 요상해서 뒤를 밟았더니만 역시 개 주인이 따로 있었나? 보호하라고 불렀더니만 왜 더러운 이빨을 드러내고 지랄인고. 이 늙은 몸을 직접 나서게 만들다니, 고얀."

대공은 드물게도 불만을 길게 늘어놓았다. 그리고는 만신창이가 된 우리들을 훑어보고 고개를 설레설레 저었다.

"이놈들. 왕실을 거창하게 뒤집어 놨으니 이제 속이 시원들 하신가? 마지막에 마지막까지 사람 피곤하게 만드는 애송이들 같으니. 너흰 목숨이 열 개쯤 되느냐? 너희 뒷바라지 하다가 내 명줄이 줄겠다."

그는 총을 어깨에 걸치며 우리 앞에 섰다. 검은 정장을 입은 그의 강철 같은 위엄은 정말 거대한 용이 인간으로 둔갑한 것만 같았다.

노인의 나약함 따위는 찾아볼 길이 없다. 본래 무서운 분이긴 하지만 지금처럼 두렵게 보인 적은 없었던 것 같다.

나는 떨리는 목소리로 물었다.

"우리를…… 죽이려고 한 거 아니었나요?"

대공은 혀를 찼다.

"이 몸이? 허허, 왕족인 내가 그런 천박한 짓을 해야만 할 정도로 너희 하룻강아지들이 날 궁지로 몰았다고 생각하는 겐가. 시건방지구나."

그리고는 아무렇지도 않게 말을 이었다.

"내가 아니었음 네 녀석들은 진즉 관짝에 들어갔을 게다. 황송하단 말은 못할지언정, 쯧."

대공은 독의 고통을 참고 있는 카론 경 앞에 쪼그려 앉아 눈을 마주했다.

식은땀에 젖은 카론의 얼굴은 당장 쓰러져도 이상하지 않을 만큼 안쓰러웠다.

"안색이 나쁘네? 빨리 치료 받아야지?"

카론 경은 입을 꽉 다문 채 죽일 듯 대공을 노려보기만 했다. 아이히만은 조용히 타이르듯 말했다.

"카론 군. 뭐 자넨 총명하니까 이젠 대충 눈치챘겠지. 날 이해해 달라는 말은 안하겠네. 원망해도 좋아. 그럴 짓을 했으니. 하지만 돌이킬 수 없는 일이야. 때로는 그냥 눈감고 있는 것이 친구를 돕는 길일 때도 있는 걸세."

지금까지 모아온 퍼즐들이 맞춰지기 시작했다. 하지만 그렇게 완성된 그림을 나는 인정할 수 없었다.

"이제 다 끝났네. 암살범은 사살됐어. 수사는 이것으로 종결이야."

난 방향을 바꿔 뛰기 시작했다. 내 발걸음은 카론 경이 그토록 가려던 마지막 암살대상 메이스의 집무실로 향하고 있었다.

나는 이 뒤틀린 연극의 뒷막과 같은 커다란 문을 열어 재치며 그 안으로 뛰어 들어갔다. 촛불 하나 없이 어스름한 그 방 안에서 피비린내가 몰아쳤다.

17

"욱!"

역한 악취에 입을 막았다. 눈앞에는 물컹한 덩어리들이 흩어져
있었다. 나는 그것이 허리가 잘린 메이스의 상반신이라는 것을
짐작할 수 있었다.

이 방에서 움직이는 존재는 하나뿐이었다. 방 가운데 서 있는
인간의 그림자. 그 두려운 인영(人影)이 점점 내게 다가오며 모습
을 드러냈다. 두 눈이 떨려왔다. 문득 온몸의 감각이 사그라졌다.

"키스?"

어둠 속에 두 점을 찍은 새빨간 눈동자, 치렁거리는 머리카락
이 눈가를 가렸고 양손에 쥔 두 자루의 검은 얼어붙은 달빛만큼
창백한 기운을 흘리고 있다. 키스는 전에 없이 냉담한 얼굴로 나
를 바라봤다.

"……정말 키스 경이에요?"

살인을 끝낸 그는 검을 집어넣을 뿐, 아무런 대답도 하지 않았
다. 다만 천천히 입꼬리가 올라갔다.

그는 웃는 입술에 손가락을 가져다댔다. 나는 저토록 무서운

미소를 본 적이 없다. 내 몸이 격렬하게 떨려왔다. 형용할 수 없는 감정들이 일순간에 요동쳤다.

"정말 날 속인 건가요. 진짜로 당신이 암살자예요? 키스 경!"

그때 그의 팔이 뱀처럼 뻗으며 내 목을 잡아 틀었다. 벽에 밀쳐진 내 온몸이 깨져버리는 것만 같다. 키스는 품속에서 작은 약병을 꺼냈다.

"……!"

그 붉은 물약은 므네모시아, 5분의 기억을 소거하는 지독한 약이다. 키스는 몸부림치는 나를 무심하게 짓누르며 그 병뚜껑을 땄다.

그의 손가락이 점점 더 내 목을 졸라와 머리가 하얗게 질려가기 시작했다. 그리고 그 혼미한 정신 속에서 나는 이상한 것을 보았다.

'저건?'

내 시선은 키스의 어깨 너머에 있었다. 나는 분명히 보았다. 그 어둑한 집무실 끝엔 또 다른 사람의 그림자가 서 있었던 것이다. 이 방 안엔 한 명이 더 있었다.

'……저자는 누구.'

어둠에 적응한 내 눈동자에 그 의문의 인물이 희미하게 어른거렸다. 그 실체를 파악하며 난 공포에 몸서리쳤다. 근육이 끊어질 듯 발버둥 칠 수밖에 없었다.

이 모든 것이 악몽이거나 혹은 환각이라 생각했다. 어떻게 아닐 수 있을까!

왜냐하면 저 멀리서 날 지켜보는 자는 절대로 저곳에 있을 수 없는 사람이었던 것이다.

그 순간 나는 완전히 정신을 잃었다.

18

"어째서. 어째서어어!"

찢어져라 소리치며 몸을 일으킨 나는 청명한 목탁소리와 함께 이마를 부여잡았다. 날 내려다보던 카론 경의 얼굴을 정타로 들이받은 것이다. 카론 경도 고개를 숙인 채 얼굴을 가리고 있었다. 아무리 패턴이라지만 이거 당할 때마다 진짜 아프다고.

"느닷없이 무슨 짓인가!"

아니 총알도 피하는 사람이 왜 내 이마는 못 피해요? 라고 말해봐야 욕만 한바가지 얻어먹겠지. 카론 경은 눈매를 가늘게 찡그리며 이마를 매만졌다.

"이제 정신이 드나."

"아 예. 덕분에 정신이 확 돌아왔네요."

나는 빨갛게 된 이마를 문지르며 중얼거렸다. 그리고 그 순간 눈물이 흐르기 시작했다. 조금도 슬프지 않은데도 참을 수 없이 눈물이 쏟아져 내렸다.

"어?"

축축한 내 뺨을 어루만졌다. 아무것도 기억나지 않는다. 내 기억은 브라논의 등을 칼로 내려치는 그 순간에서 정지해 있다.

"설마 나 그 물약을 마신 건!"

나는 황급히 일어나 주변을 두리번거렸다. 해가 높은 오후의 야외였다.

병사들이 들것을 어디론가 옮기고 있었다. 들것을 덮은 거적은 핏물에 젖어 있었다. 그 무서운 것들이 사령관저에서 줄지어 실려 나오고 있었다.

나는 멍한 얼굴로 우리가 들어갔던 그곳을 바라봤다. 그 안에서 살아남은 자는 아무도 없는 것 같았다.

그러나 머릿속엔 새카만 인간의 그림자만 어른거릴 뿐, 저 안에서 무엇을 봤는지, 저들이 왜 모두 죽어야 했는지 아무것도 기억나지 않는다.

"카론 경! 어떻게 된 거죠!"

난 와락 그의 어깨를 잡으며 외쳤다. 끊임없이 눈물이 쏟아져 그의 표정조차 알아보기 힘들 지경이었지만 나는 계속해서 말했다.

"무슨 일이 있었던 거죠? 말해줘요! 암살자는 누구죠? 대공은

어떻게 된 거예요! 난 대체 뭘 본 거예요!"

카론 경은 눈을 감은 채 입을 다물 뿐이었다. 그의 머리는 헝클어지고 안색은 파리했다. 셔츠는 찢겨 혈선에 물들고 부러진 오른손은 피에 젖은 붕대에 감겨 있었다.

첫 번째 살인이 벌어진 이후 그 내막을 밝히기 위해 몇 번이나 죽을 고비를 넘기며 지금까지 온 것이다. 목숨을 걸고 왕실과 싸우면서까지. 그런데 이제 아무 말도 없다.

"카론 경!"

계속 울음이 터졌는데 그것이 므네모시아 때문인지 아니면 분한 마음 탓인지 알 수가 없었다. 풀어헤쳐진 카론 경의 머리칼이 어깨를 덮고 있었다. 힘없이 내린 두 팔은 찢겨나간 날개 같았다. 가느다란 숨소리가 당장이라도 사그라질 것 같았다.

그는 서서히 얼굴을 들며 눈을 떴다. 그 검은 눈동자는 눈이 시릴 만큼 투명했고 또 아무것도 바라보지 않았다. 나는 이제야 카론 경이 시력을 잃었다는 것을 알 수 있었다. 그는 천천히 내 머리로 손을 뻗어 가만히 얹었다. 그리고 달래듯 말했다.

"엔디미온 경. 사건은 끝났다."

나는 그의 몸을 적신 피를 보았다. 이제야 떠올랐다. 카론 경에게서 항상 볼 수 있는 유채색은 바로 저 피의 색이었던 것이다.

19

나는 복잡한 기분을 안고 리더구트로 돌아가고 있었다. 왕실 정문에선 이오타 달맞이 여행에서 돌아온 전하께서 '어이구. 별일들 없었지?' 라며 환하고 웃고 계시다. 신경과민일지도 모르나, 어쩌면 전하의 외유마저 연극의 일부였을지 모른다. 물어봐도 대답해 주지 않겠지만.

나는 그 환영식을 한동안 지켜봤다. 신하들 모두가 크게 웃고 고개를 조아리며 아부하고 있다. 여느 때와 같은 모습. 아무도 살인은 입에 담지 않았다. 왕실 어디에도 살인의 흔적은 남아 있지 않았다. 자기재생을 하는 거대한 생물의 위장 속을 둥둥 떠다니는 기분이다.

"다녀왔습니다."

완전히 지친 나는 삐꺽 문을 열고 들어오자마자 눈살을 찌푸렸다.

"으이구. 저 화상……."

소파에 웅크려 있는 키스가 새근새근 애기숨소리를 내며 꿈나라를 싸돌아다니고 있었다. 거 찾을 때는 코빼기도 안 보이더니만! 어쩜 저리 밉상이람.

나는 발로 바닥을 쾅 때리며 외쳤다.

"돌아왔어요!"

키스 경은 내 목소리에 실눈을 뜨고 '그래서 어쩌라고요?' 하는 졸음에 찡그린 표정으로 바라봤다. 그리고 다시 잠들어 버렸다. 냉큼 일어나! 뭘 잘했다고 퍼질러 자!

순간 심사가 뒤틀린 나는 곰 같은 힘으로 소파를 단숨에 뒤집어 버렸다.

"그만 좀 디비져 자라고 목구멍이 터져라 말했잖아!"

"끼야아아아악!"

세상이 도탄에 빠지든 말든 홀로 무사태평한 키스 세자르 씨는 공중 2회전을 하며 우당탕 바닥을 구르다가 화분에 머리까지 들이받았다. 자신만의 오호호 파라다이스에서 즉시 현실로 복귀한 키스는 머리를 감싸 쥐며 벌떡 일어섰다.

"왜 허구한 날 폭행입니까아! 이런 사려 깊은 상관을!"

"왕실이 피범벅이 됐는데도 숙면을 취할 수 있는 인간의 입에서 사려 깊단 말이 나와?"

내가 이를 부득 갈자 키스는 울먹거리는 시늉을 하며 말했다.

"저도 아무도 안 다치게 하려고 물심양면으로 돕고 있었다고요. 내 마음도 몰라주고."

"뭔 소리래……."

이미 다쳤거든? 당신 빼고 전부다 너덜너덜해졌거든?

"대체 어디 있었던 거예요?"

나는 자리에 털썩 앉으며 말했다. 그러자 키스가 한숨을 폭 내

쉬었다.

"하아. 말도 마세요오. 어제 왕도로 올라오다가 그만 길을 잃고 산적에게 납치를 당해서 이오타에 노예로 팔려갔다가 저를 구매한 미모의 주인님의 마음을 빼앗고 그 틈을 타서 도망쳐 왔답니다아."

나는 방긋 웃으며 대답했다.

"그딴 말엔 짚신벌레도 안 속아요, 키스 경."

너 혼자 딴 소설 진행하고 있었냐! 댁이 뭘 했는지는 조금도 궁금하지 않아! 다만 당신만 있었으면 브라논인지 뭔지 하는 미치광이가 그 난리를 피우지 못했을 거라고! 장점이라곤 타고난 괴력밖에 없는 양반이 왜 결정적인 순간엔 딴 나라에서 주인님 마음이나 훔치고 앉아 있는 거야!

"키스 경은 살인사건 따윈 관심도 없지요?"

내가 한숨을 내쉬며 말하자 키스가 고개를 기울이며 대답했다.

"살인사건이라니요? 뭐죠 그건?"

아니나 다를까 역시 이 사람은 언제나 속을 알 길이 없다. 키스는 나를 보며 입꼬리를 올려 여우처럼 웃었다. 그 순간 내 몸이 움찔했다. 나도 모르게 얼굴이 하얗게 질려왔다.

"왜 그래요? 제 얼굴이 그렇게 무섭습니까?"

"아, 아니에요. 아무것도."

영문을 알 수 없었다. 하지만 내 몸은 여느 때와 다름없는 키스의 미소에 알 수 없는 오싹함을 느꼈던 것이다. 키스는 어쩔 줄 모르는 내게 얼굴을 가져다댔다.

"미온 경."

"네, 네?"

"모르는 것이 좋아요."

그는 그 붉은 눈으로 주문을 읊듯 말했다. 나는 문득 내가 미궁 한가운데에 서 있다는 것을 알았다. 언제 이 미궁의 입구로 들어왔는지 기억이 나질 않고 출구도 어디에 있는지 모른다.

하지만 왜 이 미궁에 들어왔는지 궁금해 해서는 안 되며 이곳을 빠져나와 봐야 행복하지는 않을 거라고 키스가 말하고 있었다.

20

아이히만은 오늘을 위해 준비해 두었던 최고급 검은 연미복으로 갈아입고 그 품속에 아내의 작고 낡은 사진을 넣었다. 오래전에 죽은 그녀가 남긴 물건이라고는 그것 하나뿐이었다.

남자가 한 인생을 살다 떠나며 가져갈 것은 그걸로 족하다고 생각했다. 그는 묵묵히 창밖을 바라보았다. 지난날이 눈앞을 맴돌았다. 그때 그들을 도와준 것은 어설픈 위선이었을까 아니면 치밀한 위악이었을까. 이젠 아무래도 좋다. 그저 자신이 떠나기 전까지 그 애송이들이 살아 있어준 것이 고마울 뿐이다.

그는 인기척을 느끼고는 서서히 몸을 돌리며 입을 열었다.

"늦었구만. 서류는 이미 나한테 없다네."

그는 발소리도 없이 들어온 금발의 청년을 바라봤다. 그러고는 리젤 뒤에 서 있는 두 명의 특무대를 보고 혀를 찼다.

"늙은이 하나 잡는데 두 명씩이나 끌고 오다니, 인력 낭비야. 내가 그렇게 가르쳤던가?"

"아이히만 대공. 전 당신을 크리스탄센 국장님 다음으로 존경했습니다. 어째서 배신한 겁니까."

리젤은 진심으로 안타까운 눈으로 그를 바라봤다. 이 강철 같은 재무대신은 잠시 눈을 감은 채 자신의 삶을 음미했다. 그 삶은 결코 달콤하지 않았다.

모두를 속이고 단 한 번도 마음 편히 웃지 못했으며 친구를 죽이고 모두에게 용서 받지 못할 일을 저질렀다. 하지만 이제와 용서를 구걸할 생각은 없었다. 참회는 필요 없다. 천국에 가지 못하는 자는 자기 혼자로 족하다.

"그러니까 내가 왜 배신했느냐 하면……."

아이히만은 태어나 처음으로 솔직하게 웃었다.

"내 아내가 그러라고 했거든."

그녀가 죽은 날 그렇게 살기로 결심했다. 그것은 숭고한 성찰

도 지고지순한 정의도 아니었지만, 적어도 한 남자가 자기 삶의 방식을 관철하는 신념이 되기에는 충분했다.

리젤은 굳게 입을 다문 채 총을 꺼냈다. 백발을 말끔히 넘긴 아이히만은 점잖게 옷의 매무새를 훑어 본 뒤에 다시 그를 바라봤다. 그 자신만만한 얼굴에는 추호의 후회도 없었다.

"자. 끝내세."

Swallow Knights Tales

3부

KINGDOM COME

제4화
재회

Swallow Knights Tales II

성 패트릭은 신이 명한 곳에 지팡이로 커다란 원을 그렸다.
그러자 땅이 열리더니 아주 크고 깊은 구덩이가 생겼다.
성인은 계시하기를, 이 구덩이가 바로 연옥인데
이곳으로 내려간 자는 죄를 뉘우칠 필요가 없고
어떤 죄를 지어도 벌을 받지 않을 것이나
다만 다시는 이 세상으로 나오지 못하고
영원히 그곳에서 살게 될 것이라 했다.

—보라기네의 야코부스 『황금전설』

1

버려진 정원이었다. 바닥에 깔린 화려한 포석들이 오랜 세월
방치되어 모두 부서지고 그 사이로 엉겅퀴가 피어올랐다. 아무
도 살지 않는 이층 저택과 울타리도 넝쿨과 나무뿌리, 이끼로 가
득해 이곳이 얼마나 오래전부터 버려졌는지를 짐작케 했다. 제멋
대로 자란 늙은 꽃나무들은 나뭇가지마다 하얀 꽃을 점점이 피웠
다.

바람이 아침부터 새하얀 꽃잎을 떨어트려 오후가 되었을 때는 정원을 설원처럼 뒤덮었다. 춤추며 떨어지는 무수한 순백의 꽃잎들은 여름의 눈보라였다. 한때 많은 사람들로 북적였을 이 정원에 이제 인적이라고는 없었다.

사람 없는 이곳에 머무는 것이라곤 바람소리뿐이었다. 그 때문일까. 무수한 백화(白花)로 만개한 이 정원은 꿈속의 꿈처럼 실감이 없었다. 이 폐원(廢園)에 사람이 찾아온 것은 실로 오랜만의 일이었다.

그 남자는 분수대에 앉아 있었다. 오래전에 물이 마르고 풍파에 무너진 분수대에는 어떤 여신의 조각상이 세워져 있었는데 그는 그 밑에 앉아 있었다.

어깨엔 커다란 우산을 걸치고 있었다. 종이우산 위로 꽃잎들이 눈처럼 떨어졌다. 그는 열차를 기다리는 사람처럼 진득하게 앉아 무료한 듯 간혹 눈을 깜빡일 뿐이었다. 벌써 몇 시간째였다.

군살 하나 없이 매끈한 몸에 세련된 붉은 코트를 입고 있었다. 어디서 왔는지 도무지 계절에 맞지 않는 옷차림이었으나 그 기이한 모습은 새하얀 종이 위에 붉은 점을 찍은 것 같아 이 세상의 것이 아닌 양 아름다웠다.

치렁거리는 금발이 허리에 닿는데 눈부신 오후 볕에 녹아 백금처럼 빛났다. 섬세한 이목구비는 위험하리만큼 수려했다. 다만 불길한 보석 같은 새빨간 눈동자와 콧등에 새겨진 하얀 상흔이 그를 다가가기 힘든 신수(神獸)처럼 보이게 했다.

"역시 바람 맞은 건가."

키스 세자르는 길게 자란 머리카락을 손가락으로 비비 꼬며 중얼거렸다. 폐허가 된 이층 저택에서 새끼 고양이 한 마리가 총총거리며 다가왔다.

아까부터 멀리서 지켜보기만 하던 녀석이었다. 암갈색 고양이는 키스의 발목에 뺨이며 코를 비볐다. 키스는 마치 오랜 친구를 대하듯 반갑게 미소를 지으며 내려다봤다.

"계속 여기 살고 있습니까?"

짐승이 사람 말을 알아들을 리는 없겠지만, 고양이는 키스를 올려보며 대답처럼 울음소리를 냈다. 키스는 손을 뻗어 목 언저리를 매만져 주며 속삭였다.

"여전히 행복하신지요."

그것은 누구를 향한 물음인지 알 수 없었다. 그때 무언가 기척을 느낀 고양이가 흠칫 놀라더니 재빠르게 도망쳤다. 키스는 천천히 고개를 들며 앞을 바라봤다.

꽃잎이 내리는 나무그늘에서 검푸른 외투의 사내가 자신을 향해 걸어오고 있었다. 그 걸음은 빠르지도 느리지도 않았지만 주저함이 없었다. 광택이 없는 얇고 긴 옷을 발끝까지 두르고 검은 장갑과 커다란 후드까지 내려쓰고 있어서 맨살은 조금도 보이지 않았다.

갸름한 체구였지만 마치 칼날처럼 서늘한 냉기가 느껴져 연약한 인상은 전혀 없었다. 검을 의인화하면 저렇지 않을까, 하는 생각이 들 정도였다. 그는 키스의 열 걸음 앞까지 다가와 멈췄다. 후드의 그림자 속에서 키스를 바라보던 그는 한동안 입을 열지 않았다. 먼저 침묵을 깬 쪽은 키스였다.

"왜 이렇게 늦었습니까아? 카론 경. 아침부터 기다렸잖아요."

키스는 살갑게 웃었지만 상대의 후드 안에서는 싸늘한 목소리만 돌아왔다.

"늦어?"

카론이 후드를 벗자 긴 흑발이 흘러내렸다. 유독 하얀 피부에 날카로운 눈매가 드러났다. 이마와 눈을 가릴 정도로 길게 자란 검은 머리칼은 조금도 멋을 부리지 않았지만 단정하고 결이 좋았다.

다만 무슨 일을 하고 다니는지, 도도한 얼굴에 붙은 반창고들과 목에 감긴 붕대가 그의 분위기를 사납게 만들었다. 카론의 새카만 눈동자 뒤에선 살기에 가까운 짜증의 불길이 이글거렸다. 그는 키스의 말을 곱씹듯 중얼거렸다.

"늦었다고……."

키스는 몸을 움찔했다. 카론의 손이 칼자루로 향하고 있었던 것이다.

"그게 이백 년 만에 나타난 놈의 입에서 나올 소리냐!"

그 순간 카론이 뽑은 검이 시퍼런 기운을 내뿜었다. 명확한 살의가 담긴 그 무자비한 일격은 분수대를 단숨에 둘로 갈랐다. 흙먼지와 함께 오래된 여신상이 무너져 내렸다.

키스가 황급히 내빼지 않았다면 그대로 두 조각이 됐을 것이다. 가까스로 피한 키스는 두근거리는 가슴을 쥔 채 새파랗게 질린 얼굴로 카론을 바라봤다.

"조, 조금쯤은 낭만적인 재회를 기대했는데요. 카론 경."

"재회라는 것은 살아 있는 사람과 하는 것이다. 그리고 경이라는 칭호 집어 치워. 난 더 이상 기사가 아니다."

카론은 적대감마저 묻어나는 어조로 대꾸했다. 그러자 키스는 품속에서 종이 한 장을 꺼내 보였다.

"하지만 사람들은 아직도 당신을 기사라고 부르는 것 같은데요?"

"흥. 그 따위 것."

그 종이에는 잔뜩 인상을 찡그린 카론의 과장된 그림과 함께 이렇게 쓰여 있었다.

특급위험분자 카론 샤펜투스

속칭 은의 기사

위 인물은 반국가단체 스왈로우 나이츠의 단장으로

페르난데스 라스팔마스 국왕을 납치 감금 중에 있으며

200여 년간 수천 건 이상의 살인과 파괴를 자행하여

사회 전복을 꾀하는 중범죄자로 이에 수배함

그를 확보하거나 체포에 결정적 도움을 준 시민에게
1,000억 셸링의 포상금과 세례 자격을 부여함

베르스 총독부 직할 치안유지국령

저 살벌한 문장이 쓰여 있는 종이는 수배전단이었다. 아마도
전 세계에 수십만 장 정도는 붙어 있지 않을까. 200년에 걸쳐 카
론의 목에 걸린 상금도 기하급수로 올라갔고 무엇보다 사람들을
미치게 만드는 포상은 바로 저 '세례'였다. 인간들은 그것을 위
해서라면 얼마든지 자신들 편인 은의 기사를 배신하고 붙잡아
'그들'에게 넘길 것이다.

카론을 빤히 바라보던 키스는 전단지로 입을 가린 채 말했다.

"이 범죄자."

"닥쳐!"

카론은 짧게 내뱉으며 쏘아봤지만 키스는 방실방실 웃고만 있
었다. 죽일 듯 노려보던 카론은 다 때려치우자는 듯 눈을 꽉 감고
는 고개를 돌렸다.

그 쌀쌀맞은 얼굴과 티끌 하나 없는 피부 모두 아무리 냉정하
게 봐도 20대 중반의 것이었다. 두 세기를 넘는 까마득한 시간 동
안 변한 것이라고는 머리카락의 길이 정도였던 것이다. 농담이라
도 동안이라든가 인체의 신비라든가 하는 소리로 넘어갈 수 있는

수준이 아니었다.

그리고 그것은 키스도 마찬가지였다. 키스가 말했다.

"엔디미온 경은 어떤가요?"

그 질문에 카론의 눈빛이 순간 흐릿해졌다. 그는 말을 아꼈다.

"만나지 마라."

"……역시 그런 건가요."

"돌이킬 수 없어. 내가 죽여야 한다. 그것뿐이야."

카론의 가라앉은 목소리에는 깊은 죄책감이 묻어 있었다. 그의 몸에서는 피와 소독약 냄새, 희미한 톱니바퀴 소리, 불규칙한 맥박, 작은 숨소리, 희뿌연 마약의 냄새가 맴돌았다. 눈 밑에는 묘비 같은 그림자가 맺혀 있다. 지친 것이다. 견딜 수가 없는 것이다.

"키스. 내 나이가 정지한 것은 아마도 키릭스가 태어났을 때부터라고 짐작한다. 그렇다면."

카론은 고개를 숙인 채 혼잣말처럼 중얼거렸다. 그의 검은 눈동자는 아무것도 담지 않은 유리알 같았다. 카론은 천천히 고개를 들어 키스를 바라봤다. 그가 말했다.

"난 처음부터 이렇게 되기로 운명 지어졌던 것일까."

키스는 그 메마른 물음에 어떤 대답도 하지 않았다. 키스도 카론도 엔디미온도 쇼메도 모두 생자필멸(生者必滅)의 규칙에서 제외되었다.

지금까지 200년 동안 그들은 죽음을 유보 받았다. 하지만 그들이 걸어온 인생은 저마다 너무도 달랐다. 쇼메는 스스로의 의지로 자신의 몸에서 죽음을 제거했고, 엔디미온은 강제로 영생을 주입 받았으며, 카론은 원치 않는 어떤 의지에 의해 영원히 살게 되었다. 그리고 키스는 그들보다도 훨씬 잔혹한 경우였다.

"넌 어째서 이 세계로 돌아온 거지?"

"당신이 보고 싶어서."

키스는 웃음을 머금으며 진심을 숨겼다. 카론은 화내지 않았다. 대신 그를 똑바로 바라보며 감정 없는 목소리로 말할 뿐이었다.

"나는 네가 왜 돌아왔는지 모른다. 어쩌면 날 죽이러 왔는지도 모르지. 마음대로 해라. 하지만 무엇이든 상관없어. 다시는 널 만나고 싶지 않다. 사라져라."

키스는 카론과 그의 등 뒤에서 허물어져가는 이층 저택을 바라봤다. 한때 자신이 행복하게 잠들어 있던 곳. 키스는 조용히 고개를 저었다. '왜 항상 내겐 시간이 없는 것일까.' 하지만 아쉬워하면 안 된다.

"아하하하. 돌아온 탕아한테 꽃다발을 줄 거라고는 기대도 하지 않았습니다아."

키스는 어깨를 으쓱하며 웃었다. 그때 귀청을 찢는 증기의 비명과 함께 키스와 카론에게 수천 발의 총알이 쏟아졌다. 시뻘겋게 달아오른 탄환들이었다. 무자비한 난사는 눈앞의 모든 것을

휩쓸어버릴 때까지 이어졌다. 음속을 넘는 극열의 폭풍에 휘말린 분수대는 그나마 남아 있던 흔적마저 삽시간에 날아갔고 굵직한 나무들과 바위조차 굉음 속에 쓸려 잿더미가 되었다. 불타는 꽃잎들이 하늘로 날아올라 불꽃놀이처럼 흩어졌다.

그 무자비한 잿더미 속에서 저벅이는 발소리들이 다가왔다. 잿더미를 헤치며 다가오는 수십 명의 무장경찰들은 전신을 보호하는 검붉은 방열복과 치안유지국의 눈동자 문양이 새겨진 투구, 방독면처럼 보이는 금속 마스크로 얼굴을 가린 기괴한 모습이었다.

그리고 그들은 굵고 긴 총열을 가진 기관총을 들고 있었는데 총에는 커다란 증기통이 달려 있었다. 방금 전까지 불덩어리를 뿜어낸 그 악랄한 무기의 실린더에선 핏덩이처럼 검붉은 증기가 흘러나오고 있었다. 이 세상의 과학이라고는 생각할 수 없었다. 그들의 숨소리에선 유황냄새가 났다. 지옥에서 올라온 짐승들 같았다.

"……제가 없는 사이에 베르스가 참 활기차졌네요."

키스는 두 자루의 검을 교차한 채로 말했다. 그와 카론은 등을 맞대고 서 있었다. 총탄이 스쳐간 옷은 너덜너덜했고 카론의 뺨에서는 핏물이 흘렀다.

경찰들 사이로 검은 제복의 남자가 걸어 나왔다. 얇은 가죽으로 만든 고급스러운 제복이었지만 그 분위기는 몹시도 고압적이었다. 그는 모자를 눌러쓰고 있었지만 키스는 단번에 그의 정체를 알았다. 그가 모자를 벗자 단정하게 자른 금발이 빛났다.

"이제야 돌아오신 건가요?"

상대는 입꼬리를 슬며시 올렸다. 차분한 미성이지만 그 보라색 눈동자에 맺힌 감정은 분명 용서할 수 없는 증오와 원망이었다. 엔디미온 키리안은 천천히 검을 뽑으며 웃었다.

"너무 너무 보고 싶었어요. 키스 세자르 씨."

키스는 쓰디쓴 입을 꽉 다물었다. 자신만 아니었다면 이런 일은 없었을 것이다. 살아 있는 것이 죄악, 키스는 한 번도 그 생각을 멈춘 적이 없었다.

'살아라. 그것이 내가 너에게 주는 가장 큰 고통이다.'

그는 키릭스가 남긴 말을 몇 번이고 되뇌었다. 삶에도 죽음에도 머물 곳이 없었다.

제5화
오후의 종언(終焉)

신께서 인간을 창조하셨다.
하지만 아직 외로움이 부족하다 여기시고
좀 더 외로움을 느낄 수 있도록 짝을 만들어 주셨다.

—폴 발레리

1

지긋지긋한 무장경찰들을 따돌리고, 그들에게 붙잡혀 구해달라고 애원하는 키스도 무시하고 돌아온 카론은 복도를 걸었다. 찢어진 외투는 피에 젖었고 발목이 부러져 절었지만 그 얼굴에는 표정이 없었다. 그저 일상처럼 그는 자신의 방으로 돌아왔다.

베르스 왕국의 영웅이라 칭송 받던 그의 방은 화려하기는커녕 반겨주는 사람 하나 없이 작고 차가웠다. 방은 마치 병실처럼 하얇고 침대와 책상, 냉장고처럼 생활에 필요한 최소한의 물건들만이 배치되어 있을 뿐이었다.

책상 위에 놓여 있는 작은 액자만이 유일한 장식이었다. 액자 속에는 한 여성과 다섯 살쯤 되어 보이는 아이가 그려져 있었는데 색바랜 그림 속의 그녀는 언제까지나 그를 향해 활짝 웃고 있었다.

"······."

카론은 통증에 조금 찡그린 얼굴로 외투를 벗고는 앞뒤로 훑어보았다. 사신의 예복 같던 방탄코트는 이미 심하게 훼손되어 그 기능을 상실한 뒤였다. 그는 주저 없이 넝마가 된 옷을 새하얀 욕조 속에 처박았다.

그리고 그 위에 셔츠와 바지를 벗어던졌다. 해어진 장갑도 뜯어내듯 벗었다. 오른팔은 은빛 합금으로 이뤄졌는데 마치 생명체처럼 엷은 빛줄기가 흘렀다. 그 팔은 카론이 세계 최고의 발명가인 세실리아에게 의뢰해서 만든 것이었다. 그는 세실리아가 했던 말을 떠올렸다.

"이 팔은 영구히 작동하지만 또한 마검과 같아. 네 몸에서 동력을 빨아들일 거야. 그때마다 고통에 시달릴 거야. 네가 굳이 이런 것을 달아야 할 필요가 있을까?"

"괜찮습니다."

"괜찮다고? 이해가 안 가는군. 왜 이렇게까지 하는 거지?"

어째서…… 였을까. 카론은 찢어진 장갑도 욕조에 던지고는 물을 틀었다. 희석된 자신의 혈액이 시커먼 구멍 속으로 빨려 들어갔다. 피를 흘린 이유는 사라졌다. 메트로놈의 진동 같은 습관만이 그를 강제로 움직이게 할 뿐이다.

그는 절룩거리며 샤워부스로 들어갔다. 이 모든 것은 단지 200년 동안 단조롭게 반복된 평범한 일상이었다. 그 시간은 마치 얕은 꿈과 같아 잠들 수도 깨어날 수도 없었다.

샤워로 피냄새를 지운 카론은 소파에 앉아 부러진 발목을 붕대로 고정했다. 내일이 되기도 전에 조각난 뼈와 관절이 원래대로 돌아올 것이다. 헤집은 상처에서 흐르는 혈액도 정신을 혼미하게 만드는 통증도 그에겐 모두 거짓말 같았다.

"선생님. 곧 수업이 시작됩니다."

문 너머에서 노크소리와 함께 상냥한 목소리가 들렸다. 테이블에는 소독약을 담은 갈색병과 피에 젖은 거즈들과 진통제의 알약들과 푸르스름한 약물이 담긴 주사기가 창백한 정물화처럼 놓여 있었다. 카론은 단단히 붕대를 감으며 대답했다.

"곧 가겠습니다."

2

교실로 향하는 카론의 모습은 조금 전 들어왔을 때와는 완전히 달랐다. 몸에 착 달라붙은 짙은 남색 슈트에 은테 안경을 쓰고 뒷머리는 단정하게 하나로 묶었다. 단단하게 매듭진 회백색 타이와 청색의 얇은 양말, 티끌 하나 없는 갈색 구두도 보기 좋았다.

손에는 낡은 가죽 장정 노트를 들었다. 무장은 전혀 없었다. 어울리지 않는 검은 장갑만 아니었다면 피투성이 방탄코트로 몸과 얼굴을 감쌌던 예의 모습과 닮은 부분이라고는 하나도 없었다.

"안녕하세요. 선생님."

학생들의 인사에 그는 무표정한 얼굴로 고개를 숙였다. 이제 아무도 기사라고 부르지 않는다. '선생'이 그의 새로운 칭호였다. 총독부의 군대가 접근하지 못하는 이 배타적 자치구에서 그는 역사를 가르쳤다.

물론 전 세계에서 가장 높은 현상금이 걸려 있는 그가 선생을 택한 이유는 일종의 속죄나 위선, 현실도피 때문이 아니었다. 오래전 그의 아내는 이 학교에서 그림을 가르쳤다. 그 무렵 그녀는 어느 때보다 행복했다.

그 행복이 영원히 이어지길 그는 몇 천 번이고 기도했다. 그리고 그녀가 암살된 이후 카론은 선생을 택했다. 그는 그녀가 다시는 돌아오지 않는다는 사실을 인정하지 않을 정도로 감상적인 사람은 아니다.

다만 이 학교만이 세상에서 유일하게 그녀의 흔적이 남아 있는 장소이기 때문이다. 이곳마저 사라진다면 자신이 그래도 살아야 하는 이유가 아무것도 남지 않기 때문이다. 수업 시작을 알리는 종소리가 건물을 울렸다.

3

카론은 교실에 들어가기 전 가볍게 심호흡을 했다. 아무리 연습해도 미소를 짓는 것까지는 무리였지만, 적어도 굳은 표정을 지우고 거의 본능처럼 몸에 밴 살기를 가라앉히기 위해서였다.

그는 마치 향수를 뿌려 피비린내를 지우듯 숨을 가다듬었다. 물론 학생들이 은의 기사라는 자신의 악명을 모르는 바는 아니지만, 그렇다고 그 어린 소년소녀들에게 어제 자신이 얼마나 많은 경찰을 죽이고 또 얼마나 커다란 건물을 날려 버렸는지 알려주고 싶은 생각은 추호도 없었다.

어쨌거나 교육상 나빴다. 그러나 교실에 들어서는 첫걸음부터 그 다짐은 깨져 버렸다. 카론은 석고처럼 굳은 얼굴로 한곳을 응시했다. 무표정으로 무장한 얼굴에 금이 가는 소리가 들렸다.

"선생님. 이 사람 누구예요?"

"설마 신입생이에요? 교복 안 입어도 되나요?"

여기저기서 학생들의 목소리가 터졌다. 카론의 활활 타오르는 시선은 앞자리에 뻔뻔하게 앉아 있는 붉은 코트의 사내에게 꽂혀 있었다. 저 인간, 분명히 경찰들에게 끌려갔는데…… 키스는 빨간 눈동자를 또르르 굴려 카론을 바라보고는 손을 번쩍 들었다.

"선생님 질문 있습니다!"

"……."

"혼자 살겠다고 친구를 내다버리고 도망치는 사람은 진짜 나쁜 사람이지요?"

카론의 손가락 끝이 파르르 떨었다. 검이 있었다면 바로 뽑았을 것이고 총이 있었다면 즉시 쐈을 것이다. 방긋방긋 웃는 키스에게 카론이 싸늘하게 대답했다.

"그딴 건 도덕 선생에게 물어봐."

그러자 키스가 볼을 부풀리며 어린애처럼 책상을 달그락거렸다.

"뭐예요. 선생님이면 조금은 학생을 상냥하게 대해 주세요! 동심이 멍들어 버린다고요!"

200년 묵은 요괴의 동심 따윈 알고 싶지 않았다. 눈썹을 가늘게 떨던 카론은 조용히 교탁에 자신의 노트를 내려놓았다.

"학생이라."

그리고 키스에게 다가가서는 나직하게 입을 열었다.

"……등록금은 냈냐?"

"헉!"

순간 이성의 벽을 부숴 버리며 폭발한 살기가 교실을 뒤덮었다. 그리고 무자비한 체벌을 당한 키스는 만신창이가 되어 교실 밖으로 내던져졌다. 문제아를 처벌하고 다시 교실로 들어온 카론을 학생들은 두 눈이 휘둥그레진 얼굴로 바라봤다.

그런 전광석화 같은 구타는 본 적도 없었다. 평소의 '무뚝뚝하지만 속은 사려 깊은' 역사 선생으로 돌아온 카론은 곧 아무 일도 아니라는 듯이 노트를 펼치며 담담하게 말했다.

"방금 전 그 못난이는 총독부에서 보낸 암살자였습니다."

그럴 리가 있겠냐! 라는 충격의 얼굴들이었지만 눈앞에서 지옥을 목격한 학생들 중에 더 이상 역사 선생의 성질을 건드릴 용사는 아무도 없었다.

"그럼 수업 시작하겠습니다."

이 날은 수업 분위기가 아주 좋았다.

4

수업을 마친 카론은 학교 끝자락에 있는 자신의 방으로 돌아갔다. 그리고 문을 열자마자 문고리를 잡은 채 풀썩 주저앉았다.

키스가 소파에 앉아 진지한 얼굴로 카론의 셔츠를 바느질하고 있었던 것이다. 키스는 입으로 실을 끊고는 눈을 흘겼다.

"아직 기워 쓸 수 있는 옷을 왜 버려요? 이런 시대일수록 절약 정신이 필요하다고요!"

200년 만에 나타나서 시어머니 같은 소리나 하고 있는 인간에게 좋은 말이 나올 리가 없었다.

"내가 분명히…… 꺼지라고 했을 텐데."

"등록금 냈습니다. 면담하러 왔어요. 선생님."

"……네 맘대로 해라."

카론은 힘 빠진 목소리로 내뱉었다. 그러고는 뭔가 퍼뜩 불길한 예감이 들었는지 급히 냉장고로 다가가 문을 열었다. 그러고는 그답지 않게 당황한 얼굴로 소리쳤다.

"대체 나한테 왜 이러는 거야!"

"제가 다 버렸답니다. 선생은 학생들의 모범이 되어야 하잖아요?"

키스는 웃으면서 말했지만 눈빛은 단호했다. 완력을 써서라도 고집대로 하려는 기세였다. 카론은 발끈해서는 자신의 검을 넣어두는 옷장을 벌컥 열었다. 그곳도 텅텅 비어 있었다. 키스가 손으로 입을 가린 채 여우처럼 웃었다.

"큭큭. 또 나한테 칼부림할 줄 알고 미리 치웠지요오."

"아아, 그래."

카론은 조용히 서랍을 열어 묵직한 쇳덩어리를 꺼냈다. 그리고.

탕! 탕! 탕!

"꺄아악!"

키스는 황급히 옆으로 굴렀고 그가 있던 소파에선 하얀 깃털이 날렸다. 키스는 구멍 난 소파를 바라보며 입술을 삐죽 내밀었다.

"교사가 학교에서 총질이라니, 학생들의 미래가 심히 걱정되네요."

이를 부득 갈던 카론이 권총을 넣고 서랍을 쾅 닫았다. 그러고는 천천히 고개를 숙였다. 그가 등을 보인 채 말했다.

"동정도 도움도 필요 없다. 설령 세계가 이렇게 된 원인이 너라고 해도, 나는 널 원망하지 않겠다. 그러니 돌아가라. 나는 혼자 싸우다 죽을 것이다."

그 목소리는 사그라지는 불씨처럼 위태로웠다. 홀로 외롭게 싸우며 200년을 살아온 사람을 비난할 수 있는 자격은 누구에게도 없었다.

이제와 키스가 곁에 있어 준다고 하더라도 구원은 없다. 왜냐하면 카론이 그토록 지키고자 했던 유일한 사람은 이미 오래전에 이 세상에서 사라졌으니까.

"제발 사라져 줘. 널 보고 있으면 견디기 힘드니까."

그때 노크 소리가 들렸다. 카론은 힘겨운 표정을 감추며 걸어가 낡고 하얀 나무문을 열었다. 문을 두드린 사람은 파리한 인상의 중년 여성이었다. 카론은 그녀를 알고 있었다. 한 학생의 어머니였다.

"……선생님."

떨리는 그녀의 말이 끝나기도 전에 카론의 몸속에 파고든 것은 칼이었다. 집에서 흔히 볼 수 있는 식칼 같은 것이 카론의 남색 슈트를 뚫고 들어와 복부를 찔렀다. 잉크병이 쏟아지듯 하얀 셔츠를 타고 핏물이 퍼졌다.

하지만 카론은 조금도 놀라지 않았다. 그녀의 창백한 입술을 보는 순간 무슨 짓을 할지 이미 알고 있었다. 단지 그 어설픈 일격을 피하지 않을 뿐, 그저 공허한 눈동자로 그녀를 주시할 뿐이었다. 찔러 넣은 칼을 쥐고 빼지도 못한 채 몸을 떠는 그녀가 떨리는 목소리로 말했다.

"저, 저, 정말 미안해요……. 하지만 제 딸이."

"……."

"제 유일한 아이가…… 죽어가고 있어요. 의사가 오늘을 넘기지 못한다고……."

"……."

"당신을 죽이면 그 아이에게 영생을 줄 수 있으니까……. 그래서……."

울먹이는 어머니의 목소리는 거의 알아들을 수 없을 정도로 잦

아들고 있었다. 은의 기사 카론을 죽이거나 잡아오면 세례를 받을 수 있다. 세례를 받은 자는 모든 질병이 치유되고 영생을 얻는다고 한다. 삶이 얼마 남지 않은 자들에게 이 이상의 달콤한 유혹이 또 있을까.

아무리 카론이 피를 흘리며 사람들을 지켜주더라도 필멸의 굴레에서 벗어날 수 있는 그 유일한 티켓을 마다할 사람은 없을 것이다.

"거기! 무슨 짓이야! 당장 칼 버려!"

카론이 찔린 것을 본 경비들이 뛰어왔다. 그들은 칼을 뽑지도 못한 채로 울고 있는 그녀를 붙잡으려 했다. 그때 카론이 팔을 뻗어 그녀를 감쌌다. 경비병들은 당황했다.

"카, 카론 님."

"괜찮습니다."

"하, 하지만!"

"아무도 잘못하지 않았습니다."

카론 경의 메마른 목소리가 눈물처럼 그녀의 머리 위로 떨어졌다. 카론은 자신을 죽이려는 사람들을 미워할 수 없었다. 어떻게 미워할 수 있을까. 자신도 아내를 살릴 수 있었다면 무슨 짓이라도 했을 것이다.

5

그녀는 체포되지 않았다. 하지만 그녀의 딸은 오늘 숨을 거둘 것이다. 그녀도 식칼 따위로는 은의 기사를 죽일 수 없으며 자신은 체포되어 사형당하리라는 것을 알고 카론을 찾아왔으리라.

다만 가만히 앉아 죽어가는 자신의 아이를 바라볼 수 없었을 뿐이다. 카론은 그 마음을 잘 알고 있었다. 그 견디지 못할 괴로움이라는 것이 어떤 것인지 너무도 잘 알았다.

"도와줄까요?"

카론은 소파에 앉아 상의를 벗고 스스로 붕대를 감았다. 이미 인간의 것이라고 할 수 없는 그의 몸은 무서운 치유력을 보여주었다. 그는 혐오감을 느꼈다.

이 몸은 이미 자신의 것이 아니었다. 마치 세계를 지배하는 거대한 악의가 자신의 온몸을 쥐어짜 거기에서 떨어지는 고통의 방울들을 핥아 먹고 있는 것 같았다.

인간으로서의 자신은 그녀가 죽고 아이가 사라진 날 같이 죽었다 여겼다. 지금 이렇게 기계적으로 붕대를 감고 있는 짓은 육체에 달라붙은 습관일 뿐이었다.

카론은 때때로 키릭스를 떠올리곤 했다. 그는 개 같은 신이 어째서 자신의 영혼을 빼먹고 몸뚱이만 이렇게 방치해 놨냐고 증오하곤 했다. 카론은 계속 손을 놀려 붕대를 단단히 조였다. 그리고 그럴수록 커져가는 것은 무기질로 이뤄진 권태뿐이다. 그 투명하고 날카로운 결정들이 혈액 속을 떠다니며 온몸을 찢고 있었다.

"도와줄게요."

키스가 재차 말했지만 카론은 바라보지 않았다. 키스를 견딜 수 없는 이유는 자신의 이런 모습을 보여주고 싶지 않았던 탓도 있으리라.

"키스. 이런 나보다도 아마도 너는 더 지독한 시간을 보냈겠지."

키스는 바닥에 주저앉아 그저 쓸쓸한 미소를 지을 뿐 자기 자신에 대해서는 아무런 말도 하지 않았다.

"다시 말하지만 이젠 처음으로 돌아갈 수 있는 방법 따윈 없다. 동정도 도움도 원치 않아. 내게서 사라져라."

키스는 자리에서 일어나 붉은 코트를 걸쳤다. 그리고 문을 열고 나가려다 카론을 바라봤다.

"아니, 있습니다."

"무슨 헛소리를 하는 거냐."

"기대하셔도 좋습니다아. 그럼 또 올게요."

"오지 마!"

카론이 붕대뭉치를 집어던졌지만 키스는 장난스럽게 웃고는 밖으로 나갔다. 카론은 아무도 없는 방에 앉아 말없이 벽을 바라보았다. 문득 오래전에 멈췄던 가슴이 다시 뛰기 시작했다. 처음으로 돌아갈 수 있다는 키스의 목소리가 그를 두근거리게 만들었다. 하지만 뜨거운 희망도 잠시 뿐, 곧이어 자신의 힘을 빨아먹는 오른팔의 통증이 그를 다시 현실로 끌고 왔다.

카론은 서랍 속에서 낡고 낡은 가죽 주머니를 꺼냈다. 그 안에는 종이카드가 빼곡히 들어 있었다. 카론은 당장이라도 부스러질 듯 빛바랜 카드들을 꺼냈다. 꼭꼭 눌러 쓰여 있는 카드의 글씨들은 이젠 거의 닳아 흐릿했다.

일찍 돌아오세요.
웃어주세요.

당신과 있어서 행복해요.
같이 저녁 먹어요.
오늘도 즐거우셨어요?
사랑해요.

"우리의 아이예요."

카론은 그녀의 목소리를 손끝으로 매만졌다.
'처음으로 돌아가는 방법 따위…… 있을 리가 없잖아.'
속삭이는 카드 위에 물방울이 떨어졌다.
키스는 문 밖에 서 있었다. 그는 바닥에 떨어져 있는 그의 핏방울을 내려다보았다. 당장이라도 문을 열고 뛰어 들어가고 싶다.

하지만 아직 그래서는 안 된다는 것을 알고 있었다. 그는 단지 손바닥을 문에 댄 채 바라볼 뿐이었다.

'미안해요.'

키스는 몸을 돌렸다.

6

학교 밖으로 나서던 키스는 막 안으로 들어오던 청년과 마주쳤다. 키스만큼이나 큰 키에 곱상한 외모, 긴 뒷머리는 하나로 곱게 땋아 머플러처럼 가슴 앞으로 내렸다.

하지만 그런 여성스러운 스타일과는 달리 가볍지만 단련된 육체와 오른손에 끼운 커다란 쇠 장갑은 누가 봐도 싸움을 위해 만들어졌다는 것을 알아챌 수 있어서 그가 결코 평범한 직업에 종사하는 사람이 아니라는 것을 단박에 느끼게 했다.

게다가 그는 막 격렬한 싸움이라도 마치고 돌아왔는지 맨살을 많이 드러낸 그 몸은 흙과 작은 생채기들로 가득했다. 키스를 보고 장승처럼 멈춰선 그가 고개를 앞으로 내밀며 눈매를 좁혔다.

"당신 혹시⋯⋯."

"오랜만입니다아."

"서, 설마⋯⋯ 키스 경?"

"지명 다녀오시는 길입니까아?"

키스는 포근한 미소와 함께 조슈아 랑시를 바라봤다. 헤어질 때보다 키도 훤칠해지고 목소리에도 외모에도 전보다는 남자다운 기색이 묻어 있었지만 키스는 그의 손을 감싼 형 무라사의 쇠장갑만 보고도 그가 누구인지 알 수 있었다.

게다가 그의 몸에서 나는 짙은 피냄새는 랑시가 지금 무슨 일을 하고 있는지 충분히 짐작할 수 있었다. 랑시는 귀신이라도 본 것처럼 안 그래도 커다란 눈을 휘둥그레 키웠다.

"마, 말도 안 돼. 당신이 왜 살아 있는 거야?"

키스는 뺨을 긁적거리며 대답했다.

"뭐 이런저런 어른들의 사정이 있어서 말이죠."

"그리고 왜 이제야 나타난 거야!"

그는 거의 원망에 가까운 눈동자에 눈물을 담으며 빽 소리를 질렀다. 키스는 고개를 기울이며 랑시를 훑어봤다.

"아, 이제 치마는 안 입나요?"

빠아아악!

7

키스는 눈을 감싼 채 비틀거리며 학교 밖으로 걸어 나왔다.

"……때릴 것까진 없잖아요."

랑시 가문엔 나이를 먹을수록 성질이 나빠지는 유전자라도 있는 거냐고 키스는 투덜거렸다. 햇살이 쨍쨍 내려쬐고 있었다. 자치구 중앙광장을 걷던 키스는 그 자리에 멈춰 섰다.

주변을 지나는 사람들은 하나같이 기운이 넘쳤다. 철로를 따라 노면전차가 다녔고 커다란 엔진을 단 화물차들이 사과를 잔뜩 싣고 다니며 경적을 울렸다. 크고 작은 건물들마다 튀어나온 무수한 간판들이 형형색색의 빛을 뿌리며 회전하며 증기를 뿜었다.

기계식 신호등이 이곳저곳에서 철컹거리며 색을 바꿨다. 200년 전과는 완전히 다른 세계라고 할 수 있을 정도로 현란한 모습이었다. 키스는 이 모든 것을 이루게 된 동력에 대해 잘 알고 있었다.

그 근원은 과학으로는 설명할 수 없는 불길한 힘이었고 자신도 그 저주 받은 에너지의 일부라는 사실도 뼈저리게 알고 있었다. 하지만 키스가 멈춰선 이유는 이 거리에 대한 감상에 빠졌기 때문이 아니었다.

"이제 그만 나오시죠. 아니면 여전히 햇빛을 싫어하시는 겁니까?"

그때 키스의 길게 내린 그림자 속에서 검은 형상이 올라왔다. 빛을 삼키는 그 일렁이는 실루엣은 곧 육감적인 여인의 형체를 빚었다.

세상에서 이 능력을 가진 자는 딱 한 명밖에 없었다. 바로 적현무 키르케 밀러스였다. 그녀의 몸에서 뻗어 나온 그림자가 키스의 얼굴을 어루만졌다. 그러고는 두 눈을 감고 비웃음을 머금었다.

"표정이 예쁘구나. 친구와의 해후가 꽤 감동적이었나 보지?"

키스는 키르케에게 등을 보인 채 대답했다.

"그럼요. 너무 기뻐서 절 와락 껴안던걸요."

"왜 안 죽였지?"

"아직은 때가 아니니까."

"죽어가는 친구의 숨통을 끊어주는 것이야말로 우정이 아니냐. 어째서 안 죽였어?"

"그럼 당신이 죽여."

키스는 그 붉은 눈동자에 살기를 드러내며 차갑게 내뱉었다. 그러고는 입꼬리 한쪽을 치켜 올리며 웃었다.

"당신이야말로 불쌍한데요. 모처럼 아신위라는 비전 없는 직업에서 해방되어 돈 많은 노처녀의 농염한 세계를 즐기는가 싶었는데 그러기는커녕…… 죽도록 이용당하는데다가 눈까지 멀어 버리시고. 이젠 완벽한 마녀가 되셨네요. 축하드립니다아."

키르케는 여전히 눈을 감은 채 소리 없이 웃었다.

"짜증나는 세상 안 봐도 되니까 좋은 일 아니겠느냐. 그리고 너 같이 재수 없는 녀석의 심장을 푹푹 찔러버릴 수 있는 힘이 있으니까 나름대로 즐겁단다. 세상이 나한테 약속을 지킬 거라고는

기대하지도 않았다. 진짜 불행한 쪽은 알테어 그 푼수 계집애겠지."

"언제 한 번 불행한 인간들끼리 옹기종기 모여 갱생모임이라도 여는 게 어떨까요. 인생이 어쩌다 이 지경이 되었는지 서로의 인생을 고백도 하고 어깨를 토닥이며 위로도 해주고 말이에요. 감동적일 겁니다아."

그러고는 차가운 조소와 함께 그녀를 바라봤다.

"당신은 자기 인생을 울지 않고 끝까지 말할 자신이 있나요?"

그녀는 키스의 너스레를 차갑게 끊었다.

"닥쳐. 넌 진짜 예나 지금이나 거슬리는 녀석이야. 쇼메가 널 찾는다. 어서 움직여."

키스는 입술을 삐죽 내밀었다. 예나 지금이나 바쁘게 사는 건 질색이었다.

"배고픈데…… 밥 먹고 가면 안 될까요오, 여왕님?"

그 순간 쩡! 하는 날카로운 굉음과 함께 칼끝처럼 뾰족한 그림자 수십 개가 동시에 그녀의 몸에서 솟구쳐 나와 키스의 온몸에 바짝 다가갔다.

그것이 허상이 아니라는 것을 증명이라도 하듯 그림자에 스친 키스의 머리카락들이 금빛으로 반짝거리며 사방으로 흩날렸다. 사람들은 비명을 지르며 산지사방으로 도망쳤다.

"그 예쁜 눈동자를 파버리면 고분고분해지려나?"

키스는 눈동자 바로 앞까지 다가온 그림자 칼날을 바라보며 식은땀을 흘렸다.

"가, 갑자기 허기가 씻은 듯이 사라져 버렸네요."

그 순간 그림자들이 한 점으로 빨려 들어가듯 사라져 버렸다. 키스는 한숨을 깊게 내쉬며 걸음을 옮겼다.

"하아. 돌아오자마자 총 맞고 주먹질 당하고 여왕님한테 희롱 당하더니 이젠 성격 나쁜 도련님 영접하러 가야 하나요. 박복하기도 해라. 뭐 이리 사는 게 고달프지요."

그는 코트 주머니에 손을 푹 꼽고는 거리를 걸었다. 그런 그의 머릿속에 작은 목소리가 울렸다. 키스는 저 멀고 먼 곳에 신기루처럼 서 있는 거대한 탑을 바라보며 대답했다.

키스…… 키스……. 어서 와.

돌아왔어요…… 어머니.

『Swallow Knights Tales Ⅱ』 2권에서 계속

부록

그가 깨어난다.
HE AWAKENED...

KWA WOOOO

EICHMAANN!!

아이히만!!!

THE MAKJANG FANTASY 고품격 정통 판타지

SKT II

SWALLOW KNIGHTS TALES II

부록2. 제멋대로 프로파일 : 쇼메 블룸버그 편

키 훌륭한 왕자가 되기 위한 첫 번째 조건은 역시 키. 이오타 국민들이 그를 사랑하는 이유도 '저렇게 훤칠하고 옷 잘 입는 왕자라면 분명히 정치도 잘 할 거야.'라는 선입관이 꽤 깔려 있기 때문이다. 어떤 옷을 입든 어떤 자리를 장식하든 꿀리지 않는 스펙으로 키스보다 작고 카론보다 크다.

게다가 남들을 올려보는 것을 무척이나 싫어하는 드높은 자존심 때문에 굽이 있는 구두나 부츠를 애용하므로 대부분의 인간을 내려다 볼 수 있다.

그러나 불행하게도 어떤 수단과 방법을 다 동원해도 정작 그의 호위기사 미레일보다는 작아서 속으로 분하게 여기고 있다. 200년 후에도 키에 대한 욕망이 사라지지 않았다는 사실은 그의 자의식이 얼마나 웅대한지 알 수 있는 부분이다.

눈 귀족적인 짙은 청색의 눈동자인 데다가 사납게 치켜 올라가 있어서 무척 성격 나빠 보인다. 하지만 이것은 후천적인 영향으로 본래 곱고 연약했던 눈이 마키시온 제국에서 아이히만 대공에게 혹독한 교육을 받으면서 점점 눈초리가 매정하게 올라가게 되었다. 틈만 나면 스승욕을 하는 심정도 납득이 된다. 눈빛 하나만으로 상대를 깔보는 수십 가지 방법을 체득하고 있었다. 200년 후에는 그 내공이 더욱 더 성장해 있을 것이다.

머리 원래는 진한 금발 생머리지만 보통은 웨이브가 있는 단발로 스타일링을 하고 다닌다. 왕자의 것이라고 하기에는 너무 화려해서 이 오타 관리들이 뒤에서 혀를 차고 있다.(물론 앞에서 혀를 챘다간 당장 혀가 잘릴지도 모른다.) 유행에 민감한 성격답게 단정한 머리밖에 모르는 고루한 왕실 미용실보다는 시내의 HOT한 유명 미용실들을 신분을 숨기고 자주 방문한다.

물론 대부분의 사람들은 대낮부터 셋팅파마를 하려고 머리에 거창한 걸 뒤집어쓰고 있는 쇼메를 보고 팔자 좋은 연예인쯤으로 생각하지만 가끔은 파파라치들에게 들통이 나서 연예신문 따위에 '왕자. 이대로 좋은가.'라는 기사가 실릴 때도 있다.

물론 이래봐야 죽어나는 사람은 미레일이지만. 그는 자신이 호위기사인지 컨시어지인지 무척 혼란스러워 했다. 미레일이 세상을 떠난 이후에는 잠시 주춤했지만, 결국 200년 후에 자신의 전용 미용실을 만들어서 건재함을 과시했다.

외모 전형적으로 여자들에게는 나쁜 남자로 호감을 받고 남자들에게는 '재수 없는 기생오라비'라는 뒷말을 들어야 하는 죄 많은 얼굴이다. 그것은 외모 자체는 별 문제가 없더라도 고독한 스타일리스트인 그의 패션취향 때문이기도 하다.

한여름에도 얇은 코트를 걸치고 다닐 정도로 쓸데없는 것에 엄격한 자기 관리를 하는데 왕자가 아니었다면 십중팔구 성격파탄의 아이돌

배우가 되어 20대 중반쯤에 마약 혐의로 감옥에 들어갔을 것이라는 예측이 지배적이다. 자신의 방에 거대한 드레스 룸을 갖추고 있으며 그 안에는 전 세계에서 구입한 억소리가 날 정도의 값비싼 옷들과 액세서리가 즐비해서 이자벨로부터 '왕실에는 보물창고가 두 개 있다.'라는 핀잔을 듣기도 한다.

그렇게 말하는 이자벨의 명품 취향도 만만치 않지만 말이다. 물론 이 모든 것은 볼모로 잡혔을 때 춘하추동 한 벌씩만으로 살아야 했던 처절한 유년기의 상처가 한몫을 했는지도 모른다. 200년 후에는 그의 패션 센스가 더 어른스러워 지긴 했지만 여전히 남자들에겐 '재수 없는 XXX'라는 평가를 받을 것이다.

각종 운동과 훈련으로 다져진 몸으로 키스나 카론처럼 초인적인 검술의 소유자는 아니지만 적어도 전 세계 왕자들 중에서는 가장 검을 잘 다룰 것이다. 그리고 총을 다루는 솜씨만큼은 누구보다도 뛰어나다. 어차피 24시간 철통같은 경호를 받고 있기 때문에 스스로 검을 뽑을 일 따위는 없다.

성격 일단 성격 어디에도 '반성'이라든가 '복종'이라는 단어를 찾아 볼 수가 없다. 세상에서 자기가 가장 잘났고 나머지는 모조리 천민이라는 대담한 이분법이 두뇌를 지배한다. 군주론에 충실한 유형으로 도덕성을 위해 목적을 포기하지 않는다.

결코 세속적인 악당이라고는 할 수 없지만 그렇다고 선한 쪽도 아니다. 그는 결정을 내릴 때 선악을 고민하지 않는다. 필요할 때는 얼마든지 살인도 저지를 수 있다. 거기에 뛰어난 지능을 가지고 있기 때문에 조직의 우두머리로는 거의 완벽에 가깝다. 하지만 태생적인 애정결핍 덕분인지 감정적으로 꼬여 있는 부분이 많기 때문에 가끔 물러서면 될 상황에서 고집을 부려 화를 자초할 때도 있다.

자신을 믿고 따르던 엔디미온을 '그렇게' 만든 것도 결국 그 성격 때문이었다. 그리고 사람들이 많이 오해하는 것이 그에게는 외로움이 없을 것이라는 추측이다. 하지만 그도 인간인데 그럴 리가 있을까?

1. 안녕하세요. 쇼메 왕자님. 200년 후에도 여전히 잘 통치하고 계신가요?

—때려치워. 이제와 왕자는 무슨 놈의 왕자? 차라리 사장이라고 부르시지.

(주요 인물들 중 가장 늦게 인터뷰가 돌아왔다는 것에 대해 상당히 불쾌한 듯하다.)

2. 돼먹지 못한…… 성격에도 불구하고 의외로 좋아하는 사람들이 많던데요. 그 이유가 뭐라고 생각하십니까?

—그들도 나 같은 성격이기 때문이겠지. 성격 나쁜 사람들끼리 통한

다고나 할까. 후후후.

……그게 기뻐할 일입니까?

3. 미레일 씨를 잃은 다음부터 호위기사를 두지 않으시던데, 왜 그런 가요? 설마 죄책감?

ㅡ웃기시네. 단지 내 성격을 견딜 수 있는 인간이 이 세상에서 그 녀석 한 명밖에 없었기 때문이야.

아 예. 역시 죄책감 때문이로군요.

4. 엔디미온 씨를 꽤나 좋아하는 것 같아요.

ㅡ웃기시네. 내가 그 따위 천민을 뭐하러?

끝까지 들으세요. 그런데 그렇게 마음에 들었으면서…… 어째서 그 지경으로 만든 거죠?

ㅡ뭐, 뭔 놈의 인터뷰가 이래! 자꾸 아직 나오지도 않은 내용 가지고 시비 걸 생각이라면 돌아갈 거야! 다음 질문!

(전형적으로 공격에 강하고 수비에는 약한 성격이로군.)

5. 스스로 영생을 선택하고 후회하지 않으시나요?

―전혀. 내가 살아남아 반드시 이뤄야 할 것이 있으니까.

꿈같은 것? 자신의 행복과 관련이 있는 건가요?

―아니. 행복 따위는 볼모로 잡혀가는 순간부터 포기했어. 나는 행복과 꿈이 양립할 수 있다고 생각하지 않아. 신은 거의 모든 인간들에게 그 두 개를 다 거머쥘 수 있는 축복을 주지 않았어. 대신에 그중 하나만 선택하면 그리 어렵지 않게 이룰 수 있는 축복은 주었지. 그런데도 불구하고 둘 다 얻겠다며 어리광을 피우는 인간은 보통 자살로 끝을 맺지.

……좋은 말 좀 해주시죠. 그렇다면 쇼메 님은 목적을 이룰 수 있다면 정작 자신은 불행해도 괜찮다는 겁니까?

―응.

6. 어떤 자리에서도 한 번도 예복을 입은 모습을 본 적이 없습니다. 일종의 반항심 같은 건가요?

―나는 마키시온에 있으면서 항상 예복을 입어야 했어. 어린아이가 숨도 못 쉴 정도로 꽉 졸라맨 예복을 입고 언제 죽을지 몰라 떨면서 사는 기분이 어떤 것인 줄 알아?

7. 그러는 당신에게도 존경하는 사람이 있죠? 가령 당신의 스승이라든가.

―그 망할 할아범이 나한테 가르쳐 준 첫 번째 교훈이 누구도 존경하지 말고 누구에게나 존경 받으라는 말이었다. 난 스승의 가르침을 꽤 잘 실천하고 있다고 생각하는데?

8. 200년이 흘렀습니다. 다들 무섭게 강해졌는데 당신에게도 필살기가 생겼습니까?

―……눈에서 레이저라도 나가길 기대한 거냐? 흥. 이 몸이 왜 땀나게 싸워야 하지? 천박한 칼부림 따위는 아랫것들이 하면 되는 거다.

(으에에. 재수 없어. 뭐, 저렇게 말하고는 있지만 실은 쇼메에게도 뭔가 '필살기'가 생기긴 했다.)

9. 그 무시무시한 적현무 키르케 님을 부하로 두고 있는 것 같던데요. 뒤가 서늘하진 않습니까?

―흥. 이거 왜 이래? 난 이자벨도 부렸던 사람이야. 하지만 솔직히…… 살짝은 무섭군. 그리고 엄밀히 말해서 부하가 아니라 계약관계 같은 거지. 계약이 끝난다면 언제라도 내 그림자로 내 목을 졸라 죽일 마녀야.

(진짜 긴장한 것 같다.)

10. 자, 그럼 노래 잘 하세요?

―안 해! 노래 같은 건 광대 같은 천한 것들이나 하는 거다. 내 입에서 그런 낯간지러운 소리 따월 낼 거 같아?

그 성질 나쁜 얼굴로 부르는 성가라면 제 쪽에서 사양하고 싶습니다.

부록3. 도움을 받은 작품들

1. 제3화 여름벌레

1) 키스가 폴센의 주검 앞에서 읊은 시
1805년. 월터 스콧 경의 「마지막 음유시인의 노래 *The Lay of the Last Minstrel*」 중 6편 1연. 빌 머레이 주연의 영화 「사랑의 블랙홀 *Groundhog Day*」에서 앤디 맥도웰의 대사로도 같은 부분이 인용된 적이 있다.

2) 폴센의 성에서 엔디미온이 떠올린 문구

　　자신의 삶이 추악할수록 사람은 그 삶에 매달린다. 그리고 그때의 삶은 모든 순간들에 대한 항의이자 복수다.
　　　　　　　　　　　　　　　　　　　　—오노레 드 발자크

3) 오르넬라가 가마에서 엔디미온에게 말해준 문구

　　악을 떠나는 것은 정직한 사람의 대로(大路)이니 그 길을 지키는 자는 자기 영혼을 보전하느니라.
　　　　　　　　　　　　　　—구약성서 중 솔로몬의 잠언 16장 17절

2. 제5화 오후의 종언(終焉)

1) 소제목

1935년 어니스트 헤밍웨이의 소설「오후의 죽음 *Death in the Afternoon*」의 오마주. 그 소설에는 다음과 같은 문장이 있다.

> "서로 사랑하는 사람은 해피엔딩으로 끝날 수가 없다. 죽음이란 반드시 찾아들어 남겨진 자는 사랑을 잃어야 하기 때문이다."